KB041053

이세계 마법은 뒤떨어졌다! 1

히츠지 가메이 지음
himesuz 일러스트
김서연 옮김

정말 별 수 없군……

아카기 스이메이

으힉?!
뭐뭐뭐뭐하는 거야?!
페르메니아 스팅레이

나 참,
남의 뒤를 쫓아서
캐고 다니는 건
좋은 취미가 아닌데?
그걸 해도 괜찮은 건――

……설마 눈치채고 있었나?

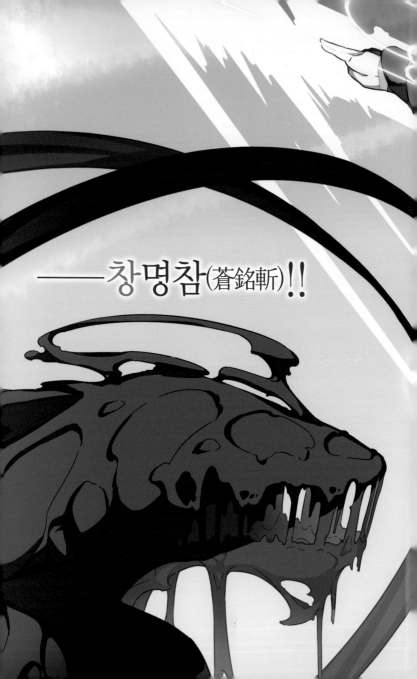

청명한 푸른빛으로 내려 색의 띠로 변하는 하늘.
The shine of end revolve

수천방불(水天髣髴). 그 경계는 오로지 지금 내 손안에.
Aqua horizontal in hand

열려라, 창공. 그 이름은 눈부신 푸른 청(靑)!!
Sever the blue of blue

목차
contents

이세계 마법은 뒤떨어졌다!

1

이세계 마법은 뒤떨어졌다!
1

히츠지 가메이 지음 | **himesuz** 일러스트 | **김서연** 옮김

커버 그림, 본문 일러스트 | **himesuz**

프롤로그 마술사 야카기 스이메이

——페르메니아 스팅레이는 아스텔 왕국의 궁정 마도사 중 한 명이다.

스팅레이 백작가의 차녀이자 귀족의 공주로 태어난 고귀한 혈통을 지닌 소녀로, 어린 시절부터 아무 부족함 없이 자랐다. 많은 마력 보유량을 알고부터는 아직 어린 나이에, 현자라 불린 노마법사의 가르침을 받아 마도의 심연까지 들여다본 천재이다.

처음 그 노마법사를 통해서 신비(神秘)를 본 뒤로 10년. 심연에 도달하려면 최소한 30년이라고들 하는 와중에, 그에게 마법의 기초를 배운 페르메니아는, 스승으로부터 이미 모든 걸 전수했노라고 선고받았다.

이제부터 가르칠 것은 아무것도 없으니 자신의 기지로 자신의 마도를 추구하라고 그렇게 덧붙이면서.

그때부터 페르메니아의 생활은 노마법사 밑에서 생활하던 때에 비해서 분주해졌다. 마법 연구는 물론, 최연소 궁정 마도사에 서임되고 맡은 일의 다망함이나 그때까지와는 비교도 못할 정도의 야회 초대, 익숙하지 않은 일과 더불어 귀부인들과의 다과회, 마도의 움막에서 나온 뒤로는 정말 모르는 일의 연속이었다.

그렇게 잠잘 시간도 아까운 생활은 고단함과 괴로움이 함께했지만, 그 고생을 잊을 수 있을 정도로 충실한 생활이었다. 그것은 정말 늘 성취감을 얻게 할 정도였다. 지금 자신은 살아있다, 귀족의 공주라는 새장 속이 아니라 살아서 이 나라의 톱니바퀴 중 하나가 되었다고 느낄 정도로. 그리고 노마법사 곁을 떠난 지 수년 만에 페르메니아는 커다란 발견을 하게 된다. 궁정 마도사의 일인 고위 마물과 마족 토벌이 한창일 때 그녀는 지금까지 누구도 알지 못했던 불꽃의 이치를 찾아낸 것이다.

그렇다. 페르메니아는 열다섯 나이에 결국 진리에 도달했다. 불꽃이, 불꽃이 되려는 진리를. 모든 것을 불태우는 백의 불꽃을 찾아냈다.

환희로 전율할 새도 없이 페르메니아는 이 일을 자신의 스승과 국왕 폐하에게 보고했고, 이 위대한 공적으로 두 사람에게 칭찬의 말까지 받았다.

이는 자신의 생에서 가치를 발견한 순간이었다. 지금까지 자신이 원해서 계속 달려온 것에 정당한 평가받을 만했다고. 그리고 앞으로도 마법의 길에 매진하리라 결심할 수 있다고.

그때부터 페르메니아는 마법의 길을 나아가며 왕국에서 많은 공적을 세웠다. 북방의 마족 토벌부터 사막의 거대한 마물 섬멸과 국내 마법학계 개혁부터 그를 추진하는 기반이 될 마법사 길드에서의 지위 확립.

이는 모든 사람에게 칭찬이 쏟아질 정도의 활동이었다. 백성의 감사와 동료의 질투, 아버지와 어머니가 거는 기대의 말은 그녀에게 더할 나위 없는 영예였다.

그리고 지금 페르메니아는 왕국 내 마법사 중에서도 가장 뛰어난 실력자로 주목받게 되었다.

……하지만 그런 명실공히 국내 최강 마법사의 명성을 마음껏 누리던 페르메니아가 지금은 눈앞에 우두커니 선 소년 앞에서 손가락 하나 까딱할 수 없었다.

어둠과 별들이 수놓인 하늘에서 빛나는 만월 아래. 아스텔 왕이 자리한 카멜리아 왕궁 안뜰에서 눈앞의 소년이 자못 난처한 듯이 입을 연다.

"……나 참, 남의 뒤를 쫓아서 캐고 다니는 건 좋은 취미가 아닌데. 그걸 해도 괜찮은 건 사물의 도리와 섭리도 모르는, 불쌍하고 어리석은 스트레이 시프뿐이잖아?"

지금 눈앞에서 들어본 적 없는 단어와 함께 그렇게 단언한 소년은, 용사 레이지와 함께 소환된 그의 친구 중 한 명이다. 용사와 함께 마왕 타도를 승낙한 소녀와는 달리, 알현실에서 곧바로 국왕 폐하의 요구를 거부하고 원래 있던 세계로 귀환을 청원한 아주 평범한 소년.

그 재기(才氣)를 찾을 수 없는 얼굴처럼── 자신은 평범한 인간이며 특별히 아무 힘도 없다고. 그러니 마물이든 마족이든 마인이든 상대가 될 리 없고, 더구나 마왕이라니 당치도 않다고. 싸울 수 없어. 돌려보내줘. 끌어들이지 마. 그렇

13

게 말하고 배정된 방에 틀어박힌 날이 얼마 전 이야기.

난데없는 소환에 혼란과 공포로 짓눌릴 듯하면서도 용사와 함께 있겠다고 용기 있게 소리 높여 선언한 소녀와는 달리, 한사코 귀환하기를 굽히지 않았다며 꼴사납다, 그러고도 남자냐, 이기적이다, 최악이다, 하고 대신이나 장군은 물론, 성을 지키는 병사들까지도 험담해댔다.

그러나 지금 상황은 어떤가.

자신이 자랑스러워한 불꽃 마법의 극치인 백염. 그것을 시시하다며 손가락을 튕겨서 없애버린 소년은, 지금 자신 앞에서 정밀한 마력과 얼어붙을 정도로 위압을 띠며 서 있다.

"──자, 마법사 씨. 슬슬 내 차례인가?"

페르메니아 스팅레이는 이때 자신이 얼마나 어리석었는지 깨닫게 된다.

……아마도 이 소년은 강하고 영리하다. 보이는 대로 믿으라는 말은 터무니없는 거짓말이다. 휘말렸을 뿐인 이 가여운 소년을 광대라고 얕본 무리야말로 분명히 광대였다고 생각될 정도로 그는 교활한 남자였다. 그리고 그 힘을 말하자면 입에 담기만 해도 현기증이 난다.

이 소년은 자신이 가르침을 받은 노마법사보다도 더 깊은 마도의 심연에 있는 괴물이고, 지금의 자신으로는 도저히 이길 수 없는 여러 비기를 그 몸의 업으로 삼은 데다, 영걸(英傑) 소환의 가호로 거대한 힘을 얻은 용사 정도는 코웃음치며 없앨 정도로 엄청난 힘, 즉 지식을 지니고 있다.

틀림없는 최고봉 마법사.

"……넌 누구지?"

떨리는 목소리로 그렇게 묻자 소년은 아주 귀찮은 듯이
손 위의 무언가를 가지고 놀며——

"——마술사, 야카기 스이메이."

처음으로 그 이름을 스스로 입에 올렸다.

제1장   소환 따위 당할 리 없어!!

"아야야야얏……"

별안간 일어난 일에 순간적인 대응도 통하지 않았지만, 그 대가가 된 엉덩이의 아픔으로 스이메이는 그런 괴로운 목소리를 내보냈다.

완전히 허를 찔렸다. 이런 사태가 되기 전에 무슨 일이 벌어지리라 예상은 했지만, 도착지를 파악하지 못했으니 불시였을 것이다.

딱딱한 바닥이다. 아마도 포석이나 타일. 엉덩방아를 세게 찧어 꼬리뼈가 비명을 지른 것이 조금 전.

대체 무슨 일이 벌어졌나. 떠올릴 새도 없이 방금 일어난 일이었다.

하굣길 도중에 자신은 친구들과 함께 갑자기 길가에 나타난 전이계 마법진에 억지로 끌려 들어갔다.

그리고 전이한 곳에서 엉덩이를 부딪혔다. 그것도 성대하게, 라는 쓸데없는 덤이 붙어서.

'……대실패군. 이거.'

콘크리트 밀림으로 둘러싸인 현대에서 남몰래 마술의 길을 걸어온 자신. 이 길로 들어온 지 아직 12년 정도이지만 그래도 어느 정도 실력은 있다는 자부심도 있다. 그런 현대 마술사인 자신이 타인의 마술 행사에 이리도 쉽게 걸려들었다.

감지도 했고, 눈앞에서 보였는데도 제대로 대처도 못 하고 그 1초 동안 손을 놓고만 있었다.

그럼 이것을 실수라 하지 않으면 무엇이라 하겠는가. 부끄럽고 한심스럽다.

그렇게 통각이 미치는 아픔과는 또 다른 아픔까지도 그의 눈가에서 눈물로 바뀌자, 스이메이는 퍼뜩 옆에서 걷던 친구들이 어떻게 되었는지 옆을 봤는데——

"아야야……."

자기 바로 옆에서 엉덩이를 문지르는 샤나 레이지는 자신과 똑같이 엉덩이의 아픔에 괴로워했다.

곱슬머리 하나 없이 단정히 정돈된 갈색 머리와 여자들이 넋을 놓게 만드는 부드러운 마스크에 선이 가는 그 소년에게 말을 건다.

"야, 레이지. 괜찮아?"

"어어, 그럭저럭. 스이메이는……."

"엉덩이가 아파. 무지하게. 완전 세로로 갈라진 줄……."

"하하하, 너도 그러냐—— 야, 스이메이! 설마 여기 있는 게 너뿐이야?!"

이쪽의 실없는 농담에 레이지는 쾌활하게 웃는 것도 잠시, 곧바로 함께 걷던 또 한 명의 친구인 아노 미즈키의 존재가 없다는 사실을 깨닫고 허둥대며 소리쳤다.

주위를 휙 둘러보았지만 확실히 없다. 금방까지 자신들과 걷던 소녀는 어디에도 없었고, 석벽으로 둘러싸인 원기둥 형태의 방은 고풍스러운 촛대로 비추어져 어둑했고, 있는 것은 삼엄한 문과 자신들의 엉덩이와 발이 닿은 딱딱한 바닥에 그려진 문양—— 전이 마법진뿐.

"아, 그래. 미즈키가 없어……."

친구가 없어진 불안에 살짝 당혹감을 드러낸 채 중얼거리는 스이메이.

그리고 레이지는 그 이상의 혼란으로 표정마저 괴롭게 고뇌한다.

"대체 왜…… 그것보다 여기는 대체……?"

"어어. 나도 여기가 어딘지 모르겠어. 근데 우리가 어떤 누군가의 의지로 이렇게 낯선 곳으로 날려 왔다는 것 정도는—— 대충 알겠다."

"……혹시 이걸로?"

바닥의 큰 마법진을 의심스러운 눈으로 보는 레이지를 따라 스이메이도 다시금 마법진을 바라본다. 거대한 원 안 가장자리에는 그 4분의 1 정도의 원이 그려져 있고, 안쪽의 기하학 모양은 4대 원소에도, 5대 원소에도, 5행에도 통하지 않는 형태였다. 마법진 테두리에는 본 적도 없는 언어가 늘어져 있다.

독자적으로 발전했던 강령이나 소환에 견줄 만한 마법진이라는 것은 알겠지만, 지금 이 자리에서 그것을 아는 자는 자신뿐이다.

이런 것은 평범한 인간인 데다 완전한 일반인인 레이지는 당연히 모른다. 그와는 중학교 때부터 알고 지냈지만 이 세상에 마술이라는 신비가 있다는 사실도, 자신이 마술사라는 사실도 알리지 않았다. 그러니 이 발밑에 있는, 환상을 확립하는 고정화된 술식도 만화나 애니메이션, 서브컬처라는 픽션 근처의 정보밖에 모를 것이다.

"아마도."

"으아······."

상황 판단이 된 스이메이의 능청스러운 동의에 레이지는 갑자기 피곤해 보이는 얼굴을 한다.

확실히 그런 얼굴을 하고 싶어지는 상황이다. 자신 역시 지금은 난감한 얼굴로 약간의 괴로움을 드러냈을 것이다.

"······저기 스이메이. 진짜 이 난데없고 부자연스러운 상황 말이야, 뭐랄까 상당히 낯설지 않은데."

"알아. 요전에 미즈키가 빌려준 오락소설이 분명 이런 내용이었어."

"맞아. 갑자기 이세계로 불려 와서 마왕을 쓰러뜨려 달라고 부탁받는 그거랑 상황이 아주 비슷해. 아마도."

"안 웃겨. 진짜 안 웃겨. 장난이야, 그런 거."

속이 거북하다는 얼굴로 스이메이는 한층 신물 난다는 소리를 냈다. 그러자 레이지는 복잡한 표정으로 어딘지 메마른 웃음을 보였다.

"하, 하하······. 근데 말도 안 된다고 머리로는 알겠는데······ 왜지? 왠지 그런 기분도 들어."

"레이지 너, 진심으로 하는 말이냐?"

"응."

"야, 응이라니……."

끄덕이는 레이지의 직감에 기댄 추측에 기가 막히면서도, 스이메이는 일단 그에게서 시선을 떼고 레이지 몰래 마술로 주위 상황을 해석해보기로 했다. 지금 이 상황이 기상천외한 운명으로 소설 같은 상황이 된 거라고 생각하진 않지만, 가령 이곳이 지구가 아니라면 아마도 자신들을 둘러싼 자연에 뭔가 다른 점이 있을 것이다.

즉흥적이지만 마술의 술식을 구상한다.

그리고 서서히 나타나는 탐사의 결과를 모은다. 중력도 보통이고 대기 성분에도 큰 변화는 없다. 장소 변화에 따른 변동의 차이로, 허용 범위 내에 있다.

하지만──

'마나가 엄청난데…… 이 방 때문인가?'

그렇다, 마나 혹은 에테릭이라 불리는, 공기 중에 존재하는 신비한 힘의 근원이 이곳에서는 아주 농밀했다. 그 농도는 영맥 바로 위나 지구 중심, 또는 신성한 사원이나 서클 내에 필적할 만하다.

하지만 그것만으로 이곳을 이세계로 인정하는 것은 극히 생뚱맞은 엉터리이다. 그저 단순히 이 마법진을 기동하는 장소로 마나가 농밀한 장소를 골랐을 가능성도 있다. 아니 오히려 그쪽일 가능성이 높다.

라기보다, 우선 레이지는 그것을 관측하는 기술이 없으니 마나의 변화에 위화감을 지각할 수 없다. 이상함을 느낀 것은 아마 다른 부분.

"레이지. 왜 그렇게 생각해?"

"뭔가 말이지, 아주 강해진 느낌이 들어."

"뭐……? 아, 그건가. 뇌가 녹은 레이지 씨?"

"아니 괴전파에 맞은 것도 아니고. 봐——"

그렇게 말하며 마법진에서 떨어진 곳의 바닥을 레이지가 가볍게 치자, 심상치 않은 파괴음을 따라 돌바닥이 깨지고 먼지를 뿜었다.

"말도 안 돼……."

그것을 목격한 스이메이는 눈을 휘둥그레 뜬다. 아무리 레이지가 스포츠 만능의 아이돌계 꽃미남이라 해도 이것은 아니다. 있을 수 없다. 돌을 박살내려면 상당한 힘—— 부담이 필요하다. 그냥 쿡 찌른 정도로는 절대 불가능하다. 그가 지닌 압도적인 꽃미남 파워를 이용해도 그것은 틀림없이 무리이다.

그런데 눈앞의 친구는 아주 태연히.

"봐봐. 됐다."

"봐봐, 가 아니잖아. 불길한 예감에 박차를 가하지 마……."

불길하다. 혹시 이것이 정말 이세계의 강제적인 소환이라면——

그렇다, 분명 그 있을지 없을지도 모르는 차원. 그것을 뛰어넘는 기술과 영속적으로 신체강화를 부가하는 소환 기술에는 감탄을 금치 못하겠지만…… 하고 생각하며 스이메이는 거기서 퍼뜩 깨닫는다. 그런 마술의 좋고 나쁨에만 사고가 미치는 것은 역시 마술사로서의 기질인가. 먼저 생각해야 할 일이 따로 있는데도 긴장감이 부족한 자신이다.

"근데 스이메이는?"

"……아니, 난 아닌 것 같아."

강화되었는지 넌지시 물어도 그것밖에 대답할 말이 없다. 손을 맞잡거나 마력을 이동시켜도 자신에게 강화가 행해졌다는 감각은 전혀 없었다.

즉 마왕을 쓰러뜨릴 용사의 자리는 레이지 한 사람으로 채워진 것이다. 그렇다면 자신은, 말하자면 완전히 손해였다.

그렇게 스이메이가 어깨를 축 늘어뜨리던 중, 갑자기 두 사람 발밑의 마법진이 빛나기 시작한다.

초조함에 사로잡힌 표정으로 돌변한 레이지.

"이건……."

"──윽, 기동하고 있어……! 또 날아가든지 아니면…….."

"소환?!"

이해가 빠른 레이지. 그의 핵심을 찌른 대답을 들으며 태세를 갖춘다.

그러자 공중에 바닥의 마법진을 한 둘레 작게 만든 마법진이 나타났다.

"온다!"

"윽——!"

목소리에 맞추어 마법진에서 그림자가 보이자마자 움직인 레이지. 그곳에서 무엇이 나왔는지 그는 식별한 듯하다.

레이지는 예전이라면 도저히 상상도 못할 정도로 민첩한 움직임을 보인다. 그것은 신체가 강화되었기 때문인가.

이렇게 해서 레이지는 공중에 나타난 아노 미즈키를 확인한 순간 바로 그녀를 꽉 껴안았다.

"미즈키!"

"응……? 레이지, 어떻게……?"

"다행이다, 미즈키. 레이지 덕분에 네 엉덩이는 지켰어."

이렇게 다시 세 명의 친구는 낯선 장소에서 재회를 이루었다.

★

"거짓말, 진짜……"

"응. 어쩌면 그럴지도 몰라."

레이지가 미즈키를 꽉 껴안은 뒤, 그녀에게 자신들이 현재 처한 상황과 그에 대한 추측을 이야기했다.

그에 대해서는 미즈키도 처음에는 꽤 혼란스러워했지만 이곳에 온 것이 혼자가 아니라는 사실이 다행이었나.

두 친구의 격려도 한몫해서 그녀는 서서히 현재 상황을

받아들였다. 그러나 역시 현실 도피를 하지 않은 것에는 배짱이 두둑하다고 말할 수밖에 없다.

"……응. 알겠어."

"이해가 빠르다, 너."

"그야 둘 다 침착하니까. 나만 이성을 잃으면 창피한걸. 게다가 이렇게 된 이상 별수 없고."

목에 두른 철 지난 빨간 머플러를 만지며 미즈키는 그렇게 시원스레 결론지었다. 긴 흑발과 새카만 두 눈에서 나오는 상냥한 눈빛. 보기에는 귀하게 자란 연약한 규수가 떠오른다. 여기에, 온화하지만 내면은 의외로 동요하지 않는 강한 마음을 지닌 듯하다. 레이지처럼 그녀와는 일상생활에서만 알고 지냈기에 지금껏 몰랐지만.

그런 미즈키에게 미소 짓는 레이지.

"미즈키, 강하네."

"응? 아, 그, 그런가?"

그가 던진 미소에 미즈키는 어이없이 함락. 얼굴이 새빨개진다. 이런 대화도 여전했지만 이것도 레이지의 변함없는 무자각 유혹 스킬 때문이었다.

이렇게 주위는 긴박하고도 불가해한 지금 상황과는 어울리지 않는 따뜻한 공기로 가득했지만, 그것을 귀찮다고 떨쳐 버리려 스이메이는 미즈키에게 묻는다.

"그나저나 미즈키. 너한테 묻고 싶은 게 있어."

"뭔데?"

"저기, 그렇지. 우리가 지금 처한 이 상황이 그 무슨 소설이랑 무지막지하게 비슷하다면 앞으로 분명……."

"으, 응. 이세계 나라의 비범한 사람들이 나타나. 아니면……."

무슨 말인가. 첫마디는 들었던 소설과 똑같아서 예상대로였지만, 여기서 다른 것이 나왔다.

그렇다면 무언가 다른 전개도 가능한 것인가.

그에 대해서 틈을 두지 않고 레이지가 묻는다.

"뭐 다른 게 있어?"

"다른 소설은 불려 온 장소가…… 즉, 우리가 있는 이곳이 마왕의 거성이기도 해."

"처음부터 클라이맥스란 거야?"

"그래, 라스트 던전."

"……으아. 그건 아무리 그래도 너무 세잖아."

맥 빠진 소리를 내는 스이메이. 그렇다, 대개 그런 부류의 소설은 이세계에 불려 온 후에 우여곡절을 겪고, 이야기 최후에 마왕을 쓰러뜨린다는 전개가 된다. 하지만 미즈키가 말한 그 이외의 전개라면 지금 이곳이 점입가경이자 최종 국면이 된다.

하지만 분명히 말해서 그것은 정말 탐탁지 않다. 목숨이 위험할 뿐이다. 입에서 한숨이 으와 하고 나와도 봐줘야 한다.

거기서 레이지가 차분한 어조로 미즈키에게 묻는다.

"분명히 그건 불려 와서 바로 마왕을 쓰러뜨리고 영웅으로 이세계 나라에 개선한다는 패턴이었나?"

"응. 그렇게 또 다음 강대한 적한테 도전하거나 나라 간의
전쟁에 휘말리지만……."

"역시. 근데 지금 우리가 처한 상황이라면."

"레이지 말대로 무슨 일이 생겨도 전혀 이상하지 않아."

"으에……."

정말 진절머리가 난다. 입에서 신음 같은 소리를 뿜어낼
정도로.

그보다, 그렇게 된다면 자신은 그 이상으로 곤란해진다.
그렇게 된 경우에는 결국 반드시 휘말린다. 꼭 해야 할 일
이 있는 몸으로서 이는 큰 걸림돌이다.

"그렇지만 될 대로 되라는 수밖에."

—하고 미즈키가 말한 순간이었다. 스이메이의 귀에——
마술로 청각을 강화한 그의 귀에 이곳 이외에서 나온 소리
가 들렸다.

기척을 없애고 바짝 긴장하며 불필요한 소리를 죽이고 두
사람을 부르는 스이메이.

"둘 다."

"응?"

"그래. 알고 있어."

"응? 그것도 소환으로 강화받은 은혜인가?"

"그런 것 같은데. 그럼 어떻게 스이메이한테 들리지?"

"난 예전부터 귀가 밝아서…… 아무튼 이런 얘기를 할 때

가 아니야."

장난기 섞인 얼버무림으로 서둘러 정리하는 스이메이. 그
와 레이지는 의사소통이 되지만, 반면 미즈키는 현재 상황
을 아직 잘 받아들이지 못한다.

"뭐, 뭐야?"

"미즈키. 지금 여기로 누군가 다가오고 있어. 그것도 많이."

많은 자들의 발소리라는 것도 레이지는 알아들었다. 역시
강화된 것은 폼이 아니었나. 순식간에 상황을 간략히 설명
하고 바로 문 안쪽에 있을 통로를 보는 것처럼 시선을 고정
하며 미즈키를 감싸듯이 앞으로 나섰다.

미즈키도 불안한 듯이 몸을 움츠리고 있다.

스이메이도 레이지 옆에 서서 태세를 갖춘다.

"자, 무슨 일이 벌어질까……."

"위험한 무리가 아니라 우리를 불러냈을지도 모르는 이세
계의 비범한 사람들이면 좋겠는데."

"바보 같은 소리 마, 레이지. 몰래 카메라라고 쓴 종이를
든 반 애들인 편이 훨씬 나아."

"…………."

스이메이의 현실감 없는 농담에 레이지는 대꾸하지 않았
다. 발소리가 문 앞에 도착해서인지 아니면 단순히 그에게
는 이곳이 정말 이세계이고 비범한 사람들이 오는 것이 좋
은 건지, 그의 진의를 알 길이 없지만── 과연 지금 문 앞
까지 와서 이곳에 발을 들이려는 자는 대체 누구인가.

흘끗 옆으로 곁눈질하니 갑자기 달려들기라도 할 듯이 몸을 용수철처럼 긴장시킨 레이지와 그에게 방해되지 않도록 물러서려는 미즈키의 모습.

그리고 자신은 알 수 없는 상황에 몸은 굳어졌으나 반면에 예상치 못한 상황에 마음은 뜨겁게 타올라 고조된다. 그건 물론 마술사로서의 마음이.

그런 흥분에 마음을 맡긴 채 지금은 조용히 소지품을 점검한다. 이곳에는 아무 준비도 없이 나타났다. 늘 가지고 다니는 물건 이외에는 전혀 준비된 것이 없다. 그래서——

'수중에 있는 건 시술해둔 가방과 그 안에 체인 액세서리, 수은이 든 시약병, 카드, 정장, 반 장갑, 야카기 비약이 조금…… 솔직히 말해 어딘가에 내던져진 입장에선 왠지 불안하다. 하지만——'

무슨 일이 생기면 자신이 나설 수밖에 없다. 레이지도 미즈키도 일본에서 살았기에 전투 경험이 있는 것은 아마도 세상 뒤편에 잠겨 있던 자신뿐이다. 확실히 두 사람에게는 마술사라는 사실을 숨기고 싶지만, 그것을 친구의 목숨과 바꾸겠냐 물으면 그렇지도 않다. 그렇다면 최악의 경우에는, 두 사람에게는 미안하지만 기억의 조작도 선택지 안에 있다.

각자 긴장 때문에 몸이 굳어진 세 사람. 그리고 마침내 발소리가 문 앞에서 정지한다.

위를 조이는 것처럼 다가오는 짧고도 긴 시간. 곧 무거운 것을 질질 끄는 듯한 소리를 따라서 천천히 문이 열렸다.

태세를 갖추는 레이지.

"──윽!"

"Firmus(나의 견고함)──"

흥분한 그의 옆에서 스이메이는 방어 마술을 대기시켰다. 마주친 순간 공격하는 것도 있을 법한 이야기이다. 준비는 해두는 것이 가장 좋으니까.

──그리고 그 입구에서 나타난 것은 갑주로 무장한, 사나워 보이는 집단이었다. 아마 보이는 그대로 인간 같다. 마물이나 마족이나 마인이나 그런 쪽의 인간이 아닌 쪽은 아닌 것 같아서 일단 안도.

그러자 그 갑옷 집단은 벽에 딱 붙어 정연하게 대열을 갖추고 빈틈없이 이쪽을 보았다.

앞으로 무슨 일이 벌어질까. 아직 대기시킨 마술을 풀지 않고 있는데, 그 갑옷 인파가 갈라지며 안쪽에서 잘 만들어진 복숭앗빛 드레스를 입은 푸른 머리의 소녀와 잘 닦인 진주 같은 순백의 로브를 걸친 은발 소녀가 나타났다.

그리고──

"어……?"

"음──?"

그 둘은 똑같이 신기한 듯 마치 예상 밖의 전개를 맞이했을 때의 얼굴을 했다.

그리고 얼굴을 가까이 대고는 귓속말이라도 할 생각인지,

푸른 머리의 소녀가 은발 소녀에게 속삭인다.

"백엽. 소환한 용사님은 한 사람이었는데요……?"

"예. 말씀하신 대로입니다."

"그런데 여기에는 호응자가 세 분이나 계시는데…….''

"그, 그게…… 이건 제 추측입니다만, 여기에 용사에 해당하는 인물 이외의 분이 있다는 건 아마 세 명 중 두 분은 영걸 소환에 휘말린 게 아닐지."

"무슨…… 하지만 그런 말은 들어본 적도 문헌에서 본 적도 없어요."

"저도 그렇습니다, 공주 전하. 그런데 실제로 여기에 호응자가 세 명이나 있으니…….''

"그럴 가능성이 높다는 거네요."

……귓속말이었지만 강화된 귀에는 다 들렸다. 레이지도 그럴 것이다. 하지만 지금은 그녀들이 쓰는 언어가 이해되는 것이 의외였다. 들리는 것은 일본어도, 하물며 지상 어느 나라 말도 아닌 이상한 음운을 띤 언어. 그런데 귀에 들어오는 말은 이상하지만 이해되는 것이다.

그렇다. 이를테면 머릿속에서 자주 쓰는 언어로 옮겨진다고 말하면 될까. 다분히 감각적이라 말로 하기 어렵다.

그 이유라면 아마도 소환되었을 때 그런 종류의 마술에 걸렸다고 생각된다. 추측에 지나지 않는 말이지만 실제로 상황이 그렇고, 무엇보다도 편리하다.

그리고 두 사람 대화에 나오는 용사, 소환 등의 말에서 그렇게까지 경계할 필요는 없겠다고 마술을 몰래 해제했다. 한편 레이지도 몸을 휘감았던 긴장을 풀었다.

그리고 스이메이는 두 사람에게 몸을 붙이며 미즈키에게 묻는다.

"……아무래도 저쪽도 예상 밖인가 봐…… 저기 미즈키, 이런 전개도 있어?"

"……응. 용사 소환에 친구가 휘말리는 경우의 얘기가 있는데……."

갑자기 말하기 어려운 듯이 우물거리는 그녀를 본 스이메이는 고개를 갸웃한다. 도대체 뭘 그렇게 말하기 어려운지.

"……?"

"미즈키. 뭐 걱정되는 일이라도 있어?"

"저기, 그 전개 말이야. 용사로 불려 온 인간의 친구──즉 우리의 경우라면 레이지의 친구인 나와 스이메이 중 어느 한 쪽이 사신과 계약을 해. 그리고 용사와 싸우는 관계가 돼 버려."

"뭐? 뭐야 그게? 왜 거기서 사신 같이 황당한 게 나와?"

"그건 나도 잘 모르지만……."

미즈키는 불안한 듯이 허둥댄다. 솔직히 말해서 이쪽이 허둥대고 싶다. 아니 도망치고 싶다. 갑자기 사신이 나와서 계약을 당하다니 대체 무슨 억지인가.

존재가 희미해진 그림자나 힘의 일부라면 어느 정도 알겠지만 본체 소환 때 수천 명 단위로 사람이 죽고 소환자만 운

좋게 살아남았다고 해도, 거기서 평생의 운을 날린 것처럼 위험한 악덕 구현에 관심이 쏠린 것도 모자라 대가를 치뤄야 한다니. 그저 불운한 말로밖에 상상이 되지 않는다.

설마 그런 일이 일어날까…… 하고 등이 차가워진 것을 느낀 스이메이 옆에서 이번에는 레이지가 미즈키에게 묻는다.

"그보다 적대라니……. 왜 갑자기 나랑 둘 중 누군가가 싸우는 관계가 되는데?"

"그 전개라면 나나 스이메이가 레이지를 괜히 싫어하게 되니까 쉽게 사신과 계약하고 당연한 것처럼 용사와 싸우는 거야."

"뭐……?"

미즈키의 말에 레이지는 눈에 띄게 얼굴이 창백해지고 멍해졌다.

그런 그를 보며 미즈키는 황급히 부정한다.

"……아, 물론 난 레이지 안 싫어해. 어, 어느 쪽이냐 하면 조, 조조조좋아…….''

얼굴을 보고 말하는 것은 부끄러웠나. 점점 오그라드는 그녀의 말을 끝까지 듣지 않고 레이지는 어색하게 고개를 돌리며 이쪽을 보았다.

"그, 그…… 스이메이는?"

"후, 사실 난 항상 널 행복에 겨운 놈이라고 내심 생각했거든."

"——!!"

스이메이가 눈 속에 어두운 정념을 띠며 말하자 레이지는 할 말을 잃었다.

"그건 거짓말……."

"스, 스이메……."

"그럴 일 없어. 싫어했다면 애초에 6년이나 같이 친구였을 리 없잖아? 그걸 좀 생각해라."

"그, 그렇지. 다, 다행이다……."

미즈키와 스이메이의 대답을 듣고 레이지는 이번에야말로 안도의 한숨을 쉬었다.

셋이서 그런 대화를 하는 중에 우아한 몸짓으로 움직이며 공주 티가 나는 푸른 머리의 소녀가 스이메이 일행에게 말을 걸었다.

"저기 바쁘신 것 같지만 잠시 괜찮을까요?"

"──아, 네."

레이지가 알아차리고 승낙하자, 이마가 눈에 띄는 푸른 머리의 소녀는 그 자리에서 우아하게 인사하고 입을 열었다.

"급작스럽게 불러 대단히 죄송합니다. 저는 아스텔 왕국의 국왕 알마디아우스 루트 아스텔가의 둘째, 티타니아 루트 아스텔입니다. 그리고 이쪽은 이번에 여러분을 부르는 데 힘써준……."

소개하는 자를 가리키듯이 이마 공주, 아니 티타니아 공주가 가볍게 고개를 돌리자 그 당사자인 로브를 걸친 소녀가 한 발 앞으로 걸어 나온다.

"궁정 마도사 페르메니아 스팅레이입니다. 부디 기억해 주십시오."

조금 전 공주가 백염이라 부른 소녀이다. 허리까지 오는 긴 은발이 아름답고 귀 양쪽으로 늘어뜨려 땋은 머리도 우아하다. 살짝 치켜 올라간 눈은 그녀의 도도함을 나타내는 건가. 센 인상은 지울 수 없지만 어딘지 미워할 수 없는 사랑스러운 눈매. 마도사라고 소개한 대로 그녀 몸에는 마력이 쉴 없이 감돌고 있다. 공주도 그렇지만 얼핏 보면 그녀 쪽이 마력을 능숙하게 다루는 상대 같다.

'——그것보다 이 여자가 우리를 부른 쪽인가. 제길…….'

눈앞의 소환자에게 몸서리치며 마음속으로 원망의 말을 중얼거리는 스이메이.

그리고 그녀들이 소개를 마치자 이번에는 레이지가 앞으로 나와서 정중히 소개하기 시작한다.

"정중한 인사 송구스럽습니다. 제 이름은 샤나 레이지. 성이 나중에 와야 한다면 레이지 샤나라고 불러주세요. 옆의 두 사람은 제 친구로 오른쪽 맞은편이 미즈키 아노, 왼쪽이 스이메이 야카기입니다."

저런 말투는 어디서 배웠는지. 레이지가 그렇게 숙련된 자기소개를 마치자 티타니아 공주와 마도사 페르메니아는 감탄한 표정을 짓는다.

언행이 늠름하면서도 예의를 차린 레이지의 소개가 흡족했으리라.

이번에는 미즈키가 쓱 앞으로 나와서 두 사람을 향해 소개한다.

"앞서 소개받은 미즈키 아노입니다……."

그리고 스이메이도 한 발 앞으로 나와서 미즈키를 따라 한다.

"스이메이 야카기…… 입니다."

소개는 간단히 끝냈다. 특별히 말할 것도 없고 말하기도 뭐한 상황이다. 선불리 입을 열 때는 아니다.

그러자 티타니아는 스이메이 일행에게 눈길을 주더니 무언가 악물듯이 눈을 감는다.

그리고.

"레이지 님, 미즈키 님, 스이메이 님이지요. 이번에 여러분을 부른 것은 여러분 중…… 한 분이 부디 해주셨으면 하는 일이 있어서입니다."

"무슨?"

"네. 현재 이 세계의 평화를 위협하려는 마족의 우두머리, 나크샤트라 마왕을 토벌해주셨으면 합니다."

……티타니아 공주의 그 말을 들은 순간이었다. 스이메이, 레이지, 미즈키 세 사람은 올 것이 왔다는 예상대로의 대답에 동감했고, 그중에서도 스이메이는 혼자 이마에 손을 대고 제발 봐달라는 심정으로 천장을 바라보았다.

★

이세계로 소환되고 공주와 궁정 마도소녀 등장에 세상 구제의 의뢰까지. 너무도 틀에 박힌 전개에 표면상으로는 얼버무리면서도 세 사람 모두 속으로는 체념과도 비슷한 망설임을 느끼지 않을 수 없었다.

"하아……."

"으……."

"으하……."

아니, 세 사람 다 얼버무리지도 않는다. 각인각색의 한숨을 쉬었다.

그렇게 어떤 의미로는 뻔했던 쇼크에 머리를 싸매는 중에 티타니아가 약간 망설이듯이 묻는다.

"그리고 갑자기 죄송하지만 여러분 중 어떤 분이 용사님인가요?"

"그러니까……."

"그건……."

질문에 레이지와 미즈키는 난처한 듯이 얼굴을 마주본다. 설마 자신이 용사라고 생각할 리도 없다. 그럴 만도 하다. 원래는 그저 일반인이다. 용사냐고 묻는다면 절대 용사가 아니라는 대답이 나오는 것이 당연하다. 그러니 그런 물음에 의미는 없겠지만── 그렇다고 해서 모른 채로 있는 것도 곤란하다. 이야기가 전혀 진행되지 않는다.

그렇다면 하고 스이메이가 묻는다.

"괜찮으실까요?"

"네, 모쪼록 편하신 대로."

"그쪽이 소환 대상을 용사라 인정하기 위한—— 그렇네요, 용사의 증거라고 할 만한 징조가 있습니까?"

"용사의 증거가 될 만한…… 징조 말인가요?"

그 되물음에 스이메이가 끄덕이자 티타니아는 페르메니아를 바라보고 거기에 눈을 내리뜨며 끄덕인 페르메니아는 이쪽으로 돌아서서 대답한다.

"징조라면 있습니다. 영걸 소환 의식으로 불려 온 용사는 세계를 넘는 와중에 엘리멘트로부터 영걸 소환의 가호를 받아 강대한 힘을 그 몸에 지니게 됩니다. 즉 여러분 중에서 예전과는 비교도 못 할 정도로 충만한 감각을 지닌 분이 있을 터. ……그 조건에 해당하는 분이 계십니까?"

"아마도 제가 그런 듯합니다. 이곳에 왔을 때 예전이라면 생각지도 못할 만한 넘치는 힘을 느꼈습니다."

레이지가 대답했다. 오오, 하고 술렁거리는 주변의 병사들. 그렇다, 힘을 얻은 자는 그뿐이었다.

그나저나.

'엘리멘트에서 말이지…….'

스이메이는 그렇게 마음속으로 수상쩍은 듯이 중얼거렸다. 엘리멘트, 아스트랄 실체를 뜻하는 엘리멘탈, 영혼을 뜻하는 엘리멘트리, 이 의미가 다른 세 단어 중에서 엘리멘트는 저쪽 세계에서 **원소**를, 주로 4대 원소나 5대 원소를 나타내는 말이다. 땅, 물, 불, 바람의 네 가지. 또는 거기에 하늘을 적용시켜 5대로 만드는 개념적인 요소로, 마술에서도 중요한 역할을 의미한다.

그러나 지금 페르메니아의 말투는 마치 살아있는 것을 가리키는 듯했다. 정령적인 신앙 밑에 있는 마술이나 정령을 불러내는 마술을 기반으로 다룬다고 해도, 어감이 살짝 이상하다.

아니, 이곳은 이세계이다. 저쪽 세상과 같은 사상이나 시스템이 있을 리도 없다. 그것이 같다면 애당초 세계에는 간격이 있을 필요도 없을 것이다. 사상이나 시스템이 다르기에 세계에 간격이 존재한다. 그러면 이쪽에서는 그렇다는 말인가――

"당신이 용사님이군요……."

"어…… 아, 네."

스이메이가 엘리멘트에 대해서 생각하고 있는데 티타니아가 레이지를 향해 매료된 듯한 시선을 보냈다. 그녀는 용사에게 어떤 동경을 느꼈을지도 모른다. 게다가 미목수려하다니 더욱. 마주본 레이지는 약간 당황한 듯했다.

그리고 티타니아가 느닷없이 레이지의 손을 잡는다.

"용사님. 정말 일방적이지만 부디, 부디 잘 부탁드려요."

"아, 아아앗?!"

"고, 공주 전하?!"

갑작스러운 일에 로브 차림의 소녀, 페르메니아도 놀랐는지. 아주 성급하고 초초한 듯이 티타니아에게 말을 걸었다.

그러자 티타니아는 퍼뜩 정신을 차린 듯이 얼굴에 살짝 홍조를 띠며 손을 놓는다.

"아 죄송합니다, 용사님. 제가 너무 주제넘게……. 이제 알현실에서 국왕 폐하가 설명해주실 테니 대답은 그때."

"아, 알겠습니다."

아직 당황스러운 와중에도 어떻게든 승낙한 레이지. 그런 그의 앞으로 이번에는 페르메니아가 걸어 나온다.

"요, 용사님. 페르메니아 스팅레이 다시 인사드립니다."

"아, 네. 감사합니다."

"앞으로 아마 저와 관련 있는 일이 많으리라 생각합니다. 그때는 저도 잘 부탁드리겠습니다."

"어, 아…… 예."

자연스럽게 어필 같은 것을 섞으며 인사한 페르메니아를 레이지는 제대로 받아들이지 못하면서도 대답은 했다.

거기서 티타니아가 다분히 고의적인 듯이 헛기침 한다.

"백염?"

"시, 실례. 조금 지나치게 성급했습니다."

"——자, 이쪽으로 오세요. 국왕 폐하가 계신 곳으로 안내하겠습니다."

티타니아가 말하자 병사들은 다시 정연히 줄을 서며 스이메이 일행에게 길을 열었다.

★

　병사들을 뒤따르며 낯선 통로를 걷다 보니 어둑한 석조 통로에서 벽걸이 촛대로 휘황찬란하게 비추어진 밝은 대리석 통로가 나왔다.

　지금까지 지나온 장소와는 달리 공들여 장식도 되어 있고 깔끔하다. 곳곳에 배치된 미술품이나 그림, 갑주는 본 적도 없는 분위기를 지닌 것뿐.

　역시 이곳은 이세계. 아무래도 정말 검과 마법의 판타지 세상인가 보다.

　그래서 여기까지는 주변 사물을 본 소감이고, 인물 쪽이라면 이쪽도 뭐, 적기는 하지만 다양하다.

　선도하는 병사들은 아무래도 좋지만, 공주와 궁정 마도사 두 소녀. 티타니아는 아까 레이지의 응대가 인상이 좋았는지 그의 옆에서 걸으며 끊임없이 말을 걸고 있다. 용사님이 있던 세계는 어떤 곳인지부터 시작해서 나이는 몇 살인지 특기 사항은 무엇인지 등. 그 지저귐은 마치 좋아하는 남자애와 함께 걷는 또래 여자애 같았다. 귀여운 여자애가 호의를 보내는 것은 스이메이도 조금 부러웠다.

　하지만 레이지 옆에서 걷는 미즈키, 그녀는 마음이 편치 않을 것이다. 레이지의 애인은 아니지만 그의 주위 여자애들 중에는 그녀가 가장 가까운 존재. 확실히 지금 그 애인 자리를 노리는 존재가 미즈키이다.

　그런데 아름답고, 게다가 신분이 높은 소녀가 달라붙으면 어떻게 생각할까. 표정으로는 별로 드러내지 않았지만 불쾌해 보인다.

그리고 또 한 사람 궁정 마도사 페르메니아는…….

"……저한테 무슨?"

"……아니요, 별일 아닙니다."

아까부터 몇 번인가 엿보듯이 보는 시선을 참을 수 없어서 살짝 매서움이 섞인 질문을 던졌다. 하지만 페르메니아는 아무 일도 없었다는 듯이 앞을 보는 것이다.

스이메이는 내심 신음한다.

'……마술을 대기시킨 건 실패였나. 저 상태라면 아마 마술을 쓴다는 사실을 들켰겠지.'

연이은 실수이다. 일단 구멍이 있다면 들어가고 싶은 심경이지만 지금은 그럴 수도 없다.

마술이나 마술사의 존재는 은닉해야만 한다. 그것은 자신들이 있던 곳에서는 거의 필수 사항이다. 이는 과학이 호령하는 현대에서, 마술은 어떻게든 이단으로 취급받아 정식 무대로 절대 나오지 못하도록 봉쇄된 것이 상식이지만 이 세계에서는 과연 어떻게 취급되고 있는가. 궁정 마도사라는 자가 공주와 함께 있다면 사회적 우위성도 있겠지만 그는 왕궁 레벨의 이야기이고 일반 레벨에서는 아직 판명되지 않았다.

마술을 쓴다는 사실을 간단히 밝히는 것은 어리석고, 무엇보다 레이지와 미즈키라는 저쪽 세계 인간인 두 사람에게 들키는 것은 좋지 않다.

──그렇다면 선결해야 할 일은 어떻게 저 입을 막을지 혹은 닫게 할지이다. 이것은 분명 대책을 마련해둘 필요가 있다.

"──다 왔습니다. 이곳이 국왕 폐하가 계신 알현실입니다. 그럼 들어가시지요."

그 말대로 문 앞에 도착했다. 거인도 지나갈 정도로 크고 게다가 화려하고 호사스럽다.

그리고 병사 중 한 명이 바로 문지기에게 말을 건다. 그러자 문지기가 무언가 속삭인다.

이윽고 천천히 그 문이 열린다.

"앗?!"

"어어?!"

갑자기 놀라움으로 소리친 레이지와 미즈키. 아무 행위도 없이 문이 갑자기 열린 것이 의외였나 보다. 문지기는 문에 닿지도 않았고 물론 자동으로 여닫는 기구도 주변에는 보이지 않았다. 그들은 무슨 일이 벌어졌는지 알 수 없었다.

레이지는 무심코 티타니아에게 묻는다.

"어, 어떻게 열렸지요?"

"……마법입니다만? 어떠셨나요?"

"아…… 그런가, 이곳은 마법이 있군요."

"이곳은?"

"우리가 있던 세계에는 마법이라는 힘은 없거든요."

"그런가요?!"

"네."

"……그럼 마법은 처음 보신 거네요."

용사가 감격하는 목소리를 들은 것이 좋았는지 티타니아는 상냥히 미소 짓는다.

그러자 페르메니아는 무언가 초조했는지 레이지를 향해서 갑자기 자기주장을 시작했다.

"저, 저도 저 정도는 간단히 할 수 있습니다."

"그렇군요."

"이래 봬도 영예로운 아스텔의 궁정 마도사이니."

"와…… 페르메니아 씨도 대단하군요."

"뭐, 뭐…… 네에에."

본심인지 인사치레인지 판단하기 어려운 레이지의 말에 갑자기 부끄러워하는 페르메니아. 칭찬에 약한가. 아니면 용사에게 칭찬 받아서인가. 세 보이는 느낌과는 달리 쾌활한 웃음에는 사랑스러움이 느껴진다.

한편 이쪽도 크고 높은 문을 보며 눈동자를 빛내는 미즈키.

"……굉장해. 역시 있구나, 마법은."

이쪽은 마법에 흥미가 있나 보다. 그런 종류의 소설을 좋아하는 소녀이다. 역시라고 해야 하나. 까마득한 역사를 지닐 만큼은 있다.

――그러나 스이메이는 당연히 마법 행사에는 눈치를 챘다. 문지기가 속삭인 스펠은 알아듣지 못했지만 술의 구성,

식의 전개, 부여의 유무, 효과, 발동까지 확실히.

'바람이군.'

문 열기는 간단한 마술이다. 주문의 양은 3절, 바람 속성, 물리적으로 밀어내는 것뿐인 마술이었다. 술자의 행사 능력도 막힘없이 훌륭하고 규범적. 하지만――

'으음…… 근데 왜 바람이지? 문을 여는 것뿐인데 왜 일일이 속성을 넣는 수고를 더했을까? 아무리 그래도 저 정도 마술에 영창이 3절분이라니 실용성을 너무 무시했잖아…….'

스이메이는 그렇게 지금 마술의 지나치다시피 많은 구멍에 그저 혼자 어이가 없었다.

술자의 역량은 좋다고 할 만하다. 그러나 실제로 현실적으로 그 자리에 필요한 것은 단지 문을 여는 마술이다. 마력을 최적화하여 이동시키는 술식을 구축해서 발동하면 그것으로 될 일이다.

단지 그 정도의 일인데도 무리하게 바람 속성까지 부여한 의도를 모르겠다. 인챈트에는 그만큼 주문의 양이 늘고 행사에 필요한 마력도 늘어난다.

다시 말해 시간도 마력도 많이 드는, 단점 투성이다. 솔직히 말하면 저런 마술에는 실제로 영창조차 필요 없다. 자신이라면, 아니 저쪽 세계 마술사는 누구나 할 수 있지만 이것은 손가락을 튕길 정도의 노력만으로 **문을 움직이지 않고** 열린 상태로 이동시키는 것도 가능하다. 뭐 그래서 어쨌냐는 말이지만── 아무튼.

그런 문을 여는 것뿐인 마술 행사에 대체 얼만큼 낭비를 하고 있는가. 솔직히 스이메이는 이해 불가였다.

'뭐, 저 문지기들의 취미인가?'

그래서 결국 그런 감상에 빠졌다. 개폐 마술에 바람 속성을 붙인 것은 단순히 문지기가 하고 싶었을 뿐이라고. 그러면 일단은 이해가 된다. 뭐, 여기서 멋대로 자신이 트집을 잡을 이유도 전혀 없지만 마술을 보니 그만 실용성이나 효율성을 재는 버릇이 나왔다.

스이메이가 그런 생각을 하는데 갑자기 티타니아가 말을 건다.

"스이메이 님은 마법에 놀라지 않으시네요."

──아뿔싸.

"네? 아, 아아. 너무 놀라는 바람에…… 하하하."

"어머, 그런가요? 그래도 이 정도로 놀라시다니 궁정 마도사의 훈련을 보면 까무러치실지도 모르겠군요?"

"그렇게 대단합니까? 이거 큰일 났네요~."

"우후후……."

하고 명랑하게, 하지만 숙녀처럼 웃는 티타니아. 이래서야 다른 의미로 놀랐다고는 말할 수 없다.

그런 가운데 페르메니아가 티타니아에게 말을 건다.

"공주 전하, 슬슬."

"네. 그럼 용사님, 미즈키 님, 스이메이 님은 제 뒤를."

재촉하는 그 말에 선두로 나선 티타니아의 뒤를 따라 문을 빠져나갔다.

그러자 그곳에는 거대한 응접실이 있었다.

직사각형의 거대한 응접실은 몇 개의 굵은 돌기둥이 가로지르고 서 있어서, 통로에 있던 방과는 만듦새에 들어간 힘의 정도가 현저히 다르다. 이곳이 알현실인가.

"우와……."

"굉장해……."

"오오……."

세 사람 모두 탄성을 금치 못했다. 그만큼 알현실은 장엄한 구조였기 때문이다. 조금 전까지 마술에 대해 생각하던 스이메이도 이것에는 정말 넋을 잃고 말았다.

그리고 알현실 중앙 안쪽에는 휘황찬란한 왕좌가 있고 그곳에는 유달리 위엄을 발하는 용맹한 남자가 앉아 있다. 아마 알마디아우스 루트 아스텔 국왕일 것이다. 금빛 머리를 짧게 정리하고 호쾌하게 수염을 기른 남자. 그 곁에는 심복으로 보이는 초로의 남성이 대기하고 있고 주위에는 줄을 이루듯 몇몇 높으신 분 같은 인물이 줄지어 서 있다.

주위 사람을 흘긋거리지 않고 그저 자기 앞에 앉은 사람만을 응시하며 앞으로 돌진하는 티타니아.

그리고 한층 높은 단상 자리—— 왕 앞에 무릎 꿇는다. 다음으로 무릎을 꿇은 것은 페르메니아. 그녀들이 무릎 꿇으니 자신들도 그래야 하는가 싶어 스이메이 일행은 당황하며 그녀들을 따라 했다.

국왕 앞에 전원이 무릎 꿇은 것을 짐작한 티타니아는 인사말을 했다.

"티타니아 루트 아스텔, 영걸 소환 의식으로 소환된 이세계의 용사를 데려왔습니다."

"이거 신세를 졌구나, 티타니아여. 그런데 용사가 어찌 셋이나 있는가?"

국왕이 의아한 듯이 묻자, 그에 페르메니아가 대신 대답한다.

"예. 이쪽 두 분은 용사님의 친구로 아무래도 소환 당시 휘말린 듯합니다."

"뭣이라?! 휘말렸다?!"

"예, 아마도."

그녀가 그렇게 말하자 국왕의 그 용맹한 얼굴이 경악으로 바뀐다. 그에 잇따라 주위에서 "어떻게 된 건가", "그런 말은 들은 적이 없어" 등, 제각기 웅성거리는 소리가 높아졌다.

그런 가운데 국왕은 페르메니아를 바라본다.

"하지만 정말 그런 일이 있는가? 지금껏 영걸 소환 의식은 여러 나라에서 행했으나 그런 이야기는 한 번도 들은 적이 없구나."

"그건…… 저도 신출내기이고 견문이 적어 모르겠습니다만 실제로 휘말린 자들이 이곳에 존재합니다. 그래서……."

"휘말린 것은 사실. ……이라는 말인가."

"예, 아마도."

페르메니아와 대화하면서 국왕의 표정은 험악하게 바뀐다.

그러자 미즈키가 작은 소리로.

'여러 나라라고 하는데, 우리 말고도 이런저런 곳에서 불려 온 사람이 있을까?'

'저 말투를 보니 그럴지도. 그보다 이 세계는 얼마나 마왕이 들끓는 거야…….'

미즈키의 질문에 스이메이는 질린 표정으로 대답했다. 갑자기 소환되어 이세계의 난민이 된 사람들도 딱하지만 몇 번이나 용사를 불러야 할 만큼 세계를 멸망시키려는 존재가 나오는 것도 터무니없는 이야기이다.

'게다가 우리 같은 경우는 처음 겪는 케이스 같고.'

'아하하…… 우리가 더 딱하네…….'

셋이서 그렇게 작은 소리로 대화하고 있으니 페르메니아와 대화를 마친 국왕은 험악한 표정을 싹 바꾸며 의연하게 이쪽을 보았다.

"──용사여, 갑자기 이런 곳으로 불러들여 미안하구나. 나는 아스텔 왕국 제13대 국왕인 알마디아우스 루트 아스텔이라 한다. 그리고 이곳은 내 거성인 카멜리아 왕궁. 아무런 통지도 없이 등성하게되어 긴장해도 별수 없겠다고 생각하지만, 편히 있기 바란다."

국왕이 그런 치하를 덧붙이며 말하자 티타니아가 레이지에게 무언가 속삭였다.

아마 이후의 의례적인 응대라도 지시했을 것이다. 그러나 레이지는 그 예상과 달리 바로 일어섰다.

'어——?'

당황한 스이메이와 주위의 술렁거림. 분명히 말해서 있을 수 없는 사태이다. 그것도 현대에서는 생각하지 못할 이야기이지만, 이런 중세시대 국가에서는 왕이 최고의 권력을 지니기에 그들은 신과도 동등한 존재로 여겨진다. 그런 인간을 상대로 공식적인 자리에서 얼굴을 맞대다니, 불경에 해당해서 무언가 좋지 못한 일이 될지도——

'괜찮아요. 용사님은 세상을 구하기 위해서 불려 온 분이니 이쪽이 양보해야 할 처지입니다. 그러니 이 자리에서 아버지와 대등하게 이야기하셔도 아무 문제없어요.'

'그, 그렇군요…….'

스이메이의 우려를 알아차린 티타니아가 작은 목소리로 알려주었다. 아무튼 문제는 없나 보다. 잠시 어떻게 될지 불안했지만 한시름 놓았다.

그리고 레이지가 국왕에게 예를 갖추며 입을 연다.

"레이지 샤나라 합니다, 폐하. 알현하게 되어 영광입니다."

"그대가 이세계의 용사인가?"

"예."

국왕의 질문에 레이지가 수긍하자 오오, 하고 주위가 술렁거렸다. 그리고 "저분이 용사님인가", "성스러운 존안이다"
라며 모두 레이지에게 홀린 듯한 말을 입에서 쏟아내었다.

"그럼 뒤에 두 사람이 용사의 친구인가?"

"예. 친구인 미즈키 아노입니다."

"스이메이 야카기입니다."

무릎을 꿇은 채 얼굴을 들고 대답한 미즈키와 스이메이.
용사가 아니기에 레이지와 똑같으면 역시 문제가 있을 듯해
서 기립하지는 않았다.

"으음. 함께 불려 온 둘에게는 정말 미안하게 생각한다.
이쪽이 미비했던 결과, 정말 일방적이지만 부디 용서하기
바란다."

"예."

"예……."

왕좌에 앉은 채로 그런 말을 건네는 국왕에게 짧게 대답.

이는 국왕도 그 나름대로 할 수 있는 최대한의 사죄이겠
지만 그것이 전혀 사죄로 들리지 않는 사실에 왠지 화가 치
밀었다.

다시 주위에서 들려오는 "저런 과분한 말씀을", "각별한
자비군" 등, 레이지 때와는 나오는 말도 현저히 달랐다.

"흐음. ──용사와는 나누고 싶은 말도 많지만 오늘의 알
현은 여기서 마치겠다. 갑작스러운 소환이다. 용사도 아직
어리둥절할 테니."

"예──"

"용사와 그 친구들이여. 이후에 카멜리아 대응접실에 연회 자리를 마련했다. 준비가 끝나는 대로 출석하고 본론에 관한 이야기는 또 내일로 하지."

대접과 대답하는 데 하룻밤의 여유. 이는 국왕의 특별한 배려일 것이다. 갑작스러운 소환에 대해서는 역시 그도 어느 정도는 신경 쓸지도 모른다.

연회라는 말에 주위의 분위기가 풀어진다. 그런데 바로 그때, 그것에 제동을 건 한 사람이 있다.

"아니요, 폐하. 가능한 본론에 관해서는 지금 이 자리에서 말씀하셨으면 합니다만."

"용사여, 괜찮겠나? 용사는 이곳에 온 지 얼마 안 됐으니 아직 마음의 준비도 되지 않았겠지?"

"예……. 하지만 결국 그건 저희가 마주해야 할 일. 어서 듣고 싶습니다."

"……알겠다. 용사가 그리 원한다면 말하지."

레이지의 요구로 국왕은 한 번 깊게 생각한 뒤에 승낙을 표했다.

하지만 그에 대해서 스이메이는 반대였다.

'아아…… 이 정직한 바보!'

험악한 표정을 지으며 그렇게 분노에 차 중얼거렸다. 이런 흐름은 위험하다. 전개가 너무 빠르다. 그것도 심하게 성급할 정도로. 당연하다. 아직 이 건에 대해서는 셋이서 제대로 의논하지 않았으니.

초조함에 휩싸인 스이메이는 무릎을 꿇은 자세로 레이지의 바짓단을 잡아당긴다.

'야야, 레이지! 어쩔 생각이야! 이거 들으면 대답해야 한다니까? 것보다 당연히——'

'스이메이. 괜찮으니까 나한테 맡겨.'

'아니, 맡기고 자시고—— 레이지이이이이!'

의논하기 전에 붙잡은 손을 뿌리치고 한 발 걸어 나간 레이지에게 스이메이는 매달리듯이 외침을 퍼부었다. 일단은 작은 소리로.

이는 스이메이로서는 절대 받아들일 수 없는 말이다. 이 세계에서 마왕 토벌이라니 대체 무슨 꿈같은 이야기인가. 전력도 전투 능력도 전혀 모르는 상대에게 싸움을 걸러 가다니 제정신으로 할 일은 아니고, 무엇보다도 자신들이 그런 일을 해야 할 이유가 없다.

그뿐만이 아니다. 스이메이 자신에게도 곧바로 돌아가고 싶은 이유가 있다.

그렇다, 자신에게는 아직 돌아가신 아버지와 굳게 약속한 과제가 남았다. 그것을 완수할 때까지는 죽을 수 없고 죽기도 싫다.

분명 세상 뒤편에서 암약하는 마술사에게 목숨을 거는 일은 숙명이라고도 하지만 그렇다고 아무 데나 목숨을 내던질 생각은 없다. 당연한 일이다.

그런 생각 속에서 불안한 듯이 레이지의 뒷모습을 바라본다. 진지하게 생각하면 받아들이지 못할 이유도 없겠지만 저 평범함을 벗어난 호인의 일이다. 이를 수긍할 수도 부정할 수도 없다.

앞으로 나온 레이지에게 국왕이 묻는다.

"이야기는 어디까지 들었는가?"

"조금 전 공주 전하께서 마왕을 토벌해달라고 부탁하셨습니다. 그 외에는 아직 아무것도."

"그런가. 그럼―― 그레스."

국왕은 끄덕이더니 옆에서 대기하던 초로의 남자에게 가볍게 시선을 보낸다. 그것이 신호인지 그레스―― 그렇게 불린 남자가 앞으로 나왔다.

"아스텔 왕국의 그레스 디레스 재상이라 합니다. 그럼 먼저 현재 상황부터 설명해드리지요."

"부탁드립니다."

"이곳 아스텔에서 더 북쪽으로 두 나라 정도 떨어진 장소에 혹한의 나라로 불리던 노시어스 왕국이 있었습니다. 북방의 노시어스는 마족령과 인간령의 경계에 위치하여 오랫동안 마족의 침공을 막아서 인류 최북단의 요새라 불렸지만―― 약 반년 전입니다. 마족의 전격적인 습격을 받아 왕도는 함락했고 노시어스는 국가 체제를 유지하지 못하게 되어 멸망했습니다."

그레스 재상은 험악함을 얼굴에 드러내며 계속한다.

"노시어스 백성은 그 극한의 기후 속에도 불구하고 평지와 비교해도 손색없는 강함을 자랑했고 국군도 정예부대로 알려졌지만, 백만이 넘는 마족군의 습격은 당해낼 수 없어서 멸망하기까지 한 달도 걸리지 않았다 합니다."

그러자 미즈키가 물어보기 어려워하면서도 그 소상을 묻는다.

"저기, 멸망했다면 그 노시어스 사람들은……."

"마족은 인간 포로를 필요로 하지 않았습니다. 습격 당시 노시어스 국민 대부분 마족에게 살해당해서 그때 목숨을 부지한 자도 마족의 인간 사냥에 당하고 살아남은 자는 운이 좋았던 극소수. 노시어스인은 이미 손에 꼽을 정도밖에 없겠지요."

"인간 사냥이라니 무슨……."

"그게 마족이라는 존재입니다. 인간을 한없이 깔보며 벌레처럼 취급하고 오직 힘으로만 남들과의 우열을 가리는 마성. 이쪽이 양보해도 협상은커녕 그를 이용해서 거꾸로 치고 들어올 무리입니다."

그레스의 이야기를 들은 미즈키는 얼굴이 창백해진다.

모두 죽인다. 인간 사냥. 그것이 그녀를 공포로 내몬 것이다.

그레스의 말을 모두 그대로 믿을 수는 없지만 학살과 멸망까지 시킨 사실이 있는 이상, 이 세계의 마족은 소설에 곧잘 나올 법한 존재와는 다르게 언제까지고 마주칠 일 없는 무리일 것이다.

"……그 후 구세교회의 신탁으로 지금까지 마족령을 통치한 마왕의 대가 바뀐 일, 그 마왕의 이름은 나크샤트라라는 것, 마족을 내버려두면 인류는 결국 멸망한다는 사실이 판명됐습니다."

거기서 그레스는 일단락 짓고.

"그리고 인류 멸망의 신탁에 사태를 심각히 본 각국은 마족 침공에 대한 대책을 협의. 하지만 노시어스가 패한 일과 추정되는 마족군의 규모로 인해서 제시된 타개책 여럿이 사라졌습니다. 그만큼 우리 인류에게는 우리를 훨씬 뛰어넘는 힘을 지닌 마족군에 대항할 방도를 얻지 못했습니다."

그리고 그레스는 문득 레이지에게 눈길을 돌린다.

"그래서 각국은 이 세계에 예로부터 전해진다는 이세계 용사를 소환하는 마술에 매달렸습니다. 본래 영걸 소환 의식은 마법사 길드와 구세교회에만 전해져서 그들의 합의에 따라 인류가 위험에 처했을 때 비로소 그 의식을 거행할 수 있는 엄중한 금계가 있습니다. 각국이 제 국익만 우선해서 분별없이 영걸 소환 의식을 행한다면 온 세계의 인간들이 혼란에 빠지기 때문이지요."

"이 세계의 위기가 그렇게 많이……."

레이지는 미간을 찌푸렸다. 그도 내심 "이 세계 인류는 위기로 심하게 들끓잖아!" 하고 외치고 싶을지도 모른다.

"예. 알려진 선에서는 모든 생물을 먹는 거인이 나타났을 때가 두 번. 세계를 전부 손에 넣으려 한 폭군이 나타났을 때가 세 번. 이번처럼 마왕을 토벌할 때가 한 번, 합이 여섯. 그리고 그때마다 이 위기를 회피하려 아스텔 왕국을 포함한 네 개의 나라가 영걸 소환 의식을 행하는 단계가 됐습니다."

"네 개의 나라……."

의외의 사실에 스이메이는 입 밖으로 중얼거렸다. 설마 자신들 이외에도 마왕 토벌이라는 어이없는 부탁을 강요당한 가여운 인간이 있을 줄이야. 이외에도 소환이 있었다는 사실은, 다시 말해 부탁을 거절당했을 때의 안전책인 듯한데 그렇다면 자신들이 억지로 받아들이지 않아도 된다는 말이다.

"그리고 불려 온 것이 우리였군요?"

레이지가 확인하듯이 묻자 그레스는 눈을 감으며 수긍했다.

"그렇습니다."

그리고 그레스는 험악한 얼굴을 더 험악하게 바꾼다.

"현재 마족군의 침공은 서서히 진행되고 있지만 머지않아 이 세계에 있는 인간의 나라가, 나아가서는 우리나라도 마족 대군에 유린당하고 말겠지요. 꼭 노시어스처럼."

그레스의 얼굴에서 빛이 사라지고 목소리도 우울해졌다. 이쪽의 동정을 얻기 위해 연기라도 섞어 넣었나. 아주 교활하고 불쾌했지만 소환이 국가 간에 정해진 일이라고 생각한다면 실패는 나라의 체면과 관계되고 나아가는 아스텔에 대한 신용 실추로 이어질 것이다. 국가의 앞날을 생각해야 하는 재상으로서는 어쩔 수 없는 대책이겠지만 스이메이는 그래도 마음에 싹트는 분노를 억누를 수 없다.

그런 그레스의 이야기가 끝날 때를 기다리던 국왕이 입을 연다.

"용사여. 이 세계의 모든 인간을 구하기 위해서 부디 받아들일 수 없겠는가?"

"…………."

"어떤가?"

고심하듯이 고개를 숙인 레이지에게 국왕이 다시 물었다.

'그런 건 뻔하잖아, 레이지. 물론 부탁이다…….'

당연히 그런 일에는 절대 관여하고 싶지 않은 스이메이는 남몰래 레이지에게 빈다. 스이메이는 마술사이니 자기자신이나 제 연구를 지키려고 어느 정도의 전투 기술을 익혔지만 너무나 터무니없는 싸움 따위에 끼고 싶지 않다. 게다가 당연하지만 죽고 싶지 않다.

스이메이는 그런 불안을 싹 지우려고 그저 샤나 레이지 신께 기도를 올린다.

그리고 모두 마른침을 삼키며 용사의 대답을 기다리는 가운데 잠시 정적이 흐르고 레이지는 의연하게 얼굴을 들었다.

그리고——

"그 말씀 받아들이겠습니다."

'그렇지. 안 하겠지. 받아들일 리가—— 네?'

확인한다. 지금 이 남자는 뭐라고 했는가.

──받아들이겠습니다.

'이…… 이이이이이봐아아아아아아아!'

승낙했다. 하고야 말았다. 스이메이는 그 말을 기분 탓이라고 한 번 의심하고 반추했지만, 역시 그것은 변함없는 승낙.

"그렇군! 그럼──"

"잠깐 기다려어어어어!!"

그러니까 그런 일은 용납할 수 없다. 국왕의 기뻐하는 목소리를 싹 지우듯이 스이메이의 절규가 알현실에 울려 퍼졌다.

스이메이 스스로도 자신이 이런 목소리를 낼 수 있는지 내심 놀랄 정도로 큰 목소리에 알현실에 모인 일동이 멍해졌다. 그리고 국왕의 말을 가로막은 무례함도 있지만 갑자기 예상외로 심각해진 사태에 누구도 나무라지 않았다.

한편 승낙해버린 호인은 전혀 짐작 가는 바가 없다는 얼굴로.

"가, 갑가지 왜 그래 스이메이? 큰 소리를 내고."

"갑자기도 아니고 큰 소리도 날만 하지, 이 얼간아! 받아들인다니, 뇌가 썩었냐고 넌! 넌 지금 세계를 멸망시킨다느니 하는 무지하게 위험한 놈을 죽여달라는 부탁을 들었다고?! 그놈의 수백이나 되는 부하 대군과 싸워야 한다니까?! 그걸 나나 미즈키한테 아무 상의도 없이 받아들이겠다면서 소리 지르지 말라니 그게 더 이상하다!"

그렇게 레이지에게 단숨에 지껄인 스이메이는 숨도 거칠고 흥분한 모습으로 보인다.

하지만 레이지는 그런 그를 계속 진지한 눈동자로 바라보며 말한다.

"근데 그 마왕 때문에 여러 사람이 심한 일을 겪었고, 앞으로 또 당할지도 몰라. 그래서 이 세계 사람들은 용사에게 마지막 기대를 걸고 날 부른 거야. 그러니까 할 수 있는 데까지는 해야 한다고 생각해."

"아니 그러니까 왜 그래야 하는데?! 우리한테는 아무 의리도 없다고!"

"그래. 분명 우리는 오늘 처음 이 세계로 왔어. 스이메이가 말한 대로 의리 같은 게 있을 리 없지. 그래도 인연은 있어. 인생은 인연이야. 사람은 인연을 거듭하며 살아가잖아? 게다가 의리는 처음부터 있는 게 아니라 앞으로 만드는 게 아닐까?"

철학적으로 조금 멋있는 표현을 한 레이지. 왜 이 남자는 이렇게 중요한 장면에서 입이 마구 돌아가는지 그 점에 대해서는 한 시간 정도 따지고 싶은 스이메이지만——

"그거야 확실히 그런데…… 아니 지금은 그런 얘기는 상관없어! 그보다 일단 근본적으로 너 혼자서 가능할 리 없잖아?!"

그의 진지한 주장에 감탄해서 그만 인정할 뻔했지만 스이메이는 가까스로 버티고 당연한 사실을 내세웠다. 레이지는 학생이다. 그의 경우는 자신과 달라서 거친 일이라야 불량배와 싸운 적밖에 없을 것이다. 싸우지 못한다고는 할 수 없지만 아무리 봐도 승산이 없다.

하지만 그래도 레이지는 고개를 가로저으며 그런 허튼소리를 지껄이는 형편.

"그건 모르지. 지금 나한테는 굉장한 힘이 깃들어 있어. 어쩌면 이 힘으로 마왕을 쓰러뜨릴 수 있을지도 몰라."

"뭐어어가 굉장한 힘이냐고, 멍청아! 쓰러뜨릴 수 없어! 넌 『싸움은 머릿수라고, 형!』이라는 위대한 말도 모르냐! 네가 아무리 강해졌어도 상식적으로 수백만인 군세를 상대로 이길 수가 없지!"

"아니, 해보지 않으면 몰라. 실제로 지금까지 소환된 사람들은 이 세계를 구했어."

확실히 듣고 보니 그렇다. 그러나 결국 이긴 사람의 이야기만 전해졌을지도 모른다. 그러니.

"그런 건 결과야."

"그 결과야말로 흔들리지 않는 사실이야. 게다가 난 솔직히 곤란에 처한 사람을 내버려두기 싫어. 말치레일지도 모르지만 이 세계 사람들에게 협력하고 싶어."

"레이지. 너 또……."

스이메이는 레이지의 진지한 말에 조금 어세를 누그러뜨렸다. 다음은 설마 연민인가. 이건 레이지의 병이다. 곤란에 처한 사람을 보면 내버려두지 못하는 이 남자. 옛날부터 그렇다. 스이메이가 레이지와 알게 된 그날부터 계속 변하지 않는다.

누군가를 구하기 위해서 분주하고 자신 같은 녀석을 끌어들이지만 결국 모두 구해낸다. 약함을 잘라내지 못하는 약함을 지닌 강자. 그것이 샤나 레이지.

그에 동조해온 스이메이는 이 남자의 성격을 잘 알고 있다.

"……스이메이. 네가 싫다면 무리하지 마. 솔직히 스이메이가 있으면 나도 든든하지만 힘을 손에 넣은 용사는 나쁜이야. 따라오지 않아도 돼."

"너……, 분명 내 대전제로는 가고 싶지 않지만 딱히 그것만은……!"

"응. 알아. 날 걱정하는 거지? 내 생각이 부족할 때는 늘 스이메이가 도와주니까."

그렇게 다정하게 말하다니 비겁하다. 그런 녀석이니 더 내버려둘 수 없어서 결국 정신을 차리면 레이지가 하는 일에 동조했다.

하지만 그래도 이번만큼은──

"……난 절대 안 가. 이런 얘기에 휘말리지 않을 거고 죽기도 싫어."

역시 안 된다. 따라갈 선택지는 없다. 아무리 생각해도 너무 무모하다.

"응. 미안해, 스이메이."

"사과할 정도라면 받아들이지 말라고."

미안하다는 듯이 사과하는 레이지에게 스이메이는 기막힘과 체념이 섞인 목소리로 답했다.

그리고 레이지는 이번에는 미즈키와 마주 본다.

"난 마왕을 쓰러뜨리러 갈 거야. 그러니 미즈키도 스이메이와 함께 기다려줘."

결의를 나타낸 레이지 앞에서 미즈키는 고개를 숙이고 떨고 있다. 그녀는 대체 무슨 생각을 할까.

잠시 대답하지 않더니 곧 무언가에 겁먹은 듯한 떨림을 멈춘 그녀는 결연히 얼굴을 들고 레이지에게 고했다.

"……아니, 나도 레이지와 함께 갈래."

"뭣?!"

"미즈키……."

"야, 미즈키 너까지……."

스이메이는 당혹감을 입에 담았다. 설마 또 한 명의 친구까지 이런 비현실적인 말을 할 줄은 몰랐다.

그리고 그것은 레이지도 마찬가지.

"미즈키 안 돼. 지금 내가 받아들이려는 일은 목숨이 걸렸어. 그러니 널 데려갈 수는 없어. 난 널 위험에 처하게 하기 싫어."

레이지가 그렇게 미즈키의 부탁을 거절하자 그녀는 고개를 획획 가로저었다.

"마왕을 쓰러뜨리지 않아서 이 세계가 평화롭지 못하다면 결국 어디에 있든 마찬가지야. 그러니 난 조금이라도 레이지에게 힘이 되고 싶어. 내가 뭘 할 수 있을지도 모르고, 레이지처럼 이 세계 사람들을 구하려는 마음이 있는지 없는지는 모르겠지만 그래도 난 레이지를 따라가고 싶어."

"……위험해. 난 미즈키를 제대로 못 지킬지도 몰라."

"응. 여차하면 버려도 상관없어. 그러니까……."

그렇게까지 바랄 리는 없지 않은가. 소중한 사람을 따라가기 위해서 미즈키가 본심을 속이며 괴로운 듯이 말하자 레이지는 조금 고심한 끝에 입을 열었다.

"……알겠어. 미즈키가 그렇게까지 말한다면, 같이 가자. 그래도 난 결코 무슨 일이 생겨도 미즈키를 버리지 않아."

"응……."

수긍하는 미즈키. 레이지에게 좋다고 승낙을 받아서인가. 왠지 기뻐 보였지만 용기를 쥐어짠 그 눈동자에는 희미하게 눈물이 어렸다.

"국왕 폐하. 마왕 토벌 건을 받아들이겠습니다. 마왕 토벌에 가는 자는 저와 미즈키 두 사람입니다."

"잘 알겠다. 미즈키, 그대도 정말 괜찮은가?"

"네!"

씩씩하게 대답한 미즈키를 기뻐하는 시선으로 본 국왕은 이어서 스이메이에게 시선을 돌린다.

"스이메이 그대는 역시……."

"전 그런 어이없는 수의 군세와 못 싸웁니다. 그러니 둘을 따라가지 않겠습니다."

"그렇군……."

아쉽다기보다는 미안하다는 음색의 목소리를 낸 국왕. 역시 소환한 것은 자신 쪽이기에 마음에 두었을 것이다.

그런 그의 반응과는 정반대로 스이메이에 대한 주위의 반응은 여전히 냉랭했다.

"저런 소녀가 따라간다고 결심했는데 저 소년은 말이야……"라든지 "전혀 패기가 없군" 등의 기막힘과 짜증의 목소리가 들린다.

'안전한 곳에서 움직이지 않는 놈들 주제에 제멋대로 지껄이는군. 뭐 그야, 안 따라간다고 결정한 내가 말할 처지는 아니지만…… 그것보다 중요한 얘기가 있는데.'

스이메이는 속으로 지겹다는 한숨을 쉬는 것도 잠시, 국왕에게 꼭 부탁해야 할 일을 말한다.

"국왕 폐하. 한 가지 부탁이 있습니다만 괜찮으신지요?"

주위에서 "이 무슨 뻔뻔함인가!"라거나 "네놈 따위가 국왕 폐하께 주청할 처지가 아니다!"라는 목소리가 커졌지만 묵살.

국왕도 특별히 거칠지 않은 목소리로 응한다.

"말해보게."

"네. 저는 마왕 토벌에 가지 않으니 원래 있던 세계로 돌아가고 싶습니다."

그렇다, 자신은 싸움에는 나서지 않는다. 그렇다면 이 세계에 머무를 필요는 없다. 다시 영걸 소환 의식인지를 사용해서 서둘러 원래 세상으로 돌아가고 싶었다.

그러나 어쩐 일인지 국왕은 대답하지 않는다.

"…………."

대신 자리를 메운 것은 무거운 침묵이었다. 주위를 보니 무슨 영문인지 몰라서 당황한 얼굴의 레이지와 짐작 가는 바가 있다는 얼굴의 미즈키. 티타니아와 페르메니아는 벌레라도 씹은 듯이 안색이 나빠졌다.

혈색이 나쁘다는 점은 무언가 좋지 않은 일이 틀림없다. 스이메이는 방금 전에 돌아가게 해달라고 부탁했다. 그래서 두 사람이 저런 얼굴이 된 것은 즉.

그런 사실에서 스이메이의 머리에 한 가설이 떠오른다.

"이봐, 잠깐. 설마……."

이미 스이메이에게 존칭을 쓸 여유는 없었다. 당연했다. 그 추측이 맞는다면 그럴 때가 아니니까.

이윽고 국왕이 결심한 듯이 입을 연다.

"유감이지만 그대를 원래 있던 세계로 돌려보낼 수 없다. 그대를 돌려보내기 싫어서가 아니다. 그대를 돌려보내는 방법이 이곳에는 존재하지 않는다."

그 말에 스이메이의 관자놀이가 실룩실룩 움직인다. 그리고 불경을 알면서도 재차 질문을 감행했다.

"……죄송합니다. 잘 듣지 못했는데 다시 한 번 말씀하시겠습니까?"

"그대를 돌려보낼 방법이 존재하지 않는다. 그러니 원래 세상으로 돌아갈 수 없다."

그것이 결정타였다. 스이메이는 저도 모르게 바닥을 뚫어 버릴 정도로 힘껏 밟는다.

"무슨, 웃기지 마아아아아아아아아!!"

이날 그의 두 번째 절규가 알현실에 울려 퍼졌다.

이렇게 그 이후 알현실에서의 사건은 아스텔 왕국이 건국되고 나서도 유례가 없을 정도의 소동이 되었다. 저쪽 세계로 돌려보낼 수 없다는 국왕의 말에 분노인지 비명인지 모를 외침을 터뜨린 스이메이는 "돌려보내지도 못하면서 부르다니 미쳤어?!", "아무리 그래도 너무 제멋대로잖아, 이 멍청아!", "얼간아!!" 등의 갖은 욕설을 내뱉으며 심하게 날뛰고는 국왕에게 덤벼들려 했다. 그 시점에서 스이메이의 이성은 불합리에 대한 분노로 모두 날아갔고 이 장소가 어디며 어떤 의미를 지니는 곳인지도 생각할 만한 머리는 이미 아니었다. ……굳이 말하자면 이세계 소환이라는 이 불가사의한 상황에서 그의 이런 반응이 가장 일반적인 것이지만.

어쨌든 부른 쪽에게는 국왕에게 해를 미칠지 아닐지가 가장 중요했고, 왕에게 덤비려는 스이메이를 강제로 멈추려고 국가의 중진과 병사들이 뛰어들면서 불가피하게 큰일이 벌어지는 게 아닌가 생각되었지만, 그의 행동이 미칠 만한 위험성을 파악한 레이지와 미즈키의 제재와 국왕의 중재로 그럭저럭 무사했다.

그리고 스이메이의 분노도 완전히 식지 않은 채로 배정된 방에 갇혀서 그는 혼자 틀어박힌 모양새가 되었다.

그리고 지금 스이메이는 임시 독실 안에서 잦아들지 않는 생각으로 속을 끓고 있다.

"젠장, 진짜, 진짜냐고……."

머리를 싸매고 몇 번이나 그렇게 현실을 의심하는 스이메이. 하지만 아무리 그가 자신의 볼을 꼬집어도 배정된 방이 제 방으로 바뀔 일은 없고, 눈앞의 이국풍 인테리어도 창문으로 보이는 광경도 전혀 변함없이 그대로.

그런 사실을 들이밀면 번뇌도 늘어나는 법. 이곳에는 없는 원흉들을 향해 외치는 스이메이.

"아아아아아아아아, 이제 어쩌면 좋냐고!! 세계를 넘어서는 소환술의 술식 따위 몰라, 난!!"

자신들을 이 세계로 데려온 소환술은 일반적인 소환술과는 다르다. 대상을 불러낸다는 점은 똑같지만 차원을 뛰어넘은 시점에서 이미 예가 있을 수 없다. 불러낸 장소가 외각 세계라면 모를까 병렬 세계나 다른 차원이라는, 저쪽 세상에서 그 존재가 증명되지 않은 장소에서 대상을 소환하는 방법은 저쪽 세상에도 확립되지 않았다.

저쪽 세상에 있었다는 사실에 따라 저쪽 세상과 자신이

인과관계로 이어져 연계되는 패스(Path)가 있다고 해도, 그를 원점에 대응하는 전이 마술을 만든다고 해봤자 효과는 약하다. 레일이 약하면 전차가 탈선하는 것처럼 혹시 돌아갈지도 모른다는 희망에 매달렸다가 이상한 장소로 날아가면 본전도 못 찾는다.

"으……."

괴로움이 섞인 신음을 내뱉는 스이메이. 사고로 소환된 대상이기에 일단 경로는 이어져 있다. 발버둥이지만 이를 위안으로 무언가 가능하다면──

"받아줘, 마리……."

교신의 마술── 휴대전화 보급 덕분에 지금은 대부분 사용하지 않는 화석 같은 그 마술로 지인과의 상호 전달을 시도했다. 하이데마리 알츠바인. 저쪽 세계에서는 함께 가장 많은 결사의 일을 해낸 그녀와 교신이 이어지면 경로를 강화하는 것도 가능하고 돌아가지는 못해도 최소한 이쪽에 닥친 사태만큼은 전할 수 있다.

그리고 대답은.

"젠장!!"

무리였다. 다른 세계에 있는 이상, 외각 세계라는 간격 탓에 교신할 수 없는가.

"이렇게 되면 자력으로 돌아갈 수밖에 없나……."

지금까지는 없던 어깨를 덜컥 짓누르는 난제에 스이메이는 한숨을 쉬었다. 돌아갈 수 없다는 선택지는 없다. 그거야말로 전무하다. 완수해야 하는 일 때문에 자신은 반드시 저쪽 세계로 돌아가야 하니까.

"흐읍……."

스이메이는 갑자기 숨을 들이쉬었다. 그리고——

"난 꼭 저쪽으로 돌아갈 거야아아아아아아아아아!!"

그런 결의를 우렁차게 외치고 해방되었다.

★

스이메이 일행이 이세계로 불려 온 날부터 며칠 뒤, 카멜리아 왕궁 내에 위치한 실외 연습장에서 지금 레이지와 미즈키는 궁정 마도사와 병사들을 앞에 두고 있다.

"얼마 안 남았네. 레이지."

"응."

바로 옆에서 앞으로 시작될 일에 흥분을 감추지 못하는 미즈키에게 레이지는 끄덕였다. 그렇다, 앞으로 이 연습장에서 눈앞에 있는 티타니아와 궁정 마도사 몇몇 그리고 기사들과 함께 마법을 연습한다. 미즈키의 흥분은 당연했고 이렇게 말하는 자신도 들끓는 피를 감추지 못했다.

"마법이라니. 설마 우리가 쓰게 될 날이 올 줄이야."

이는 자신들의 세계에서는 생각하지 못할 일이다. 저쪽 세계에서 모두가 꿈꾸지만 모두가 이루지 못하는 판타지 속에만 있는 가공의 힘. 아니 이미 지금은 '이었던' 힘인가.

"그러고 보니 역시 이세계구나 여기는……."

쓸쓸함에 사로잡힌 미즈키가 고개를 숙이며 마음속에 감추던 것을 살며시 흘렸다. 사실은 괴로운 걸까. 아니, 그럴 것이다. 돌아가지 못한다는 얘기를 듣고 충격을 받은 것은 아무렴 스이메이만이 아니다. 따라가겠다고 한 그녀도 마찬가지. 소중한 사람들과 만나지 못하는 쓸쓸함을 레이지도 잘 안다.

"미즈키……."

"앗! 미, 미안? 우울해져서는."

"아니 괜찮아. 그 기분 이해해."

"응……."

"그래도 안심해. 미즈키는 내가 꼭 지킬 테니까."

그렇다. 말을 꺼낸 것은 자신이다. 그녀의 괴로움도 고민도 제대로 자신이 짊어져야 한다. ──하지만 어찌 된 일인지 미즈키는 갑자기 얼굴에 홍조를 띠었다.

"레, 레이지! 그, 그건 설마……."

"응? 뭐가?"

"뭐가라니 무슨……."

"……?"

"아……, 그렇구나. 레이지인데……."

정말 무슨 이유인지 무언가 깨닫고는 바로 질렸다는 목소리로 그렇게 아쉽다는 듯이 푸념하는 미즈키. 무엇이 그렇게 그녀를 우울하게 했는지 모르겠지만, 미즈키는 곧바로 또 다른 근심을 떠올리고는 퍼뜩 입을 연다.

"스이메이는 괜찮을까……."

그녀가 생각하는 것은 또 한 명의 친구이다. 동급생 야카기 스이메이. 알현실에서의 소동 이후부터 배정된 방에 틀어박혀 나오지 않는다. 원래 세계로 돌아가지 못하는 것이 꽤 쇼크였는지. 레이지와 미즈키가 창문 너머로 몇 번이나 걱정스러운 목소리로 불렀지만 시원찮게 대답할 뿐이고 그가 어떤 상태인지 모른다.

미즈키의 불안을 떨쳐내려고 레이지는 웃는 얼굴로 말한다.

"걱정 안 해도 괜찮아. 스이메이니까 며칠 지나면 태연한 얼굴로 방에서 나올 거야."

"응…… 그럼 다행이지만."

하지만 미즈키는 아직 근심에 사로잡혀 돌아오지 못한다. 그만큼 그녀도 이세계로 불려 온 일에 불안을 느낄 것이다. 스이메이에 대한 걱정도 그녀 자신이 생각하는 앞으로의 일을 비추어 본 것이 틀림없다. 미즈키도 그렇게 생각하니 역시 그날 알현실에서 스이메이가 말한 대로 상의도 하지 않고 결정한 것은 잘못이었나——

"모두 모인 듯하니 시작하겠습니다. 레이지 님, 준비되셨습니까?"

레이지가 그날의 선택에 대해서 시비를 생각하고 있자, 앞에 있는 티타니아가 줄지어 선 궁정 마도사들을 둘러보며 물었다.

생각 중에 그에 반응한 레이지는 티타니아에게 답한다.

"네, 전 언제든지 괜찮습니다."

"이쪽 사정으로 오래 기다리시게 해서 죄송합니다."

"아니요, 무슨."

"레이지 님은 너그러운 분이군요."

하고 미소 지어 보이는 티타니아. 정말 오래 기다린 기억도 없지만 항상 대응이 정중하다. 이것이 그녀의 성격인가. 왕족인데도 거만한 기색이 전혀 없는 모습에 호감이 간다.

레이지가 그렇게 생각하는데 티타니아가 그 자리에서 우아하게 뒤돌았다.

"그럼 레이지 님의 마법을 봐드릴 궁정 마도사들부터 소개하겠습니다. 먼저 백염…… 실례. 스팅레이 경."

고쳐서 말한 것은 늘 그렇게 부르기 때문인가. 소개로 이름이 호명된 페르메니아가 대열에서 한 발 앞으로 나와 레이지 앞에 정좌하며 인사한다.

"이렇게 소개하는 것도 여러 번입니다만, 페르메니아 스팅레이 다시 인사드립니다. 아스텔 궁정 마도사 중에서는 가장 신출내기지만 부디 잘 부탁드립니다."

"잘 부탁드립니다."

예의를 갖추고 대답했다. 가장 처음으로 티타니아에게 소개받은 것은 자신들을 이 세계로 부른 마법사 소녀이다. 그래서 가장 처음으로 소개받은—— 페르메니아 스팅레이.

길고 아름다운 은발이 특징이고 신출내기라 말하면서도 여유 있는 그 침착한 태도가 그녀의 재기를 알아볼 수 있게 한다. 그리고 티타니아도 보통이 아니지만 그녀도 눈에 띄는 미인. 게다가 자기주장이 강한 가슴이——

"아주……."

"……왼쪽이 말파스 경, 크라운 경으로……."

"네?"

잠시 페르메니아의 신체에 넋을 잃은 레이지는 퍼뜩 정신이 들었다. 저도 모르는 사이 티타니아가 궁정 마도사 소개를 계속하고 있다. 한편 티타니아는 레이지가 갑자기 이상한 소리를 내서 무슨 일이 생겼는지 착각한다.

"저 레이지 님, 무슨 일 있으신가요?"

"아, 아니요, 그게……."

"혹시 어디가 안 좋으신지……?"

"괘, 괜찮습니다. 아무 일도 아니니, 하하하……."

속이는 것은 구차해서 그렇게 얼버무리고 웃었다. 설마 페르메니아를 보느라 이야기를 듣지 않았다니 그런 꼴사나운 말을 할 수도 없다.

"그렇군요. 그럼 소개도 대강 끝났으니—— 아, 그러고 보니 아직 레이지 님에게 여쭤볼 말이 있습니다."

티타니아는 무언가 신경 쓰이는 일이라도 생각났는지 손바닥을 탁 마주치고는 이쪽을 향해 묻는다.

"그러니까 분명 레이지 님과 미즈키 님이 계셨던 세계에는 마법이 없다고 했는데…….”

“네, 사실이에요. 그 대신 저희 세계에는 과학이라는 힘이 있으니까요.”

마법이 없다. 저쪽 세계에서는 지극히 상식적인 일이다. 그러나 역시 이 세계 사람들에게는 의외의 일인지 “과학이 뭐지?”, “처음 듣는데…….”라는 말이 드문드문 들렸다.

그러자 이번에는 페르메니아가 의심스러운 표정으로 묻는다.

“……용사님, 끼어들어 죄송합니다만 그게 정말인가요?”

“……? 네, 그런데요…… 그게 무슨 문제라도.”

“아니요…… 조금 신경이 쓰여서……. 다시 한 번 묻겠지만 그건 정말 거짓이 아닌?”

하고 페르메니아가 재차 물으니 대열 안에 있던 한 궁정 마도사가 들으라는 듯이 헛기침을 뱉는다. 그리고 불쾌감이 잔뜩 밴 책망을 입에 담았다.

“스팅레이 경. 이 세계를 구해주실 분에게 그건 조금 실례가 아닐까요?”

“……실례했습니다.”

동료의 지나친 나무람에 페르메니아는 고개를 숙였지만 그녀는 아직 이상하다는 식으로 눈썹을 찌푸린다. 무언가 신경 쓰이는 일이라도 있나. 그것이 무슨 이유에서 나온 질문인지 레이지는 몰랐지만―― 그때 미즈키가 페르메니아에게 설명한다.

"우리 세계에도 마법이라는 말은 있지만 창작된 이야기뿐입니다. 유감이지만 현실에는 존재하지 않습니다."

그래, 존재하지 않는다. 마법이란 창작 속에만 있는 공상의 산물이다. 작가 스스로 이야기를 재미있고 즐겁게 하려고 만들어낸 단순한 픽션에 불과하다.

페르메니아의 질문을 티타니아도 의심스럽게 생각했는지 그녀에게 이유를 묻는다.

"백염, 무슨 일이지요?"

"아니요…… 아무것도 아닙니다. 대화에 찬물을 끼얹어 죄송합니다."

"그래요? 당신이 괜찮다면 그렇겠지만……."

티타니아가 고개를 갸웃거리자 옆에 있던 시중이 작은 소리로 그녀에게 말을 건다. 아마 진행을 재촉하는 것이다. 티타니아는 마음을 가다듬고 이야기를 진행했다.

"슬슬 시작하지요. 레이지 님은 마법을 거의 처음 보시니 먼저 앞서 누군가가 마법을 알기 쉬운 해설과 시연으로 보여주는 게 좋을 듯합니다. 그러니……."

티타니아가 그렇게 말하자 그녀가 말을 모두 끝내기 전에 아까 티타니아에게 책망의 목소리를 낸 궁정 마도사가 자신에 찬 얼굴로 걸어 나온다. 분명 티타니아가 크라운 경이라 부른 마법사이다. 이름은 정확하지 않지만 여위고 장발을 한…… 나쁘게 말하면 눈매가 유난히 음침한 남자. 차림새가 신경 쓰이는지 앞머리를 집요하게 만지며 눈에 보이는 위치까지 왔다.

　이런 주장을 하는 이유는 혹 자신이 하겠다고 말하고 싶은 것인가. 그런 레이지의 예상이 맞은 듯.

　"그럼 외람되지만 제가 용사님께 마법의 기초를 가르치겠……."

　"……당신이, 말입니까?"

　"그렇습니다. 공주 전하."

　티타니아가 당황하며 묻자 참으로 뻔뻔스럽게 말하는 마도사. 행동은 겸손하지만 너무도 의기양양한 얼굴을 보니 레이지의 마음에도 말할 수 없는 불안이 피어오른다.

　그러자 티타니아는 페르메니아 쪽을 향하더니.

　"전 백염이야말로 적임자라 생각했지만…… 당신은 어찌 생각하나요? 백염."

　티타니아의 생각에 놀란 궁정 마도사 남자와 페르메니아.

　"뭣?!"

　"……저로 괜찮으시겠습니까?"

　"네. 왕국 제일의 마법사인 당신에게 걸맞다고 생각합니다."

　"와, 왕국 제일의……."

　자신 있게 추천한 티타니아. 그녀가 덧붙인 더할 나위 없는 말에 페르메니아가 감격하자 못마땅한 듯이 스스로 청했던 궁정 마도사가 이의를 제기한다.

　"죄, 죄송하지만 말씀 올리겠습니다. 용사님에게 마법을 가르치는 데는 백염보다 제가 적합하지 않을까 합니다."

궁정 마도사는 결정에 납득하지 못하는 듯하다. 딸뻘의 소녀에게 단번에 직무를 빼앗길지도 모른다. 무리도 아니다. 그러나── 페르메니아는 흘려듣지 못했는지.

"그럼 귀하보다 제가 마법사로서 못하다는 건지?"

"백염. 이래 봬도 전 마법사 길드에서 교편을 잡아온 몸. 마법 교도는 물론 실력에 관해서도 적잖은 자부심이 있습니다. 아직 젊은 귀하에게 뒤지지 않습니다."

그러자 궁정 마도사의 말에 노여운 얼굴을 하던 페르메니아는 그 표정을 대담한 웃음으로 바꾼다.

"호오. 그럼 시험해보실까?"

"원하신다면."

갑자기 주위를 감싸는 험악한 분위기. 페르메니아와 궁정 마도사 사이에 보이지 않는 불꽃이 튄다.

"어? 어? 싸워? 싸우는 거야?"

"싸움이라고는 단정할 수 없지만 아무래도 시작된 건 확실한가 봐."

급작스러운 전개, 게다가 상당히 변칙적인 수업의 시작에 침착함을 잃은 미즈키를 진정시켰다. 한편 티타니아는 전혀 끼어들지 않는다. 아무래도 그녀는 그럴 생각인 듯하다. 상냥한 소녀라고 생각했지만 의외로 센 면도 있나.

"좋습니다. 마법과 그를 설명하는 말로 우열을 정하세요."

티타니아가 룰을 정하자 위치에 서는 두 사람. 그리

고——

"——흙이여! 그대는 모이고 거대한 힘으로 변해서 나의 적을 눌러라! 로크리지!"

먼저 궁정 마도사가 입을 열었다. 마치 게임에 나올 법한 주문을 도취된 것처럼 외쳤다. 그러자 미즈키가 "영창! 영창!" 하고 몹시 흥분하며 외치고, 곧이어 황토색 암괴가 허공에 모이는 형상을 이루더니——

봉처럼 모퉁이가 날카로워진 암괴가 공중에서 완성되었다.

"굉장해!!"

"……!!"

만세하 듯 양손을 든 미즈키. 그녀의 환호성에 이어서 레이지도 놀라움으로 눈이 휘둥그레진다. 그러자 궁정 마도사가 할 일을 다 했다는 만족스러운 얼굴로 설명을 개시한다.

"——용사님, 이것이 마법입니다. 마력을 이용해서 세계를 구성하는 엘리멘트에 작용시키는 것으로 그 위대한 힘을 발휘하는 기술. 흙을 떠올려서 마음속에 늘 품으면 귀하에게도 필시——"

"추상적이군."

"뭐?"

득의양양한 설명을 코웃음 치며 방해한 페르메니아에게 짜증이 섞인 찡그린 얼굴로 쳐다보는 궁정 마도사.

"추상적이라 했다. 이쪽 세계 인간에게는 어쩌다 통할지도 모르겠지만 용사님은 마법이 존재할 수 없는 세계에서 오셨다니까? 그런 분에게 마력이나 엘리멘트라는 말로만 이해시킬 셈이냐?"

"그, 그건……."

"보고 있으라고."

페르메니아는 차갑게 말하고 영창을 개시한다.

"──불꽃이여. 그대는 불꽃이라는 이치를 지녔으나 불꽃의 이치를 벗어난 것. 모든 것을 불태우는 진리로 재앙이 되는 흰 백(白)! 트루스 플레어!"

그렇게 거침없이 주문을 외는 페르메니아. 그때였다. 그녀의 목소리에 맞추어 레이지는 몸 깊은 곳에서 뜨거운 무언가가 용솟음치는 감각을 느꼈다.

'아…….'

배꼽에서 조금 아래, 이른바 단전 부분에서 유래하는 불가사의한 열. 마치 저 영창에 호응하듯이 에너지의 응집이 몸속에 완성되고 있다.

"──용사님. 엘리멘트의 힘이란 만물의 힘이자 모든 현상의 원천입니다. 불꽃에 그슬렸을 때의 그 뜨거움. 물을 만졌을 때의 그 부드럽고도 차가운 감각. 그걸 정확히 떠올리면 엘리멘트가 분명히 힘을 빌려줍니다. 마력은 당신 내부에 충만하는 만능을 떠올리기만 하면 됩니다."

"와아……."

갑자기 커진 미즈키의 감탄. 그도 그럴 것이 페르메니아가 영창을 마친 동시에 주위에는 그녀의 로브와 같은 색의 불꽃이 탄생의 소리를 냈다. 그리고 그 새하얀 불꽃은 광채를 휘감아서 궁정 마도사가 만들어낸 암괴를 뒤덮더니 순식간에 뜬숯으로 바꾸었다.

그것을 슬쩍 본 페르메니아는 자못 시시하다는 듯이 내뱉는다.

"흐음. 별것도 아닌 마법이군."

"뭐, 뭐, 뭐, 뭣?!"

"괴, 굉장해, 레이지! 하얀 불꽃이 확 하고 드드드드듯!"

"그래 봤어."

말투가 유치해질 정도로 재잘거리는 미즈키에게 타다 남은 흰 연기를 보면서 동의했다. 잠시 후 미즈키는 조금 진정되었지만 이번에는 아아 하고 감탄을 흘리듯이.

"저게 진짜 마법이구나──"

그렇다, 저것이 마법. 저 모습은 자신들이 상상했던 것과 완전히 똑같았다.

그러자 궁정 마도사가 움직이기 시작한다. 이렇게까지 압도적인 마법을 보고도 아직 승패를 인정하지 않을 셈인가. 하지만 그것도 페르메니아는 간파했는지,

"──흰 불꽃이여 소용돌이를 만들어라! 토네이도 플레어!"

페르메니아가 주문을 외치자 지금까지 지면 위에서 연기를 내던 흰 불꽃 파편이 갑자기 열기를 더해서 궁정 마도사

주변에서 소용돌이친다. 궁정 마도사가 대책을 취할 틈도 없다. 순식간에 그의 주위는 흰 불꽃으로 휩싸였다.

"끝이군."

종막을 고하는 페르메니아의 말에 신음을 내뱉는 궁정 마도사.

"윽…… 하지만 마법의 위력이 이겼다고 해서……."

마법은 완전히 압도당했다. 하지만 분명 그가 말한 대로 그것만으로 가르칠 자를 정할 명분은 없다. 곧바로 모두의 시선이 티타니아 쪽으로 쏠린다.

그리고 그녀는 대답했다.

"역시 백염이 좋겠군요. 마법 실력은 물론 이제 막 이세계에서 온 레이지 님을 고려할 수 있는 영리함도 더할 나위 없습니다."

"하지만 공주 전하……."

물고 늘어지려 말을 꺼낸 궁정 마도사를 페르메니아가 험악하게 쳐다본다.

"승복하지 않는군. 귀하도 영예로운 궁정 마도사 중 하나라면 깨끗이 물러나는 게 좋다."

"뭐, 뭘……."

"승복하세요. 아니면 귀공은 제 결정에 불복하려는 건가요?"

명백히 불쾌감을 드러내는 티타니아. 그녀의 명령에 궁정 마도사는 두세 번 신음을 내뱉고는 분하다는 듯이 얼굴이 붉으락푸르락 바뀌더니 "분부대로……" 하고 겨우 말을 쥐어짜고 물러났다. 역시 그도 공주의 심기를 건드리는 것은 위험하다고 생각했나 보다.

그러자 페르메니아는 레이지 쪽을 향하더니 얼굴에 자신을 내비치며 말한다.

"그럼 용사님. 왕국에서 마법을 가장 뛰어나게 다루는 제가 귀하에게 마법을 지도해드리겠습니다."

"네, 페르메니아 선생님."

"서, 선생님?"

"네, 앞으로 페르메니아 씨는 제 선생님이 되니 그런 호칭이 적당하지 않을지."

"하지만 용사님. 당신은 세계를 구할 사명을 지닌 분이고, 게다가 저는 용사님과 나이도 비슷합니다. 역시 선생님은 이상하지 않을까요?"

"아니요, 이건 제 나름의 구별입니다. 제가 용사라고 해서 한 수 위라는 태도를 보이는 건 앞으로 제게 마법을 가르쳐줄 사람에 대한 실례입니다. 적어도 호칭만은 제대로 하고 싶어요. 페르메니아 씨가 싫다면 안 하겠지만."

"……그렇군요. 용사님이 괜찮으시다면 제가 반대할 까닭은 없습니다. 본인을 위해서라면 편하신 대로 불러주세요."

승낙을 받은 레이지는 "고맙습니다, 선생님" 하고 기운차게 인사한다. 페르메니아도 아직 조금 그 호칭이 당황스러웠지만 곧 마음에 들었는지 만족스럽게 끄덕인다.

"으음, 좋습니다, 용사님."

"앞으로 잘 부탁드립니다."

레이지가 페르메니아에게 그렇게 말하자 그녀는 뒤로 휙 돌아 "선생…… 내가 선생님…… 용사의 선생님…… 후후 후……" 하고 곧 넘칠 듯한 기쁨을 혼잣말로 나타냈다. 레이지 일행 이외에는 눈치채지 못했지만.

이윽고 페르메니아가 도취에서 되돌아오자 티타니아가 개시를 재촉한다.

"백염, 잘 부탁해요."

"예. 그럼 먼저 용사님은 아까 제가 마법을 사용하며 말한 것에 유의하며 본인이 느꼈던 현상을 상상해주시기 바랍니다. 손바닥 위쪽이 적당합니다. 그렇게 하면 술식 등의 세세한 것이 없어도 단순한 마법은 가능하니."

"그것만으로 될까요?"

"아니요, 바로 되지는 않습니다. 아마도 몇 번쯤 상상을 재검토해야겠지요. 누구라도 바로는 불가능합니다."

레이지는 페르메니아의 설명에 순순히 수긍한다. 일단 시도해보는 것이다. 그래, 조금 전 그녀가 마법을 사용할 때 느낀 그 신기한 감각이 있는 동안에.

"레이지 힘내!"라는 미즈키의 응원을 받으며 한 발 앞으로 나가는 레이지.

'할 수 있어. 괜찮아.'

천천히 눈을 감고 조금 전 단전 부근에서 느낀 열의 응집을 마력이라 가정하고 들어 올린 손바닥 위로 의식을 집중시킨다.

"좋은 자세입니다. 그럼 그대로 심장과는 또 다른 맥동을 발하는 것을 몸속에서 찾으세요."

'심장과는 다른 고동을 반복하는 장소…… 이건가?'

페르메니아의 말에 따라 몸속의 감각에만 집중하니 갑자기 맥동이 느껴지는 부분이 있다는 것을 깨닫는다. 심장이 있는 장소와는 다르지만 심장처럼 분명한 리듬을 새기지 않는 그런 응집의 존재에. 그것은 역시 배꼽 아래 단전. 동양의학에서 기운을 모으는 장소라 불리는 부위이다.

"그걸 발견하면 다음은 금방입니다. 맥동에서 느껴지는 뜨거운 흐름을 손바닥으로 향하게 하면…… 됩니다만 그렇게 간단히 할 수는 없겠지요……."

아무래도 불가능하다는 전제인 것 같다. 그만큼 모두 고생해서 마법을 터득하고 있다.

여기까지가, 아니 지금부터가 마법사가 될 수 있을지 없을지의 분수령.

'아냐, 할 수 있어……."

그래, 할 수 있다. 자신을 밀어주는 감각은 지금도 남아 있으니까.

그리고 몸에 넘쳐흐르는 그 전능감을 순풍의 축복으로 삼으며 레이지가 떠올린 것은 불. 페르메니아와는 다른 저녁 무렵 녹아내리는 태양의 적. 휘황하게 타오르는 불이 합치한다.

──그 순간 레이지의 머릿속에 한 가지 단어가 천계처럼 떠올랐다.

"불꽃이여, 이곳에 출현하라! 플레어!"

마음속으로 외친, 날뛰는 듯한 명령에 드디어 마력이 모이고 엘리멘트가 호응했다.

레이지의 손바닥 위에 새빨갛게 반짝이는 불이 흔들린다. 마력으로 만들어낸 마법의 불꽃이다.

이윽고 그것은 레이지의 의지가 중단되자 타다 남은 연기도 남기지 않고 사라졌다.

"됐다……."

설마 했던 첫 번째만의 성공에 레이지가 감동의 목소리를 흘리자 주위도 "저, 저게 처음이라고?!"라든지 "과연!" 하고 웅성거리더니 가르친 페르메니니아도 감탄하며 말한다.

"훌륭해……. 용사님은 천재입니다."

그러자 티타니아가 이어서.

"축하드립니다, 용사님. 이걸로 당신도 마법사 대열에 들어갔네요."

"내가 마법사에……."

레이지가 티타니아의 말에 만감이 교차하고 있자 그녀는 페르메니아 쪽으로 돌아선다.

"백염도 대단해요. 당신의 가르침도 좋았어요."

"아니요, 제 힘은 미미합니다. 이는 용사님의 힘이 대단했다고 할 수밖에요."

"그럴 리가요. 마법의 존재가 없는 세계에서 온 용사님이 그 자리에서 마법을 사용했어요. 용사님의 재능은 물론, 당신이 가르침이 좋았던 게 분명해요. 아까 마법전에서의 해설도 대단했어요."

"감사합니다."

공손히 고개를 숙인 페르메니아. 그 무릎을 꿇은 모습은 자신의 힘을 평가 받아서인지 환호로 떨리고 있다. 그때 미즈키가 페르메니아에게 쭈뼛쭈뼛 말을 건다.

"저, 저기……."

"왜 그러세요? 미즈키 님."

그러자 미즈키는 긴장이 풀리는지 한번 크게 심호흡하고 페르메니아에게 가슴에 숨기고 있던 뜨거운 감정을 말한다.

"제, 제게도 마법을 알려주시겠어요?! 저도 마법을 쓰고 싶어요!"

"좋습니다. 그럼——"

그리고 또 한 사람, 이세계에서 마법사가 태어났다.

제2장 돌아갈 곳은 저 멀리

——스이메이 일행이 이 세계로 불려 오고 마왕 토벌을 의뢰받은 지 벌써 2주간. 레이지가 마왕 토벌을 향해 길을 떠날 때까지 얼마 남지 않은 시기로 접어들었다.

준비 기간이 2주라니 미묘한 기간이기는 하지만 지금까지 영걸 소환에서 유추한 용사의 힘의 정착 기간이 그 2주간이었고 그래서 레이지도 그 사이에 마법을 습득하는 등 싸움을 위한 훈련에 힘썼다.

아무래도 동행을 결정한 미즈키와 함께 마왕 토벌을 위해서 아스텔 근위 기사 단장과 궁정 마도사 페르메니아에게 착실히 전투 방법과 마법을 배운 듯했다.

2주라는 정말 턱없는 강행 작업과 힘든 일정이었지만 그 내용에 관해서는 스이메이도 입을 닫을 만했다. 아마도 좋은 쪽 의미로.

'하아……'

이따금 창밖으로 바라본 두 사람의 연습 광경과 하루에 두 번은 방문하는 레이지와 미즈키의 보고를 떠올리고 한숨 짓는 스이메이. 그 내용의 지독함에는 탄식을 금치 못했다. 아니, 좋은 의미로이지만.

레이지는 저쪽에서는 일반인이었으니 당연히 전투 훈련에서는 타격을 입었다. 무술을 기초부터 배우지 않았기에 별수 없지만──하지만 그것도 처음 하루 이틀 일로, 그 뒤로는 바로 전투 방법을 익혔는지 사흘째는 기사 단장과 제대로 맞붙게 되어서 지금은 일 대 다수 상태로도 어렵지 않게 승리할 수 있게 되었다.

과연 그것을 너무하다고 하지 않으면 어떻게 표현하면 좋을까. 그저 대단하다는 말로는 부족한, 그 힘이 이야기하는 잔혹함이 거기에 있다. 이는 영걸 소환의 가호라 하는 마술의 은혜인지는 모르겠지만, 그래도 저 빠른 습득은 이상했다.

그렇다, 이를테면 그것은 스펀지가 아니라 퍼 올리는 펌프이다. 물이라는 재능을 흡수하는 것이 아니라 인정사정 없이 빨아올리는.

그것을 보고 있자니 마치 자신의 노력을 부정당하는 듯해서 슬퍼진다.

'약았어. 진짜.'

이는 마법에서도 현저하다. 스이메이는 저쪽 세계에서 마술을 시작하고 눈에 보이는 신비를 일으키기까지 2년이나 되는 세월이 필요했지만 레이지는 첫날. 시작한 그날에 아무것도 없는 허공에 불을 출현시켰다.

그런 모습을 보니 스이메이도 맥이 빠질 법했다. 세상은 역시 불합리하다고.

그렇게 착착 레이지의 용사 훈련이 진행되는 가운데 스이메이는 그 기간 동안은 계속 방에 틀어박혀 있었다.

뭐, 틀어박혔다고는 하지만 이 남자는 정말 딱히 아무것도 하지 않지는 않았다. 방에 틀어박혀서 이 세계의 책을 읽은 것이다.

지난날, 알현실에서 알마디아우스 국왕에게 원래 있던 세계로 돌아갈 수 없다는 얘기를 듣고는 어울리지도 않게 소리친 일이 기억에 새롭지만, 그런 어처구니없는 이유로 스이메이는 이곳에서 어쩔 수 없이 생활하고 있다.

그래서 2주간 그는 생활에 필요한 기초적인 지식을 성의 서고에 있는 책에서 얻었다.

앞으로 이 세계에서 사는 것이다. 기초적인 지식이 있는지 없는지에 따라 이세계에서의 생활에 저항 없이 섞일지, 큰 문제만 일으킬지 크게 달라진다.

괴로운 영걸 소환의 영향인지 스이메이는 이 세계의 언어는 물론 이 세계의 문자까지도 이해하게 되었다. 그 덕분에 누구의 힘도 빌리지 않고 이세계의 책을 읽을 수 있었다.

손에 넣은 지식의 취급에 관해서는 그대로 외우거나 중요해 보이는 내용은 원래 가방에 넣어두었던 마술로 철한 메모장에 기록해서 정리했다.

그리고 이미 지금은 이곳에 오고부터 손에 넣은 정보량이 상당해졌다.

그러나 실제로는 아직 부족하다. 분명 여기서 얻은 정보는 꽤 되지만, 그것은 책에서만 얻은 것이니 왠지 불안하고 시사 관련 정보도 적다. 게다가 이 세계의 마법에 관한 책—— 마도서도 어떤 이유로 볼 수 없기 때문에 솔직히 만족스럽지는 않았다.

"자, 그건 그렇다 치고……."

지금 해야 할 일은 눈앞의 일이다.

——현재 스이메이는 돌로 둘러싸인 어둑한 방에 있다. 게다가 그곳은 단순한 방이 아니었다. 세간 하나 없고 사람이 생활하기 위한 형식도 갖추지 않은 그런 방. 게다가 발밑에는 큰 마법진이 있다. 이 마법진은 당연히 소환진.

즉 이곳은 그들이 처음 이 땅에 내려섰던 의식의 방이다.

그래서 틀어박혀 있던 그가 이곳에 온 목적은.

"…………."

스이메이가 말없이 바라보는 것은, 물론 발밑에 그려진 마법진뿐이다. 자신들의 세계와 이쪽 세계를 연결해서 자신들을 불러들인, 증오하는 원수 중 하나인 소환술의 원흉이다.

알현실에서 알마디아우스 국왕에게 들은 대로라면 이곳의 인간은 소환으로 부른 자, 즉 소환 대상인 그들 식으로 말하면 호응자인 자신들을 원래 세계로 돌려보내기란 불가능하다. 그것은 이 마법진과 소환 마술이 그들에게는 오파츠(Out of place artifacts, 불필요한 물건)이기 때문이지만, 솔직히 말해서 소환당한 자로서는 귀찮기 짝이 없을 뿐이다.

……뭐 그건 이미 어쩔 수 없다고 치고 돌아가는 방법을 아는 자가 없는 이상, 돌아가고 싶다면 스스로 돌아갈 방법을 찾아야 한다. 어떻게든.

그렇게 하려면 급한 대로 이 소환진을 해석하는 것이 그 지름길이 된다.

"이거, 이거, 이 술식 해석도 얼마 안 남았군."

이곳에 와서 소환진의 술식 해명에 도전한 것도 벌써 몇 번째인가. 이 2주간 때를 보다가 아무에게도 들키지 않도록 가끔 이곳에 왔다.

게다가 이번 해석은 정석에서 벗어나서, 보통 마술 해석은 그 마술의 루트부터 조사하는 것이 지론이지만 이 소환 마술 정보에 관해서는 엄중한 관리에 따라 운용되는지, 바로 그 루트에 다다를지도 의심스러웠다. 그렇다면 먼저 이 정보를 토대로 조사를 시작하는 것이 가장 좋겠다고 판단해서 겨우 지금에 이르렀다.

"자, 시작할까……."

스이메이는 자신을 타이르듯이 그렇게 말하고 해석 마술을 행사한다.

"——Correspondance(만물조응)."

스이메이의 영창에 호응해서 소환 마법진에 포개지며 떠오르는 마법진. 발밑에서 희미하게 퍼지는 청자색 마력광. 종류는 해석. 그에 따라 소환진을 풀어낸다. 사용되는 술식도 미지의 것으로 바깥쪽 원은 술식의 보조와 유지에 소스를 할당받아서 **반대편**에서의 보호는 전혀 없고 저쪽 세계에서 말하는 마법원의 역할을 다하지 못한다. 중심의 삼각 도형은 반대로 그려지고 대상의 지배에서 해방으로 작용하여

중계하는 몇 개의 작은 고리가——

★

의식의 방에서 해야 할 일을 대강 끝내고 독실로 돌아가기로 한 스이메이는 방에서 조용히 나왔다. ……살금살금은 아니다. 조용히.

그리고 지금부터 돌아갈 거리와 이곳에 오기까지 지나온 길을 떠올리며 혼자 문득 중얼거렸다.

"……그나저나 지금껏 아무한테도 들키지 않다니, 진짜 위험하지 않나…….."

그렇다, 지금 그가 말한 대로 이 의식의 방까지 오는 길에 스이메이는 아무에게도 들키지 않고 올 수 있었다. 이는 남의 시선을 꺼린 그가 둔갑 마술을 쓰기도 했지만 그래도 아무에게도 들키지 않고 위화감마저 감지되지 않는 것은 경비상 위험하다고 생각한다. 오는 도중에 스쳐 지나간 궁정 소속 마술사조차 작은 터치에도 완전히 무반응이었던 것은 옆에서 봐도 우스웠으리라.

"으음."

스이메이는 팔짱을 끼고 신음했다. 경비용인지 감지 마술품도 곳곳에 배치되었는데 자신이 보기에는 그것도 상당히 변변치 않았다. 혹시 이 성에는 상당한 역량을 지닌 마술사는 그렇게 많지 않을지도 모른다.

결국 그런 일은 자신이 신경 써도 별수 없지만.

하고 거기서 스이메이는 그런 감상을 서둘러 지우고 다시 걸으려고 했다.

하지만 그는 여기서 의외의 난제에 직면했다.

"어라?"

그의 입에서 나온 것은 얼빠졌다고밖에 표현할 수 없는 목소리.

골똘히 생각하며 걸은 탓인지 모르는 통로로 나오고 말았다. 여기부터 방으로 어떻게 돌아갔을까. 그런 생각이 머릿속을 점유한다. 소환진이 있던 방의 위치는 기억했음에도 성의 세세한 길은 제대로 기억하지 못했다.

——우와, 난 바보야.

이마에 손을 대고 천장을 올려다보는 스이메이. 깜빡이라고 할지 사소한 실수에 그런 자아 평가밖에 나오지 않는다.

하지만 이렇게 되었으니 별수 없다.

"……자아. 우선 어디든 나가서 누구한테 물어볼까."

일단 그 자리에서 둔갑 마술을 푼 스이메이는 사람을 찾기로 했다. 길을 잃었다고 하면 누군가 알려주리라 예상하고.

스이메이가 잠시 통로를 걸으니 타이밍이 좋았는지 바로 사람을 발견했다.

그리고 흰 로브를 걸친 뒷모습을 따라가서 말을 건다.

"저, 실례합니다."

그러자 그 인물은 서서히 멈춰 섰다. 그리고 우아한 몸짓으로 돌아봤다.

"무슨…… 아, 스이메이 님."

"응? 아아, 당신은 분명."

"페르메니아 스팅레이라고 합니다."

기억에 있는 음성과 모습. 이쪽으로 정중히 이름을 재차
말해준 것은 자신들을 이 세계로 불러낸 일에 한몫한 소녀,
은발의 궁정 마도사 페르메니아 스팅레이였다.

소개를 듣고 이름과 신원을 떠올린 스이메이는 "아아" 하
고 작게 수긍했다.

그런 그에게 페르메니아는 눈썹을 찌푸리며 물었다.

"스이메이 님이 왜 이곳에?"

그렇게 묻는 것도 당연한가. 알현실에서의 사건 이후로
자신은 배정된 방에 틀어박혔다. 레이지 일행을 따라가지
도 않고 혼자 배회한다면 의심을 사는 것도 당연하리라.

"네, 살짝 기분 전환 겸 산책이라도 하려고."

"그렇군요. 기분 전환도 좋겠지만 당신은 아직 성을 다니
기 익숙지 않을 겁니다. 외출할 때는 누군가에게 부탁해서
함께 다니는 게 좋습니다."

"충고 새겨듣겠습니다."

이 소녀는 궁정 마도사라는 위치 때문인지 그 나이치고는
말투가 약간 딱딱하고 차갑다. 뭐, 자신도 그에 맞추어 말
하고는 있지만 아무튼.

"그래서 죄송하지만 충고하신 김에 방으로 돌아가는 길을

아는 사람을 소개해주시겠습니까?"

"……돌아가는 길을 잃어버리셨나요?"

"부끄럽게도."

"……알겠습니다. 저도 당신 방이 있는 곳은 파악하고 있습니다. 제게도 용무가 있어서 안내해도 도중까지 뿐이겠지만 그래도 괜찮다면 따라오시지요."

"폐를 끼치는군요."

스이메이는 그렇게 고개를 숙이고 앞서 걷기 시작한 페르메니아 뒤를 쫓아갔다. 그녀가 이 시간에 이곳에 있다는 말은 레이지 일행에게 마법을 가르친 후라는 것이다. 지금부터 왕에게 보고하러 갈지도 모른다.

그런 생각을 하는데 갑자기 그녀가 멈추어 섰다. 그리고 웬일인지 뒤돌아보고 조용히 묻는다.

"스이메이 님, 잠깐 괜찮으실지?"

"무슨?"

질문에 스이메이는 그렇게 대답했다. 도대체 정색하고는 무슨 일인가. 혹시 이곳에 온 그날, 의식의 방에서 한 마술 이야기라도 할 생각인가. 이미 한 번 간파한 바가 있는 이상 가능성은 없지 않다.

스이메이가 페르메니아의 행동에 그런 험악한 억측을 하는 와중에 페르메니아는 조금 험악함이 섞인 어조로 묻는다.

"스이메이 님, 왜 당신은 마왕 토벌을 거절했습니까?"

"왜냐고 물으셔도."

"용사님은 당신의 친구입니다. 그런데 왜 협력한다고 안 하셨습니까? 당신은 그래야 할 처지에 있는 사람인 줄 압니다만."

……그쪽 사정으로 불러낸 주제에 의무니 뭐니 말하는 것은 상당히 이기적인 말투이다. 이세계 인간에게 이상(理想)을 갖고 있으니 그런 식으로 생각할 수도 있겠지만, 소환당한 쪽은 화날 수밖에 없다. 하지만 그런 일에 일일이 상대하면 끝이 없으니 스이메이는 냉담하게 답하기로 했다.

"……그에 대해서는 알현실에서 국왕 폐하에게 말씀드린 대로입니다. 난 위험 따위 딱 질색이니까. 그래서 따라가지 않겠다고 결심했고."

그렇게 정떨어지게 단언하자 얼굴이 더욱 험악해진 페르메니아.

"미즈키 님은 여자의 몸으로 따라가겠다고 했습니다만."

"난 그 자리의 분위기에 휩쓸릴 마음은 없습니다."

"……그럼 미즈키 님은 그 자리의 분위기에 휩쓸렸다는?"

"그렇겠지요. 그 자리에서는 그밖에 할 말이 없습니다."

스이메이도 그것이 신랄한 표현이라고는 생각했지만 실제로 그렇다. 그때 미즈키는 레이지와 마찬가지로 저쪽 세계에서 온 자들끼리 제대로 현상을 파악하려고도 하지 않고, 셋이서 머리를 맞대고 이야기하기 전에 대답했기 때문이다. 그러니 그것은 얕은 생각이라고 해도 별수 없다.

스이메이가 자신의 말투에 기죽지도 않자, 지금까지 정중히 대응했던 페르메니아가 갑자기 태도를 바꾸었다.

날아오는 싸늘한 음성.

"——흥, 비열한 남자군."

"뭐가 어째?"

그에 대해 스이메이의 입에서는 그런 시비조의 목소리가 나왔다. 별안간 경멸의 눈빛을 보낸 페르메니아에게 그만 신경이 곤두섰다.

한편 그녀는 그런 스이메이의 기분 따위 아랑곳없이 계속해서 모멸적인 말을 퍼붓는다.

"난 비열하다고 했다, 이 겁쟁이야. 용기를 쥐어짠 친구를 주제넘게 평가하면 똑똑하다는 거냐? 네놈 같은 남자에게는 용사의 친구라고 입에 올릴 자격은 없다."

"……자격이 어떤지는 별개로 치고, 거절하는 게 당연하다고 생각하는데? 갑자기 생판 모르는 곳으로 불러서는 싸워달라고 했잖아? 보통 대부분의 인간이 그렇게 반응한다고?"

그렇다. 싸워달라는 말에 순순히 수긍할 인간이 세상에 얼마나 있을까. 고개를 가로젓는 쪽이 태반일 것이고, 그것은 이쪽 세계라도 마찬가지이다.

그러나 페르메니아는 그 점에 대해서 생각할 마음은 없는 듯.

"아무튼 영걸 소환으로 불려 온 몸이잖아?"

"그래서? 난 너희 때문에 내켜서 여기 온 게 아니야. 너희가 멋대로 불러냈을 뿐. 그쪽이 일으킨 사고에 휘말린,

이른바 피해자잖아? 네가 그 영걸 소환인지에 무슨 이상을 품고 있는지 모르겠지만 나한테는 너희에 대한 의무도 의리도 없어."

스이메이가 그렇게 도리를 들이대자 페르메니아도 일리 있다고 생각했는지 마지못한 듯 인정한다.

"……무슨 말인지는 알겠어."

"그럼 됐잖아."

"하지만 스이메이 야카기. 그건 용사님과 미즈키 님에 대한 의리가 아니지 않나?"

"음……."

페르메니아의 그 말에는 스이메이도 이의를 제기할 생각은 없다. 피해자는 자신만이 아니다. 부른 놈들에게 성의를 표할 의무는 없기에 이쪽 세계 사람들에 대한 태도는 아무래도 좋겠지만, 분명 그녀가 말한 대로 자신의 선택은 두 사람에 대한 의리가 아니라고 할 수 있다.

그들이 앞으로 위험한 상황에 빠진다는 예측이 가능함에도 불구하고 지금껏 정체를 속이고 자신의 목적을 택한 것이다.

그렇다면 자신에게 그것을 속이면서까지 변명할 생각은 없다.

"……그래. 확실히 그건 네 말대로다. 내 개인 사정으로 녀석들과 보조를 맞추지 못하는 건 완전히 내 부덕함이다."

"네놈은 그걸 알면서도 안 따라가려는 거냐? 진짜 별수 없는 남자군."

페르메니아는 스이메이가 의리를 저버렸다고 인정한 사실에 한층 분노를 증대시켰다. 도리에 관한 일에 대해서 이 소녀는 꽤 결벽증이 있는 듯하다.

그런데——

'음…… 이 녀석.'

그러나 스이메이에게 그런 페르메니아의 분노는 의외였다. 분명 별수 없다는 말에는 화도 나지만 이는 완전히 레이지와 미즈키를 생각한 말이다. 아마 지금까지 레이지 일행의 노력이나 진지함을 봤기에 치솟는 분노를 억누르지 못하는 것이다.

그렇게 생각하니 진부한 소감이기는 하지만 꽤 좋은 녀석이라는 생각이 든다.

——하지만 그렇다고 해서 스이메이도 마음속 모든 것을 털어놓을 생각은 추호도 없다. 과제는 자신의 레종 데트르 (Raison d'être. 존재 의의)와도 같다. 불필요한 참견과 겉치레라고 어깨를 움츠리며 대답한다.

"예예. 죄송했습니다."

"이 자식이!"

그러자 페르메니아는 스이메이의 그런 사람을 깔보는 태도가 못마땅했는지 분노하며 이쪽을 노려본다. 게다가 그와 동시에 체내의 마력을 내뿜기 시작한다.

"……야야, 너 이런 곳에서 어쩔 생각이야?"

갑자기 위태롭게 소용돌이치기 시작한 석조 통로. 거기서 분노를 표한 페르메니아를 주시한 채 머리에 손을 얹고 멍해진 얼굴. 그러나 방심하지 않고 물었다. 그러자 그녀는 거침없이 슥 술식을 짜서——

"닥쳐. 네놈의 그 우열한 근성을 이 백염의 페르메니아가 뜯어고쳐주지!"

"아니, 왜 그래…….

"그런 건 네 가슴에 손을 얹고 물어봐!"

"그렇게 말해도…….

무작정 화를 내는 페르메니아에게 스이메이도 난처한 기색으로 신음했다. 멋대로 덤벼들어도 곤란하다. 자신은 그럴 생각이 털끝만큼도 없으니.

그렇게 계속 태세를 갖춘 상태로 조금도 상대하려고 하지 않는 스이메이에게 페르메니아는 짜증으로 날카로워진 목소리를 낸다.

"이 자식…… 사람 말을 듣는 거야?!"

"그렇게 큰 소리 안 내도 듣고 있어. 너도 너무 소리만 지르면 주위에 민폐잖아?"

"그, 그건 실례……가 아니야! 네놈은 진지하게 사람 말을…….

"나 참, 좀 진정해라…… 응?"

격분하는 페르메니아에게 그런 기막힘을 섞으며 머리를 긁던 스이메이. 이대로라면 난리는 피할 수 없는 일일 터,

그녀의 동향을 살피다가 갑자기 어떤 사실을 깨달았다.

가늘게 뜬 시선 끝으로 그녀의 발밑을 자세히 보니 어느새 로브 자락이 구두창과 바닥 사이에 끼어 있다. 즉 **밟고 있다.**

"야야 잠깐만, 너 그대로라면……."

넘어진다. 고꾸라진다. 로브에 발이 걸려서 성대하게. 그런 미래가 분명히 보인다.

"뭐야! 내가 뭘 어쨌다는 거야!"

"아니, 그대로는 위험하니까 발밑을……."

"이 자식, 그런 뻔한 수법에 내가 걸려들 거라고 생각하나! 우롱하지 마!"

"우롱이고 뭐고 그보다 좀 진정해라 진짜, 아……."

결국 비극인가. 분노에 휩싸여 스이메이의 충고도 듣지 않고 제 발밑을 한 번도 보지 않은 페르메니아는 그가 예상한 상태로 떨어지고 말았다.

"응?! 꺅?!"

옷자락을 밟은 채로 발을 내디디려 한 탓인지 이미 성대하게 앞으로 기우뚱하며 고꾸라진 페르메니아. 게다가 단지 고꾸라진 것이 아니라, 구르는 찰나에 흰 로브가 겨드랑이 밑까지 말려 올라가서 마치 뒷사람에게 속옷과 엉덩이를 내미는 듯한 자세가 되고 말았다.

"뭣?! 이 자식 무슨 짓을 한 거야?! 로, 로브가, 로브가……."

말려 올라간 로브에 가려져서 페르메니아는 시야가 확보

되지 않는 듯하다.

"아니 난 그냥 서 있었을 뿐, 아무것도 안 했는데."

"뭐라고?! ……어라? 어라?"

마구 발버둥친 탓에 로브가 뒤틀려서 더 이상하게 휘감겼다. 혼자 이런 일이 가능하다니 이 소녀는 어떤 의미로 재주가 있는 모양이다. 일어나겠지 싶어 기다리는데 그런 뜻과 반대로 들려오는 것은 울먹이는 소리.

"안 빠져, 안 빠진다고……."

"정말 별수 없는……."

얼굴이 불그스름해진 스이메이는 아이고 하며 이마에 손을 댄다.

속옷을 다 드러내고 볼륨 있는 엉덩이도 내민 채로 버둥거리는 페르메니아의 모습은 정말이지 가엽기 짝이 없다.

역시 여자애를 이대로 두기는 그런가. 뭐, 나쁜 녀석도 아니고 도와줘도 괜찮겠다고 생각한 스이메이는 시선을 돌린 채로 페르메니아의 추태와 속옷을 되도록 보지 않으면서 말려 올라간 로브를 고쳐주고, 그것에 걸려 파닥거리는 그녀를 부드럽게 안아서 일으킨다.

"으힉?! 뭐뭐뭐, 뭐하는 거야?!"

"알았으니까 얌전히 있어…… 으차."

항의가 쏟아지지만 괘념치 않는다. 그 상태로 일으켜서 흐트러진 로브도 고쳐준다.

"아……."

"이봐, 괜찮아?"

스이메이가 물었지만 페르메니아는 멍해진 채로 원래 표정으로 돌아오지 않는다.

게다가 그 얼굴에는 넘어질 때 먼지까지 붙었는지 더러워져서 여성스럽지 않다. 적의를 보내기는 했지만 이 상태로는 역시 조금 안쓰러워서 스이메이는 주머니에 넣어둔 손수건으로 페르메니아 볼의 먼지를 닦아준다.

'정말 성가신……'

그러자 당사자는.

"아…… 으……?"

아직 상황 파악이 되지 않는지 페르메니아는 두리번거리듯 시선을 움직이더니 결국.

"아, 아아아아아아아아아아아아아아아아아아아아!!"

소리쳤다.

"으악, 이번에는 뭐야…….'

페르메니아의 별안간 큰 소리에 스이메이는 놀라서 휙 비켜선다. 그러자 그녀는 새빨개진 얼굴로 스이메이를 노려보았다.

"뭐, 뭐, 뭐, 뭘 하는 거야, 이 자식?!"

"뭘 하기는, 굳이 안 물어봐도 알잖아?"

"그런 게 아니잖아?! 그런 게 아니라, 그 저기…… 왜 그런 짓을."

"아니 그야, 도와줘야 하잖아."

"따, 딱히 난 도움 같은 건! 그보다 난 네놈에게 해를 끼치려고 했다고?! 게다가 얼굴까지……."

"그거랑 이건 얘기가 다르고. 그대로 두면 귀여운 얼굴이 엉망이 되잖아. 먼지 정도는 떼어줄 수 있어."

"──?!"

스이메이가 별생각 없이 말한 순간이었다. 페르메니아는 갑자기 등에 막대기라도 들어간 듯이 꼿꼿하게 수직으로 경직한다.

"응? 왜 그래?"

"귀, 귀여운……."

"……?"

"엄청 귀엽다니 무슨……."

"이봐, 왜 그래?"

어느새 잘 모르는 장소로 떠난 듯한 페르메니아의 얼굴 앞에서 스이메이는 손을 팔랑팔랑 흔들어본다. 그러자 그녀는 그제야 돌아온 것처럼.

"어? 아아아아아앗?! 돼돼돼됐어! 난 볼 일이 있으니 이만 실례한다!"

페르메니아의 얼굴색은 아까보다도 5배 증가해서 사과나 토마토 같은 얼굴로 그렇게 말하고는 잰걸음으로 멀어졌다.

하지만 어쩐 일인지 어느 정도 지난 곳에서 멈춰 서더니 엄청난 기세로 돌아봤다.

그리고.

"아, 아까 전 일은, 처처처철회해주지!"

"뭐?"

"네놈한테 우열하다고 말했잖아?! 그, 그, 그, 그리고! 네놈 방은 이 통로를 곧장 가다가 막다른 곳을 돌아서…… 에잇, 그다음은 누구 다른 사람이라도 붙잡고 물어봐! 그보다 기억해둬라, 스이메이 야카기! 이 굴욕은 언젠가 백만 배로 갚아줄 테니! 잊지 마! 절대 잊──흐익?!"

멈춰 선 채였지만 말과 함께 양팔을 파닥파닥 움직이더니 그 기세에 끌려가듯 상체를 앞으로 내밀며── 또 넘어진 페르메니아. 엎어지는 것이 특기인가.

"왜 저래……."

스이메이는 비틀비틀 일어나서 달리기 시작한 그녀의 뒷모습을 바라보며 중얼거렸다.

한편 페르메니아는 "아아아아앙!" 하고 조금 떨어진 곳에서 비명을 지르며 도망치듯 달려갔다. 조금 전까지 의리가 넘치고 멋졌던 페르메니아 스팅레이라는 소녀의 이미지가 소리를 내며 무너지고 어딘가 머리 한구석 카테고리에는 대신 얼간이 캐릭터가 추가된 느낌이다.

"……모르겠다, 슬슬 갈까."

스이메이는 그렇게 말하고 독실을 찾으러 걷기 시작했다.

★

예상 밖의 한바탕 소동이었지만 그래도 무사히 의식의 방에서 독실로 도착한 스이메이. 하지만 그가 한숨 돌릴 여유는 아직 없다.

　"음——"

　정신을 차리니 방으로 다가오는 발소리와 마력의 낌새. 한차례 떠들썩한 소동이 지났으니 방에서 혼자 느긋하게 있으려고 생각한 스이메이는 정신을 바짝 차리고 그쪽을 바라본다.

　아마도 이 방으로 온 방문자일 것이다. 발소리와 기척은 거침없이 이쪽을 향해서 왔고 느낀 적이 있는 마력의 파장이다.

　그럼 저 방문자의 정체는.

　그것은 요사이에 급속도로 실력을 쌓은 레이지, 그리고 두 사람. 레이지를 따라서 그의 힘이 되겠다고 말하고 온종일 그와 함께 있는 티타니아와 그 때문에 한층 더 레이지에게 찰싹 달라붙게 된 미즈키이다.

　그들이 이쪽으로 오는 것을 알아차린 순간, 스이메이는 책상에 꺼내둔 책과 가져온 마술품으로 능동적으로 무언가를 하던 흔적을 마술로 은폐한다.

　지금의 스이메이에 대해서 주변 사람들은 알현실에서의 사건 뒤로 늘 방에 틀어박혀 토라진 채로 누워있다고 생각한다. 페르메니아도 아까 그런 인식이었고 물론 레이지 일행도 예외는 아니다.

남과 필요 이상으로 접촉하면 그만큼 자신의 정체가 탄로날 가능성이 높아진다. 이를 막기 위해서 쭉 혼자 방에 틀어박혀 접촉이 불가피한 인물 이외는 누구와도 얽히지 않고 자신이 마술사라는 사실을 숨기는 것이다.

물론 식사는 늘 받고 있고, 방에서 나오면 레이지 일행의 모습을 보러 가거나 성의 서고로 향하거나 의식의 방으로 가는 것과 나머지는 화장실뿐인 철저함.

자신이 마술사라고 알려지지 않기 위해서는 당연한 일이다. 마술사라고 알려져서 그 힘에 눈독 들이는 무리에게 이용당하는 것도 싫고, 레이지 일행에게 알려지는 것도 아직 저항이 있다. 게다가 이렇게 있으면 자유로운 시간이 늘고 원하는 정보를 쌓는 것도 가능하다.

단지 그 반면, 자신에 대한 성 사람들의 평가는 내려갈 뿐이지만.

용사 레이지가 마왕 토벌을 재고하도록 발언하고 알현실에서 마지막으로 소리친 그날부터 계속 방에 틀어박혔다며 소환한 입장인 국왕과 레이지와 함께 있는 티타니아 이외에는 스치기만 해도 험담을 소곤거릴 정도로 신용이 실추되었다.

스이메이에게는 그것이 방패막이이기에 전혀 신경 쓰이지 않는다. 오히려 계속 그렇게 해주기를 바란다고 생각할 정도이다.

하고 그런 생각을 하면서 토라진 채 침대로 기어들어간

다. 그러자 조심스러운 노크가 들리고 곧이어 레이지의 목소리가 귀에 들어온다.

"안녕 스이메이. 일어났어?"

"……어어, 들어와."

"실례합니다."

"들어갈게요."

레이지 일행이 들어오는 것에 맞춰서 스이메이는 꾸물거리며 침대에서 일어났다.

그리고 늘 그렇듯이 각자 의자에 걸터앉는 것을 짐작하고는 레이지에게 묻는다.

"그래서? 오늘은 무슨 일이야?"

"어? 뭐, 뭔가 느닷없다, 스이메이."

"너 오늘은 평소랑 좀 분위기가 다르거든. 뭔가 진정이 안되지?"

"아하하, 역시 알겠어?"

"대충."

멋쩍은 듯이 웃는 레이지에게 스이메이는 끄덕인다.

방에 들어왔을 때부터 스이메이는 레이지의 모습이 다른 것을 알아차렸다. 얼굴에 웃음이 번지면서도 어딘가 들뜬 모습. 마치 좋은 일과 미묘한 일이 모두 있는 그런 느낌이었다.

그러자 레이지가 이번에는 활기찬 미소를 띠며 묻는다.

"오늘은 신체강화 마법을 배웠어. 볼래?"

"그래? 부탁해."

역시 좋은 기분의 원인은 그것인가. 또 새로운 마법을 배운 것이 레이지는 기뻤나 보다. 그에 대해서는 스이메이도 일맥상통하는 부분이 있다. 새로운 마술을 구상해서 처음으로 행사할 때의 그 흥분감은 확실히 억누를 수 없기 때문이다.

레이지는 그 자리에서 몸을 굽혔다가 펴고 관절을 움직이며 몸을 풀기 시작한다. 신체강화 마술이다. 병용해서 신체 강도를 올리는 마술을 쓰지 않는 경우는 이런 동작이 중요하다.

"간다."

그렇게 한마디 하면서 몸속에 마력을 퍼뜨리는 레이지. 순식간에 술식을 구축해서 영창도 없이 마술을 발동한다.

"번 부스트!"

레이지가 마술의 명칭을 입에 담자, 열쇠의 말로 탄생한 불꽃 띠가 레이지의 몸을 휘감듯이 물결치며 돈다.

그 마술 발동의 결과, 향상하는 레이지의 신체 능력. 지금 그의 몸에는 영걸 소환에서 얻은 힘보다도 훨씬 강력한 힘이 흘러넘쳤다.

"오오!!"

그리고 레이지의 높은 마술 완성도에 무심코 감탄의 소리를 낸 마술사 야카기 스이메이.

지금 마술의 발동은 뛰어났다. 마력의 최적화에서 마술의 구축 그리고 기동까지 일련의 과정이 세부까지 정리되어서 훌륭하다고밖에 할 말이 없다. 분명 고안이나 간략화가 없어서 쓸모없다고 하면 그만이지만, 마술을 접한 지 약 2주 만에 기본 과정을 모범 연기와 동등하게 해냈다. 칭찬할 도리는 있되 폄하할 구석은 없다.

이 신체강화 마술. 아마 불 속성 때문에 신체강화 이외에 용사의 은혜로 힘이 폭발적으로 부스트된 것이 틀림없다. 이 정도라면 바람 속성의 경우는 속도로, 물 속성은 신체의 원활한 움직임을, 흙은 신체 강도에 영향을 미친다고 본다——

레이지의 신체강화에서 생각할 수 있는 다른 속성의 신체강화까지도 스이메이가 멋대로 분석하고 있으려니, 티타니아가 넋 나간 눈동자 그대로 레이지에게 다가간다.

"역시 훌륭합니다, 레이지 님⋯⋯."

"아하하, 고마워 티아."

쾌활한 웃음을 지으며 티타니아에게 고마움을 표하는 레이지. 그가 말한 이름은 애칭인가. 어느덧 그녀와는 꽤 친밀한 관계가 된 듯하다.

그러자 미즈키가 조금 뾰로통해진 듯이 티타니아를 본다.

"저기 티아, 좀 너무 가깝지 않아?"

"괜찮잖아요, 미즈키. 늘 미즈키 쪽이 가까우니까 조금은 저한테도 양보해주세요."

"어, 아니, 난 그렇게 가깝지 않아!"

"그렇지 않아요. 미즈키는 늘 불필요하게 레이지 님 가까이 있잖아요. 치사해요."

레이지의 신체강화 이야기였는데 어느새 전투의 불꽃을 튀기는 두 사람. 이제 스이메이는 이런 광경이 지겨웠다.

"현실성 없어…… 아니, 레이지 그 마법 상당히 멋지다."

"응? 응! 맞아! 이 마법 쓰기도 편하고 좋아서 마음에 들어."

"그래. 겉보기에도 좋고 생각보다 나쁜 점은 없어 보여……."

이는 스이메이의 솔직한 생각이었다. 무엇보다도 모양새가 좋은 것이 평가받을 만하다. 불꽃을 용처럼 휘감는 모습은 꽤 멋지다. 모양새가 좋으면 그것만으로 상대에게 임팩트를 줄 수 있고 그것이 상대의 위압과 위축으로도 이어진다. 의외로 중요한 점이다.

그러자 미즈키가 웬일인지 이쪽이 아니라 레이지를 향해서 말한다.

"나, 나도 할 수 있게 됐어!"

"그렇구나. 역시 미즈키도 노력하고 있구나."

"어? 응, 뭐……."

스이메이가 대답하자 미즈키는 뜻밖의 곳에서 말이 돌아왔는지 멍해진 얼굴. 티타니아와의 실랑이 탓인지 미즈키는 레이지만 본 듯했다.

요컨대 그에게 칭찬 받아서 티타니아에게 대항하고 싶었을 것이다. 어쨌든 옆에선 본 친구의 눈으로는 레이지에 대한 살의가 반이지만, 따뜻하고 흐뭇함으로만 보인다.

"크크크……."

"뭐, 뭐야? 스이메이."

"아니야, 힘내라고."

"응! 나 안 질 거야."

누구에게 지지 않는다는 걸까. 옆에서 들으면 마왕이 되 겠지만 이 자리에 관해서는 절대 다르다.

그렇게 생각하면서 응원으로 가장하고 더 부추기는 스이 메이. 이번에는 다른 일도 물어본다.

"그런데 다른 건?"

"어? 뭐 여러 가지로……."

물어보자 레이지는 무언가 애매하게 대답했다. 무슨 일이 있지만 그에 대해서 생각할 점이라도 있는 걸까. 이것이 오 늘 그가 조금 이상한 이유이다.

"왜 그러세요? 레이지 님."

"어? 아니, 응……."

"공주님. 뭔가 이상한 일이라도 있었습니까?"

"아뇨, 이상한 일은커녕 레이지 님이 한층 더 대단하다는 사실이 엿보이는 한 사건이 있었어요."

반은 흥분한 기색으로 기쁜 듯이 말하는 이마 공주 티타 니아. 그 모습은 거짓말하는 느낌은 아닌데 그렇다면 왜 레 이지는 얼버무리려는 것인가.

"그래서 그건 대체?"

"그, 그건 말이야, 그러니까──"

스이메이의 질문을 레이지가 얼버무리려 했지만 티타니아는 아랑곳하지 않는다. 마치 제 일처럼 뿌듯하게 자랑스러운 듯이 대답한다.

"네. 오늘 아스텔 국왕 산하의 마법사 길드 각 부문 스페셜리스트들이 레이지 님과 마법 시합을 하러 왔습니다."

"호~ 마법사 길드 말이지요."

마법사 길드. 자세한 내용은 아직 조사하지 않았지만 분명 나라의 마법사 대부분이 이름을 올린 조직이다.

"네. 전부터 이쪽에서 타진했던 대로 오늘 모든 분을 모시게 되었습니다."

"모두 모이는 건 드문가요?"

"네. 모두 다망하고 높으신 분이니. 평소는 왕국령 내를 바쁘게 돌며 활동하고 계십니다."

그렇다면 일동이 모이는 일은 힘들 것이다. 하지만 각 부분의 스페셜리스트라니 여러 가지로 신경 쓰이는 표현.

그에 대해서 티타니아에게 물어본다.

"그런데 각 부문은 뭐지요?"

"불, 물, 바람, 흙, 천둥, 나무, 빛, 어둠의 여덟 부문에서 가장 뛰어난 마법사들입니다. 그 안에는 궁정 마도사를 능가하는 실력을 보유해서 저마다 황제라는 명예 칭호를 갖고 있습니다. 불 부문의 황제라면 염제. 빛의 부문이라면 휘제로."

".............."

……괜찮나. 황제란 좀 더 고귀한 말이었을 것이다. 일본에서도 높은 자리의 분을 가리키는 말이다.

이쪽의 언어가 일본어로 변환되어서 어긋난 탓인지도 모르지만 아무리 그래도 위화감이 있다.

"스이메이 님. 왜 그러세요?"

"아, 아니요, 아무것도. 그래서 시합 결과는?"

"물론 레이지 님이 이겼습니다."

티타니아는 자기 일처럼 그 작은 가슴을 펴고 대답했다. 그리고 이어서 그녀는 듣지 못하고 넘어갈 수 없는 말을 했다.

"그때 레이지 님은 마법사 길드의 마스터에게 별칭도 받았고."

"별칭?"

별칭. 그것은 받은 자의 강함과 공적을 본인의 특징으로 나타내는 데 쓰이는 명예 칭호. 물론 판타지에서는 으레 따르는 것이다.

그러자 레이지가 어딘지 어색한 모습으로 화제를 바꾸려 한다.

"그, 그건 특별히 말하지 않아도 되잖아?"

하지만 그런 레이지의 모습이 재미있는지 소리 죽여 웃는 미즈키.

"후후……."

"왜 그래, 미즈키?"

"아니. 아무것도 아니야. 그대로 들어줘."

"응? 그래서 공주님. 레이지가 길드 마스터에게 받은 별칭은?"

"그러니까 스이메이 그건——"

"레이지 님이 길드 마스터에게 받은 별칭은 모든 속성을 지배하는 기적의 명수—— 어트리뷰트 마스터(Attribute master. 전속의 패자)입니다."

――티타니아가 주먹을 치켜들고 열띤 어조로 그렇게 말하자 한순간 그곳이 얼어붙었다.

그리고 물론 스이메이는 참을 수 없어져서 호쾌하게 내뿜었다.

"푸하핫!!"

"어……? 스이메이 님?!"

"저, 전속의, 패, 패자라니, 하하. 더는 안 돼, 무리, 흐아아하하하하하하하하핫!!"

느닷없는 스이메이의 박장대소에 무슨 일인가 싶어 놀란 티타니아. 눈을 희번덕이는데 그 옆에서 레이지는 왜 이렇게 되었냐고 하듯이 얼굴을 양손으로 가리고 고개를 흔든다. 한편 그런 이야기가 좋은 듯이 미즈키는 "좋겠다……" 하고 부러운 시선으로 얼굴이 새빨개진 레이지를 바라봤다.

그리고 스이메이가 한바탕 웃음소리를 토해내고 나니 레이지가 완전히 토라진 듯이 말한다.

"……거봐, 이래서 말하기 싫었어."

"……? 왜죠? 별칭을 받는 건 마법사로서 아주 명예로운 일인데 스이메이 님은……."

티타니아는 스이메이의 반응이 이해되지 않는지 어리둥절하다. 현대와 이세계에서는 『멋지다』는 기준도 다른 듯하다. 미즈키는 예외로 하고 레이지는 이를 알았기에 여기서 말하는 것을 꺼렸다.

"아니 전속의 패자──전속의 패자라고? 으하핫! 뭐야, 그런 별칭을 붙인 길드 마스터! 어떡해, 센스 없어! 완전 없어! 배 아파! 흐하하하하하하하하하하하하핫!"

"……스이메이, 부탁이니까 말하지 마."

레이지의 맥 빠진 음성이 울렸다. 결국 이날은 마지막까지 이 이야기로 떠들썩했다.

어느 날 궁정 마도사 페르메니아 스팅레이는 용사 레이지와 그 친구 미즈키 아노에게 마법을 가르치기 위해서 그들이 있는 곳으로 향하는 도중이었다.

"설마 용사의 스승이라니……."

페르메니아는 걸어가면서 문득 그렇게 말했다. 지금 그녀 마음에 소용돌이치는 것은 흥분과 환호이다. 뭐라고 한들 수십 명의 궁정 마도사 중에서 선도자를 제치고 가장 신출내기인 그녀가 세계를 구할 사명을 지닌 인간에게 마법을 가르치는 책임을 지고 있다.

말하자면 페르메니아는 용사의 스승이다. 이 세계에 사는 마법사로서 이만큼 영예로운 일은 없다. 그렇다면 역시 페르메니아도 소리 죽여 웃을 수밖에 없다.

"후, 우후후……."

항상 늠름하고 아름다운 용모를, 지금만은 단정하지 못한 웃음이 대신했다.

그리고 곧 저도 모르게 웃음을 흘렸다는 사실을 깨닫고 초조함이 생겼지만 웃음은 멈출 수 없다. 이곳이 인기척 없는 장소라 다행이라고 절실히 생각한다. 늘 위엄 있는 마도사임을 자인하는 자신에게 전혀 어울리지 않는 소녀 같은 웃음소리였다. 누군가 들었다면 부끄럽기 짝이 없다.

그러나 그녀에게도 용사에게 마법을 가르치는 것은 의외였다. 그녀는 용사라 하는 정도이니 틀림없이 검술도 마법도 뛰어난 최강의 인간이 온다고만 생각했다. 실제로는 그에 필적할 정도의 재목이었지만── 그것은 아무튼.

레이지 일행이 있던 세계에 마법은 없다. 그것이 용사에게 마법을 가르친다는 별난 사태의 발단이다.

며칠 전 소환 결행일, 그들이 처음으로 이 카멜리아에 내려선 그날에 알현실에서 큰 문을 여는 마법을 보고 크게 놀란 일도 기억에 새롭다. 자신이 처음으로 마법을 목격한 때처럼 그들도 눈동자를 빛냈다.

그런 그들에게 마법이 없는데 어떻게 문명이 발달했는지 물었는데, 레이지 일행의 세계에는 마법이 없는 대신 강철과 천둥을 이용한 과학이라는 기계장치 기술이 발달한 듯하다.

이야기를 들어서는 재미있어 보이지만.

그런데——

"……저건 스이메이 야카기?"

영예로운 직무를 위해서 용사가 있는 곳으로 가려니 발마저 멋대로 빨라지는 중에 페르메니아는 회랑 앞에서 용사 레이지의 친구 스이메이 야카기의 모습을 발견했다.

——스이메이 야카기. 용사 레이지의 친구이자 지극히 평범해 보이는 남자. 단정한 흑발과 부드러운 눈동자, 그 정도밖에 떠오르는 특징이 없다. 보기에는 어디에나 있을 법한 분위기를 지울 수 없고 레이지와 함께 있으면 비범함과 재기라는 말이 한층 눈에 띄지 않는 소년이다.

이전에 그와는 가벼운 마찰이 있어서 방심할 수 없는 상대라 인식했지만.

'아니 그건……'

아니다. 그때는 분노에만 휩싸여서 제정신이 아니었지만 실제로 그는 자신이 감정에 치우쳐서 덤벼들었는데도 불구하고 그 후에 보여준 입에 담기도 부끄러운 추태를 비웃지 않고 다정하게 대해준 사람이다. 마왕 토벌은 거절했지만 자신이 매도한 정도로 나쁜 인간은 아니다.

게다가——

"귀엽다고⋯⋯."

그때 스이메이에게 들은 말을 떠올렸다. 귀엽다니 그런 말을 들은 것이 얼마 만인지. 곰곰이 생각해봐도 어렸을 때 밖에 들은 적이 없다.

그 일을 떠올리니 공연히 볼이 뜨거워진다.

"아아아, 아냐, 뭘 생각하는 거야 내가! 특별히 그런 말을 들었다고 기뻐하고 그런⋯⋯그런⋯⋯."

하지 않는다고는 단언하지 못했다. 그 다정한 소년의 말과 행동은 분명 자신의 마음을 움직였으니.

그렇다, 그런 상대이니 더욱.

"사과 한마디라도 하러 갈까⋯⋯."

돌아다니는 것은 레이지 일행을 만나러 갈 생각이리라. 좀처럼 만날 수 없는 만큼 이곳에 있다니 마침 잘되었다. 지나간 일에 사과하는 것이 마땅하다. 조금 더 친해지지는 못해도 어느 정도의 응어리는 해소하고 싶다.

한마디 사과하자고 페르메니아가 자신의 행동을 돌이켜본 참이었다. 눈앞을 걷던 스이메이가 회랑 앞 모퉁이로 사라졌다.

"어⋯⋯?"

그곳은 자신이 가려고 했던 장소와는 전혀 다른 곳.

예상을 뒤엎는 그의 행동을 보고 잠시 생각한다. 과연 무슨 일이 있었는지.

저쪽은 카멜리아 왕궁 북쪽인데 그렇다면 주방도 화장실

도 없고 용사 레이지도 없다. 있는 것은 의식의 방 정도. 그렇다면 그가 갈 만한 장소는 아닐 텐데 대체 무슨 일로 저쪽을 향하나.

'……아니 잠깐. 분명 스이메이님은 알현실 사건 이후로 배정된 방에 틀어박혀 계신다고 들었는데……'

눈을 가늘게 뜨며 얼굴이 험악해진 페르메니아는 문득 떠올린다.

그와는 그 사건 이후로 얽힌 적이 없기에 사정은 잘 모르지만 분명 그는 알현실에서 용사와의 동행을 거절하고 나서 방에 틀어박혀 나오지 않게 되었다고 주위 사람에게 들었다. 나온다고 하면 화장실에 볼일을 보러 갈 때나 레이지 일행의 얼굴을 보러 갈 때 정도라고. 실제로는 산책하러 나온 그때의 일도 있겠지만.

그에 대해서 가장 적당한 이유로 꼽을 만한 것은 낯선 땅으로 불려 와서 무서워졌는지, 혹은 결국 뜻대로 되지 않아서 어린아이처럼 방에서 부루퉁해졌는지. 알려준 자는 그중 한쪽이라며 겁쟁이 녀석이라는 말과 함께 비웃었지만.

"그럼 대체 왜……."

그는 이곳에 있는가. 이런 남들이 별로 오고 싶어 하지 않는 왕궁 북쪽에. 그렇게 신경 쓰기 시작한 순간 페르메니아의 마음속에 흥미가 고개를 쳐든다.

그리고 잠시 생각.

'용사님의 마법 지도를 언제부터 시작할지 예정을 정하지

는 않았어. 그럼 시간은 아직 있다. 잠시 쫓아갈까──'

하고 페르메니아는 서둘러 결론짓고 스이메이가 사라진 곳으로 향한다.

그것은 물론 단순한 흥미나 사과의 말 때문만은 아니다. 성에서 일하는 일원으로서, 궁중 마도사로서의 의무와 책임감에서 온 것이었다. 혹 그가 원치 않은 소환의 분풀이로 무언가 좋지 않은 일이라도 벌이려고 꾸몄을 때 자신이 그를 멈추어야 하기 때문이다. 그럴 일은 없다고 생각하고 싶은 페르메니아였지만.

'아니──'

그뿐만이 아니라 저 스이메이 야카기라는 소년은 자신들에게 숨기는 것이 있다. 따라서 궁정 마도사인 자신은 그 직무를 맡았으니 그의 동향을 신경 써야만 한다.

'……그래. 그날 우리가 그들을 맞이했을 때 스이메이 님은 분명.'

그 자리에서 무슨 마법을 쓰려고 했다. 그렇다, 왕궁 북쪽 오른쪽 끝에 있는 의식의 방. 영걸 소환을 위해서 설치한 특수한 방의 문을 열자, 셋 중 단 한 사람이 마력을 제어해서 어떤 마법을 그 자리에서 전개시키려고 했다. 눈치챈 사람은 자신뿐. 공주의 몸이면서 마법사로서도 우수한 재능을 지닌 티타니아도 눈치채지 못했다.

그러나 그 마법은 바로 해제되어 그 후 스이메이는 아무 일도 없던 것처럼 행동할 뿐이었다.

하지만 그렇다고 해서 달리 볼 수는 없다. 그것은 틀림없는 마법사의 소행이었다. 기분 탓이나 착각도 결코 아니다.

……레이지와 미즈키는 저쪽 세계에 마법은 없다고 말했다. 과학이 모든 곳에 존재해서 발전에 발전을 거듭한 멋진 세계라고. 거리는 밤에도 낮처럼 밝고 카멜리아보다 몇 배는 높은 건축물이 몇 개나 늘어섰으며 사람이 달까지 가는 기술이 있고 생활은 이쪽 세계에서는 생각하지 못할 정도로 풍요롭다.

레이지가 거짓말을 하지는 않았을 것이다. 그 정직한 눈동자에 거짓의 색은 없다. 그는 그런 수상함을 전혀 머금지 않았다.

그렇다면 왜 스이메이만 마법을 쓸 수 있나. 왜 스이메이가 마법을 쓰는 사실을 친구인 레이지 일행은 모르나.

그렇게 생각하며 걷고 있으니 다시 스이메이의 등이 보였다. 드디어 따라잡았나.

아무래도 스이메이는 눈치채지 못한 듯하다. 자신을 일정 간격으로 따라붙으면서 쫓는 것도 모른 채 그저 내키는 대로 걷고 있다.

다시 모퉁이를 돌았다. 그를 쫓아 자신도 모퉁이를 돌자——

"——윽?!"

"꺅?!"

비명에 몸이 반응한다. 마주치는 순간 누군가와 부딪힐

뻔해서 순간적으로 피했다.

그리고 자세를 고치고 또다시 앞을 보니 그곳에는 궁 소속의 메이드가 있다. 조금 전 비명 소리는 그녀였다.

"미안. 다치지 않았나?"

"아, 아니요! 저야말로 죄송합니다! 스팅레이 님이야말로 얼굴에 상처는……."

"어? 아, 아니, 얼굴에는 없는데?"

"그, 그럼 다른 곳에 있습니까?! 아앗! 어쩌죠!"

"아니. 그것도 아니야. 아슬아슬하게 피해서 먼지 한 줌 안 묻었다."

어째서인가. 부딪칠 뻔했을 뿐인데 마치 자신을 잃어버린 듯이 과장된 태도로 허둥대는 메이드. 그 정도 실수로 벌을 주는 사람은 성안에는 없다고 하는데.

그런 그녀에게 페르메니아는 상냥하게 미소 짓는다.

그러자 메이드는 후유 한숨. 안도의 표정을 지었다.

"그러신가요…… 정말 다행입니다……."

"미안해하지 마라."

"네, 네……!"

"으음."

페르메니아는 엄숙하게 끄덕였다. 나이에 걸맞은 숙녀의 것이 아니라 가르침을 준 노마법사를 본 대로 흉내 낸 태도. 이렇게 하면 설령 신출내기래도 얕보지 못할 정도의 위엄 정도는 유지할 법한 기분이 들어서 지금도 딱딱한 말투로 자신을 무장하고 있다.

그러자 메이드는 어딘지 넋을 잃은 모습으로 웃음 짓더니 곧 그 추태를 깨닫고 힘껏 고개를 숙였다.

"죄, 죄송합니다!"

"아니, 괜찮다."

하고 신경 쓰지 말라고 말하자 메이드는 다시 인사한 뒤에 살짝 불안한 걸음 그대로 떠나려고 하는데──

거기서 페르메니아는 문득 어떤 사실을 깨닫는다.

"──미안. 잠시 괜찮겠나?"

"네? 아, 네. 무슨 일이십니까?"

"아까 나와 부딪치기 전에 누가 스쳐 지나갔을 텐데 그자가 어디로 갔는지 아는가?"

"……아뇨? 전 스팅레이 님을 뵙기 전까지는 아무도 만나지 못했습니다만……."

"뭐라고?!"

어울리지 않게 언성을 높인 페르메니아. 지금 메이드의 발언은 흘려들을 만한 것이 아니었다.

"저, 저기, 뭔가 좋지 않은 일이라도……."

"다시 한 번 묻겠는데 정말 아무와도 마주치지 않았나?"

"네, 네."

"거짓은 아니겠지?"

"네. 아르주나 여신께 맹세컨대 스팅레이 님께 그런 일은 결코."

페르메니아의 서슬에 눈을 끔뻑거리면서도 메이드는 분명 진실만을 입에 담았다며 구세교회가 신봉하는 여신으로는 유일신인 아르주나에게까지 맹세했다.

하지만 그것은 이상하다. 물리적으로 절대 있을 수 없다.

그런 생각으로 머릿속이 혼란스러워진 페르메니아는 메이드에게 말을 꺼낸다.

"……네가 아무와도 만나지 않았을 리 없다. 내가 이 모퉁이에서 나오기 전에, 이 모퉁이에서 스이메이 님…… 용사님의 친구분이 왔단 말이다."

"용사님의 친구분이요? 하지만 전 아무와도…….”

주위를 두리번두리번 둘러보고 당황하는 메이드. 그런 그녀 이상으로 그를 뒤따르던 페르메니아는 당황스러웠다.

"이건 대체…….”

"저, 저기 스팅레이 님. 전 이제 남쪽 건물로 가야 해서…… 그게."

"아, 그래. 미안하구나. 이상한 일로 붙잡아서 미안했다."

"아니요, 그럼 실례하겠습니다."

메이드는 그렇게 조심스럽게 고개를 숙이고 페르메니아 앞에서 사라졌다.

'…………'

메이드를 지켜보던 페르메니아는 실태를 파악할 수 없는 일에 표정이 험악해진다.

이 앞에서 대체 무슨 일이 벌어졌나. 그것은 확실하지는 않지만 분명 자신이 목격한 것을 마지막으로 그는 이 앞에서 홀연히 사라졌다.

'······아니, 아직 시간은 있어. 안까지 살펴볼까.'

그렇게 생각하며 페르메니아는 북쪽 건물 안으로 향한다. 그 뒤로는 메이드가 말한 대로 그녀 이외에는 아무와도 만나지 못했다.

그리고 도착한 오른쪽 끝 방인 의식의 방. 그곳에 도착한 페르메니아는 간과할 수 없는 사태에 직면한다.

'아니——?!'

설마설마했다. 어깨를 움츠린 조금 전은 얼마나 빈틈투성이였나. 확인만 하려고 쳐다본 지금은 유사 시 외에는 아무도 열어서는 안 된다고 궁정 마도사 필두에게 지시받은 이 특별한 방의 창문이 말도 안 되게 반쯤 열려 있다.

열어서는 안 된다는 통지뿐만 아니라 이곳은 특수한 마법으로 엄중히 잠겨서 봉인 해제 방법을 모르면 절대 열 수 없다.

그러나 지금 창문에는 열린 흔적이 있다. 방법을 아는 것은 국왕 폐하와 궁정 마도사뿐인데도 불구하고.

국왕도 다른 궁정 마도사도 이곳에 온 기미가 없다면 왜 이 문이 열려 있는가.

페르메니아는 침을 꿀꺽 삼키고 인기척을 죽이며 문으로 다가간다. 몸을 옥죄는 것은 당연히 긴장뿐이다.

과연 안에는 누가 있나. 일련의 흐름으로 예상은 되지만 그래도 마음을 다잡지 않을 수 없다.

그리고 작은 틈새로 보인 것은 아스텔에서는 보기도 드문 새하얀 장부와 가느다란 통 모양의 무언가를 들고 소환진을 노려보는 스이메이 야카기의 모습. 뭐라고 혼잣말을 중얼거리며 일사불란이 장부에 가느다란 통을 움직인다.

'역시나……'

이 문을 열다니 어떤 마법과 수법을 사용했을까. 놀랍지만 그가 이곳에 있는 것은 사실. 그가 마법사라는 뚜렷한 증거였다.

'근데―― ……어쩌지? 여기서 나가도 괜찮을까?'

여기서 규칙과 눈앞의 수수께끼가 딜레마로 변해서 페르메니아는 고민에 빠졌다. 이곳은 출입이 제한된 장소이다. 평소라면 그 자리에서 불러서 마땅한 곳으로 넘기든지 자신이 어떻게든 해야 되지만 상대는 용사의 친구이며 게다가 마법사.

물론 상대가 아무리 같은 마법사라고 해도 직접 제압할 자신은 있다. 그러나 문제는 그가 용사의 친구라는 사실. 이를 토대로 소동이 되어서 용사의 기분을 상하게 하고 마왕 토벌의 의지가 뒤집힌다면 세계도 아스텔도 큰일이다.

개인의 의지만으로 어떻게 해볼 만한 이야기는 아니었다.

'근데 저 남자는 대체 뭘? 아니, 아마 소환진을 조사하는 것 같은데…….'

마법사로서 옆에서 보기에 그의 행동은 불가해했다. 소환진을 조사하는 것처럼도 보이지만 하는 일이라고는 그저 백지 장부에 가느다란 통을 움직이며 소환진 위를 무작정 돌아다닐 뿐. 정말 해석하고 있다고 말하기는 어렵다.

술식을 해석한다면 마법진이 그려진 바깥쪽에 그를 위한 마법진을 그려서 마법을 이용하고 술식을 노출시켜서 판독해야 한다. 그것이 마법 술식을 분석할 때의 일반적인 방법이다. 지금 그가 하는 행위는 그에 해당하지 않는다. 페르메니아는 그것이 마치 마법을 모르는 일반인이 어떻게든 마법을 배울 수 없을까 하여 전혀 의미 없는 시행착오를 겪는 것처럼 보일 뿐이었다.

어쨌든 이 소환진은 술리를 알 수 없고 그저 가능하다는 말만 전해져서 그 술식을 해석할 수 있는 자는 지금까지 단 한 명도 없지만——

……결국 손을 뻗지도, 말을 걸지도 못한 페르메니아는 스이메이가 소환진 위에서 불가해한 행동을 하는 모습을 오로지 용사가 있는 곳으로 갈 시간이 되기까지 바라볼 뿐이었다.

★

그날 밤 카멜리아 왕궁에 있는 페르메니아 방에는 한 명의 방문자가 있었다.

"——뭣? 그게 정말입니까?"

이야기를 들고 온 궁정 마도사에게 페르메니아가 되묻자 틀림없다는 긍정의 목소리가 돌아온다.

"네. 지금 말씀드린 대로입니다."

"…………."

거짓이 느껴지지 않는 동료의 어조에 페르메니아는 눈을 가늘게 뜨고 다시 한 번 들은 말을 반문한다.

조금 전 급히 전할 말이 있다며 페르메니아의 집무실 겸 독실인 이 방으로 찾아온 동료 궁정 마도사. 대체 무슨 일인지 묻자 요 며칠 동안 용사 레이지의 친구인 스이메이 야카기가 카멜리아의 이곳저곳을 드나드는 모습을 목격했다는 것이다.

그리고 무언가 나쁜 일이라도 하는 것은 아닌지 우려를 품었지만, 동료 역시 '상대가 용사의 친구'라고 하는 자신도 품었던 걱정 때문에 스이메이 본인을 나무랄 수도 없어서 이렇게 다른 궁정 마도사들에게 알리러 찾아온 듯했다.

조금 전 되물었기에 동료는 이쪽이 이야기를 믿지 않는다고 생각했는지 묻는다.

"못 믿겠습니까?"

"아니요, 사실 저도 그가 나가는 모습을 자주 봤습니다."

"호오? 그게 정말입니까?"

"네, 그것도 오늘도."

"그럼 확실하군요. 혹 스이메이 님은 뭔가 나쁜 일이라도……."

하고 있지는 않은가. 라고 말을 꺼낸 동료에게 페르메니아는 고개를 가로저었다.

"아니요, 아직 모릅니다. 자세히 조사하기도 전에 나쁜 일을 한다고 단정 짓는 건 성급하겠지요."

분명 스이메이의 행동은 수상하다. 수상하기는 하지만 아직 자신이 본 바로는 의식의 방에 드나드는 정도뿐이다. 그것도 충분히 주의시킬 행동이지만 아직 과도한 혐의를 받을 만한 일도 아니다.

그러자 궁정 마도사는 딱히 반론하지도 않고 동의한다.

"그렇군요. 그 총명함, 역시 백염이라 불릴만합니다."

"아, 아니요……."

알아주었나. 하지만 치켜세워주는 것이 조금 낯간지럽다.

"사정은 잘 알았습니다. 제 쪽에서도 그에 대해 알아보지요."

"잘 부탁드립니다."

"그럼 전 이만."

하고 말하고 허둥지둥 퇴실하는 궁정 마도사. 페르메니아의 집무실 겸 독실 문이 닫힌다.

그 일련의 움직임을 지켜보고 페르메니아는 한마디.

"스이메이 님, 당신은 대체 뭘……."

그 목적 없는 물음에 돌아오는 말은 없다.

★

"──용사 레이지의 친구에 대해 말인가?"

페르메니아가 스이메이의 수상한 행동을 목격하고 난 며칠 뒤. 그녀는 현재 카멜리아 왕궁의 알현실에서 국왕 폐하 앞에 있다.

이유는 물론 스이메이의 일이다. 얼마 전 그가 의식의 방에 있던 일을 시작으로 페르메니아는 그의 동향을 일일이 살펴서 지금 이렇게 그 취지를 국왕 폐하에게 전하려고 했다.

국왕의 의아한 반문에 무릎을 꿇으며 끄덕이는 페르메니아.

"예. 그러합니다."

"그건 미즈키 아노의 일인가?"

"아니요, 제가 말씀드리고 싶은 사람은 또 한 명의 친구, 스이메이 야카기에 대해서입니다."

페르메니아의 지적에 국왕은 눈썹을 찌푸리며 눈을 가늘게 뜬다.

"……흐음. 내가 아는 바로 그자는 이곳에서의 사건 뒤로는 거의 방에 틀어박혀 나오지 않게 되었다고 들었다."

"아니요, 실제로 스이메이 님은 그 뒤로 수없이 성내를 돌아다니고 있습니다."

그 단정의 출처는 페르메니아가 지금까지 탐색한 결과이다. 그날부터 그녀는 짬이 나면 스이메이의 동향을 살피고 그가 이 카멜리아에서 무엇을 하고 있는지 조사했다.

그리고 거기서 알게 된 사실은 틀어박혀 있다는 말은 완전한 속임수이고 실제로는 꽤 능동적으로 움직인다는 것이었다.

갑자기 국왕은 탐색하는 시선을 보낸다. 그의 음성도 말에도 험악함이 한층 늘어난다.

"그런 보고, 난 아무에게도 듣지 못했네만?"

"주위에는 틀어박혔다고 보이게 하고 비밀리에 움직이고 있습니다."

"누구의 눈에도 띄지 않고?"

"예. 아마 그 사실을 아는 자는 성내에서도 저를 포함해 몇 명뿐입니다."

페르메니아의 말에 이해할 수 없다는 듯이 눈썹을 찌푸리는 국왕.

"……하지만 말이 안 되는구나. 왜 그 사실을 아는 자가 몇 명뿐이지?"

"저도 돌아다니는 그를 발견한 것은 완전한 우연입니다. 남들 눈에 그리 띄지 않는 것은 아마도 그가 어떤 마법을 쓰기 때문이라 추측됩니다."

"마법이라? 그대가 가르쳤는가?"

"아니요, 저는 아무것도."

"……? 무슨 말인가? 다른 궁정 마도사가 가르치기라도 했나?"

"아니요, 그렇지는 않습니다. 아무래도 스이메이 님은 원래 마법을 쓸 수 있는 인간인 듯합니다."

그 말에는 역시 국왕은 의심스럽다는 얼굴을 한다.

"하지만 페르메니아여, 용사의 세계에는 마법은 존재하지 않는다고 들었다만? 저쪽 세계에는 다른 기술이 발달해서 마법은 공상의 산물이라고 용사는 말했다."

"그렇습니다. 저도 그렇게 들었지만 사실 스이메이 님은 마법을 쓰고 계셨습니다."

"그럼 용사가 거짓을?"

"아니요, 그런 눈치는 전혀."

없었다. 이는 확실히 말할 수 있다. 게다가 레이지는 마법사가 적성에도 꽤 잘 맞았지만 마법에 관한 사전 지식은 전혀 라고 할 정도로 갖추지 못했다.

레이지가 거짓말을 했는지 아닌지에 대해서는 국왕도 신뢰했는지.

"……그렇겠지. 나도 그리 생각한다. 그런데——"

"왜 마법에 관한 레이지 님의 발언과 맞지 않느냐는 말씀이지요?"

"으음. 저 소년이 개인적으로 마법을 쓴다는 사실을 숨기고 싶다는 것 이전에, 애초에 용사가 저쪽 세계에 마법이 존재하는 사실을 인지하지 못한 게 이상하구나."

역시 국왕도 고개를 갸웃할 만했다. 마법은 기술 중 하나이다. 이 세계에서도 닥치는 위해를 물리치거나 사람들의 생활을 더 좋게 하든지 마법은, 인간은 물론 지성을 지닌 생

137

물과는 떼려야 뗄 수 없는 밀접한 관계가 있다. 그것은 사람의 발전과 함께 있는 법이다.

그렇다면 왜 저쪽 세계는 그런 기술이 있음에도 그 존재가 알려지지 않았나. 아무리 과학이라는, 마법과는 전혀 다른 기술이 발달했다고 해도 애초에 기술은 기술이다. 과학이 특별하다면 용도에 따라서 가려 쓰는 국면도 나올 테니 결코 필요하지 않을 리 없다.

그렇다면 왜 그리도 정직한 눈동자로 용사 레이지는 그렇다고 단정했는가.

"……국왕 폐하. 용사님의 세계에도 여러 가지 복잡한 사정이 있다고 생각합니다. 다만 지금 첫째로 생각해야 할 것은——"

"그 소년이 성안에 숨어서 돌아다닌다는 사실인가?"

"네."

"……그들의 움직임에는 제한을 두지 않았고 그도 이쪽 세계에 막 왔으니 돌아다니는 데 꺼릴 만한 점은 아무것도 없다. 숨겨야 할 이유도 없을 텐데……."

그렇다. 그도 용사 레이지와 같은 손님이다. 국왕도 레이지, 미즈키, 스이메이 세 명에 관해서는 각자 가고 싶은 곳과 둘러보고 싶은 곳이 있으면 좋을 대로 두었기에 주위에도 협력하라는 통지를 냈다. 더는 그들의 자유를 구속하고 싶지 않다는 국왕의 각별한 배려였다.

잠시 생각에 잠긴 뒤 국왕은 스이메이의 동향에 대한 답을 냈다.

"······역시 난 문제없다고 생각한다만?"

"아니 그게, 스이메이 님이 향하는 장소가 문제입니다."

"장소라면? 대체 어딘가?"

"먼저 서고입니다. 그는 그곳에서 매일 몇 권의 책을 독실로 가지고 돌아갑니다."

"호오? 틀어박힌 줄만 알았는데 서고라니 제법 기특하군. 돌아가지 못하니 이쪽 세계의 지식을 얻고 있겠지."

향하는 곳이 서고라고 말하자 국왕은 놀라움으로 눈을 깜빡거린 뒤에 그런 감탄의 목소리를 냈다.

그리고 무겁게 응응 끄덕이는 것은 아무래도 이 세계에 멋대로 불러들인 부조리에 지지 않고 서고에서 면학에 힘쓴다고 생각하고는 마음에 들었나 보다.

"아니요, 그것이 금서고 쪽까지 드나든 흔적이 있습니다."

"뭐, 뭣이라?! 아니, 하지만 그곳은 그리 간단히 들어갈 만한 장소가······."

국왕의 말이 놀라움으로 막힌 대로, 금서고는 아니 금서고도 쉽게 들어갈 수 없는 장소이다. 그곳에는 역사적으로 중요한 자료를 보관해서 마법으로 사람의 출입을 엄격히 제한하기 때문이다.

"그게, 아주 쉽게."

"무슨······. 또 그 소년이 드나드는 곳은 거기뿐인가?"

그 이상은 어떤지 라는 질문에 페르메니아는 조금 틈을

두고 고개를 가로저었다. 그리고 그 사태의 중대함을 곱씹은 뒤에 말한다.

"……스이메이 님은 의식의 방에도 드나들고 있습니다."

"저런……. 그곳에 들어가는 방법을 아는 것은 나와 그대, 그리고 다른 궁정 마도사뿐일 텐데."

"네. 하지만 스이메이 님은 어떤 수법으로 그 문을 열었다고 생각됩니다."

말하고 나니 침묵의 공기가 심각하게 무겁다. 그도 그럴 터. 그 방은 출입 방법을 모르는 자는 절대 들어갈 수 없게 만들어졌다. 흙 속성의 마법을 걸어둔 그 문은 흙 속성을 이해하지 못한 자를 다가오지 못하게 한다.

그야말로 스이메이가 상당한 마법사가 아닌 한을 제외하고는.

"뭘 하고 있는지는…… 우문인가. 그 소년은 소환진을 조사하고 있겠지?"

"제게는 전혀 그렇게 보이지는 않습니다만 상황을 보니 그런 듯합니다."

"……그만큼 돌아가고 싶겠지."

고민을 털어놓듯이 말한 국왕의 표정은 보기에도 침울함을 머금고 있다. 역시 국왕은 그들을 불러낸 일에 상당히 마음이 아팠을 것이다. 스이메이의 마음을 얼마나 배려하는지. 인자한 왕.

……각국 수뇌가 모인 의론 자리에서도 국왕은 영걸 소환

의식에는 반대했다고 들었다. 관련 없는 자에게 이런 당치도 않는 일을 강요하려는 것은 가혹하다고. 달성에 따른 보수조차 제대로 생각하지 않고 한번 부르면 돌려보낼 수조차 없다.

게다가 누군가에게 기대지 않고는 자신들의 힘으로 일을 수습하지 못한다면 위기 상황에 대한 대응력을 키울 수 없고, 앞으로 몇 번이나 이런 사태에 직면하면 결국 이 세계의 인간은 사라질 것이라고.

그렇게 큰 소리로 외쳐도 마왕의 공포로 위축된 각 수뇌의 생각 앞에는 일부의 작은 목소리일 뿐이었고 결국 다수결 의향에 눌려서 영걸 소환을 단행할 수밖에 없었다고.

국왕이 맛본 무력감과 고결한 마음을 짓밟힌 괴로움에 페르메니아가 생각에 잠겨 있자 국왕이 무겁게 입을 연다.

"……그래, 페르메니아여. 왜 지금까지 아무것도 하지 않고 이제야 내게 전하는가."

"제 개인의 판단으로 그에게 접촉해서 무슨 문제를 일으키는 건 좋은 계획이 아니라 판단했기 때문입니다. 혹 소란이 커져서 레이지 님 귀에 들어가면……."

"확실히 갈등이 생길 가능성은 무시 못 하겠지."

"네. 그리고 국왕 폐하께도 말씀드리지 못한 건 아직 보고드리기까지 정보가 부족했기 때문입니다."

그렇다, 불확실한 정보는 위험하다. 그것은 반드시 오해나 말썽을 만든다. 국왕과 다른 신분이 높은 자들에게 말하지 않은 것도 오로지 그 이유뿐이다.

"물론 여차했을 때는 행동을 취할 생각이었겠지?"

"예. 물론입니다."

그에 대해서는 당연하다. 그래서 하나하나 동향을 살폈다.

"그래서 이 건을 다른 자에게는?"

"이외에도 알아차린 자가 있어서 저와 국왕 폐하 이외에는 제 동료가 몇 명 정도. 하지만 레이지 님과 미즈키 님은 이 일에 관해서는 전혀 모르는 듯합니다."

"알겠다. 그럼 이 건에 대해서는 더 이상 다른 자들 귀에 들어가지 않게 하라. 다른 궁정 마도사들에게는 내가 말해두지. 그리고 용사에게도 이 건을 알려서는 안 된다. 알겠나?"

말하지 말라고 못을 박는 국왕에게 페르메니아는 "예" 하고 짧게 수긍한다. 일을 키우지 않으려는 국왕의 의도인지는 모르겠지만 그는 존경할 만한 분. 페르메니아는 순순히 받아들였다.

그리고 이제 묻는 것은 이후의 방침.

"폐하. 앞으로 저는 어찌하면 좋을지?"

그렇다, 스이메이에 대해서 무엇을 해야 할까. 어떤 처리를 해야 할까. 페르메니아는 이대로 그를 내버려둬서는 안 된다고 생각했다.

그것이 설령 용사의 친구라 해도.

하지만 국왕은 특별히 예상외의 말을 들은 것처럼 눈썹을 찌푸린다.

"음? 어찌하고 말 것도, 그대로 좋지 않은가? 그 소년이 뭔가 나쁜 일을 하지 않는다면 무리하게 간섭할 수도 없다. 그 소년도 간섭받기 싫으니 비밀리에 움직이겠지."

"하지만 금서고 건에 대해서는……."

"들어갔다면 이미 어쩔 수 없다. 그곳에 들어있는 건 상세한 역사서나 지도뿐이니. 그가 내용을 알았다고 해서 뭐가 있을 리도 없겠지."

분명 그 말대로다. 그것을 타국의 인간에게 알린다면 몰라도 그는 이 세계에서 있을 곳도, 연고도 없는 신세이다. 훔친다고 해도 쓸모없을 뿐이다.

그것은 알겠다. 하지만 그래도 그 판단은 너무 관대하지 않을까, 아니——

'그래서 폐하는 아까 더는 확대하지 말라고?'

규칙에 반한 자를 검문하지 않는 관대함은 주위에 모범이 될 수 없다. 이는 질서의 붕괴를 부르는 독이지만 그것은 반대로 주변인이 모르면 모범이 될 필요도 없어지게 된다.

그래서 국왕은 그의 행동을 묵인하고 확대하지 말라고 했나. 아는 자를 손안에 쥐어두면 조금 전 말한 문제가 일어나지 않기에.

왕에게 필요한 것은 엄정함이다. 스승에게 예절을 배우고부터 계속 도리를 중시하며 살아온 페르메니아는 그렇게 생각한다.

"……그럼 폐하는 그에 대해서 뭔가 강구할 일은 없으시다는?"

"그대는 반대인가?"

"스이메이 님은 마법사입니다. 무슨 조치가 필요하지는 않을지. 분명 레이지 님 건으로 행동은 신중히 해야겠지만 이대로 이 카멜리아에서 멋대로 둔다면 폐하의 체면에 관계됩니다. 그리고 만일 무슨 일이 생긴다면…….

"……개인적으로도 난 내키지 않는구나."

페르메니아의 진언에 국왕이 보여준 것은 약간의 흥미도 보이지 않는 지친 얼굴. 그의 표정에서는 처우에 대한 이야기는 빨리 끝내버리고 싶다는 의지마저 엿보인다.

그러나 여기서 물러선다면 무엇이 궁정 마도사인가.

"폐하. 다소의 징계…… 네, 징계 같은 겁니다. 폐하께서 걱정하실 만한 일은 하지 않겠습니다. 그리고 스이메이 님이 레이지 님에게 뭔가를 한다면 레이지 님은 제가 타이르겠습니다."

"호오? 설득하겠다니 또 상당한 자신감이야."

"이래 봬도 전 그의 스승입니다. 그럼 그도 제 말은 무시 못 하겠지요."

페르메니아도 무슨 일이 생겼을 때의 설득에는 자신 있다. 어쨌든 자신은 궁정 마도사이고 용사에게 마법을 가르친 사람이다. 그래, 레이지의 말로는 선생님. 그런 사람의 입으로 친구가 안 될 일을 해서 심하게 나무랐다고 말하면 그도 이해할 것이다. 매일의 시시한 대화로도 그가 그릇된 일을 싫어하는 사람이라는 사실은 알고 있다.

문제는 아무것도 없다. 그러니 지금 필요한 것은 단 하나.

"이제 폐하의 말씀만 남았습니다. 부디 현명한 재가를."

그런 주청에 국왕은 잠시 눈을 감고 생각하더니 곧 엄숙한 말투로 소리 냈다.

"……안 된다."

"폐하! 하지만!"

"페르메니아. 난 안 된다고 했다. 스이메이도 용사처럼 우리 성의 귀중한 손님이다. 그에게 해를 입히는 일 따위는 절대 생각할 수 없어."

"전, 해를 입힐 것이라고는! 제멋대로 행동하는 그에게는 합당한 대응일 뿐입니다. 부, 분명 저도 스이메이 님이 나쁜 일을 한다고는 생각하지 않지만…… 그가 무슨 일을 해서 일이 커지기 전에 막는 것도 그…… 제 임무라 생각하기에……."

이미 고집처럼 물고 늘어지는 페르메니아에게 국왕은 조금 이상한 듯한 얼굴로.

"꽤나 구애받는구나."

"네?! 아, 아니요…… 그건, 그."

"그 정도로 스이메이가 신경 쓰이는가, 그대는."

"아, 아니요! 딱히 저는, 그저 그로 인해 레이지 님이 피해를 보는 게 좋지 않다고 생각했을 뿐……."

평소답지 않은 태도를 지적받고 페르메니아는 횡설수설

했지만 어떻게든 잘 얼버무렸다. 확실히 구애받지 않는다면 거짓말이다. 그런 그녀에게 국왕은 갑자기 조용하고 침착하게 자신의 말에 대한 승낙을 재차 요구한다.

"안 되는 것은 안 된다, 페르메니아여. 알겠나?"

"…………."

"알겠나?"

"알겠습니다……."

힘이 들어간 질문에 페르메니아는 승인의 말을 입에 담을 수밖에 없었다. 그리고 분을 참으며 깊이 고개 숙인다.

제 생각이 뜻대로 되지 않은 것은 얼마 만인가. 궁정 마도사가 된 직후는 몇 번 있었지만 요 최근에는 오래간만이다. 초점이 되는 상대가 마법사── 아니, 그이기 때문에 분함은 한층 더했다. 주청을 받아들이지 않은 국왕 폐하도 그렇지만, 역시 그 분노의 화살은 스이메이에게 만 배가 되어 향한다.

왜 그런 짓을 하냐고. 왜 자신이 이런 생각을 해야 하냐고. 얌전히 있어주면 그것으로 그만인데 몰래 뒤에서 움직여서 문제를 거듭한다. 마치 이쪽을 조소하듯이. 분명 그가 나쁜 인간이 아니라는 것은 안다. 알고는 있지만 그래서 더 분노가 자꾸 심해진다.

'아니, 아직이다…….'

그러나 국왕은 인정해주지 않았지만 그 결정에 얌전히 따를 생각은 없다.

이곳은 궁전. 국왕의 정원이다. 개인적인 생각을 배제하고 한 사람의 궁정 마도사로서 일개 마법사가 그곳에서 제멋대로 행동하는 것을 묵인할 수는 없다.

그렇다면 기회는 지금, 사실을 아는 자가 적은 이때뿐이다. 스이메이는 아직 자신이 뒤를 캔다는 사실은 모른다. 자신이 이 이상 누군가에게 무언가 말하지 않으면 이대로 아무도 모른 채 모든 일을 원만히 수습하는 것도 가능하다.

'그래. 난 아스텔의 영예로운 궁정 마도사다⋯⋯.'

페르메니아는 그렇게 마음속으로 중얼거리고 스스로 재차 제 입장을 타이른다.

국왕의 체면과 카멜리아의 질서는 궁정 마도사인 자신이 지켜야 한다. 그래, 궁정 마도사인 자신이. 그래서 자신은 궁정 마도사가 된 것이다.

그러니 저 괘씸한 소년이 지금 있는 장소가 어디인지 궁정 마도사인 자신이 다시 한 번 알아두는 것이다. 이세계 마법이나 마법사가 어떤 존재인지는 모르지만 제 분수를 알아야 비로소 빛나는 법. 설령 어딘가의 존재라고 해도 이 세계 마법의 위대함을 알면 분명 그도 얌전해질 터. 그러니──

'기다려라, 스이메이 야카기! 네놈의 그 우행을 백염의 이름을 지닌 내가 막아 보이겠다.'

문제는 없다. 자신은 궁정 마도사 그리고 백염의 별칭을 하사받은 마법사이자 용사의 스승. 그런 영예로운 직함을 세 개나 지닌 비할 데 없는 마법사이다. 이 정도의 일은 여유롭게 막을 것이다. 방심이라는 미비함은 어디에도, 아무 것도 없다.

★

"이야 젊구나, 페르메니아여……."

국왕 알마디아우스는 문밖으로 사라진 페르메니아의 등을 향해서 그렇게 내뱉었다.

앞으로 분명, 젊기에 일어날 폭주를 그녀의 등에서 예견하며. 그렇다, 그녀의 그 눈은 무엇도 포기하지 않은 눈이다. 아마 앞으로 자신이 전혀 모르는 장소에서 무언가 행동을 일으킬 것이다.

그것도 어쩔 수 없는 일인가. 그 소년에게는 조금 미안하게 생각하지만 자업자득이다. 페르메니아가 일을 벌인 뒤는 그녀에게 합당한 처벌을 내리면 된다.

페르메니아는 최근 자만함이 강하다. 이는 그녀의 강한 책임감의 반증이겠지만 지나치게 강한 것도 생각할 일이었다.

국왕 알마디아우스는 다시 한숨을 내쉬었다.

★

"북동, 이상 없고……."

포석에 군화 뒤축을 뚜벅뚜벅 부딪치며 국왕에게 지급받

은 장비를 걸친 병사는 경로 중 하나인 방안을 손에 든 등불로 비추어 내부를 흘겨보고는 문을 닫았다.

여기가 북동에서는 마지막 방이고 이곳은 아무 이상이 없기에 이 구획의 순찰은 이것으로 끝이었다.

그렇다, 이 밤에 이 병사는 밤의 왕궁을 한창 순찰 중이었다. 성내 순찰은 날마다 병사에게 할당된 당번제 일이고 그것은 당연히 낮뿐만 아니라 모두 잠든 밤에도 이어진다.

밤의 카멜리아는 낮의 카멜리아와는 크게 달라서 여기저기 햇빛이 들어오는 일은 당연히 없다.

어두운 장소에도 촛불이 세워져서 비교적 다니기는 쉽지만 그래도 촛불의 등불과 어슴푸레한 달빛으로는 쓸쓸하고 역시 불안했다.

그래서 그런 밤의 순찰은 모두 하기 싫어하는 일 중 하나. 보통 취침 시간이기도 하고 광대하게 뒤얽힌 성을 돌아다니기란 상당히 힘들다. 게다가 앞서 말한 대로 빛도 적어서 으스스했다. 그래서 이 직무를 꺼리는 선배 병사는 젊은 병사에게 이 일을 떠넘긴다. 성 내부를 구석구석 익히고 오라는 그럴싸한 이유를 덧붙이며.

"하아, 빨리 안 끝나려나……."

이 병사도 그렇게 떠맡은 사람 중 하나. 횡포를 부리는 선배 병사가 불합리한 이유를 붙여서 요즘 빈번하게 밤 순찰을 시킨다.

──어차피 아무것도 없는데. 아무리 그래도 용사가 있는

149

성에 습격을 가할 바보는 없겠지.

병사는 그렇게 어둠을 향해서 혼잣말한다. 그가 그렇게 생각하는 것도 당연하다.

용사를 불러냈으니 성의 경비를 평소보다 강화하라는 통지가 나왔지만 저 훈련 광경을 본다면 누구나 그런 명령은 과보호라고 생각했을 것이다.

우연한 기회로 병사가 본 용사의 훈련은 그만큼 놀라웠다.

그렇다, 용사 레이지는 모두가 동경하고 두려워하는 아스텔 국왕 제일의 기사로 알려진 기사 단장과 호각의 전투를 벌여서 지금은 거기에 수십 명 기사를 더해도 태연히 싸울 수 있는 사람이다.

자신들이 보호받을 입장임에도 자신들이 지킨다는 것은 무슨 도리인가.

잘 생각하면 그 유익함을 알겠지만, 이 조금 제멋대로인 병사는 그것을 전혀 이해할 수 없었다.

하고 병사가 윗사람에게 불만을 키우던 그때였다.

"──응?"

뒤쪽에서 챙 하고 가벼운 금속이 부딪히는 듯한 투명한 소리가 울렸다.

병사는 순간적으로 돌아보고 촛불의 빛을 댄다.

"거기 누구야?"

말을 걸어도 대답은 없다. 비친 곳에는 아무도 없다. 있는 것은 모퉁이 끝에 궁정 마도사들이 특별한 의식을 행할 때

쓴다는 소문의 기분 나쁜 방 문뿐.

이쪽은 아까 둘러봤다. 그때는 아무 이상도 없었다.

……다만 어제나 그제와는 달리 문 앞에 갑옷 장식물이 놓여 있지만.

"해리스. 너야? 짓궂은 장난 그만해."

마음에 싹튼 불안을 감추고 병사는 오늘 함께 밤 순찰을 떠맡은 동료의 이름을 불렀다.

이곳은 병사들도 모두 기분 나빠하는 장소이다. 그것을 알고서 못된 장난을 좋아하는 동료가 자신을 겁주려고 계획을 세웠을 가능성이 있다.

그럴지도 모른다고, 그랬으면 좋겠다고. 움츠러드는 기분을 숨긴 병사의 바람은 단순히 보고도 모른 척하는 연장선상이지만—— 그러나 그 호소는 검게 칠해진 배경으로 빨려 들어갈 뿐 기다리던 동료의 엷은 웃음은 보이지 않는다.

그리고 다시 아까보다 조금 강하게 챙 하는 소리가 울렸다.

——병사의 등으로 긴장감이 흐른다. 침입자인가. 역시 동료도 이렇게까지 지나친 장난은 하지 않을 터.

그렇다면 어디에서 정보를 얻었는지는 모르지만 용사를 노린 마족의 부하일지도 모른다.

백염으로 칭송받는 국내 최강 마도사가 만든 경비용 마도구를 어떻게 빠져나갔는지 의문은 남지만 병사는 검을 뽑아 삼킨 숨을 뱃속으로 내리며 소리가 들린 곳으로 천천히 다가간다.

만약을 대비한 호각도 있다. 최악의 경우 자신에게 무슨 일이 생겼을 때는 이것으로 동료에게 알리면 된다.

그리고——

"……흥. 뭐야, 아무것도 없잖아. 진짜 놀라게 하기는."

결국 병사의 우려는 기우로 그쳤다.

도착한 장소에는 원래 놓여 있던 갑옷 장식물이 방 앞에 자리 잡았을 뿐. 수상한 자는 없고 마족 따위 있을 턱이 없다. 당연하다고 하면, 그래 당연하다.

애당초 그렇다. 이 카멜리아 왕궁 안을 이런 밤중에 배회하는 무리 따위 **눈앞에 있는 소년** 이외에는 아무도 없으니까.

검을 뽑은 채로 있을 필요는 없으니 내버려두면 된다.

어설프게 기운을 써서 손해를 봤다. 매일 밤의 순찰이 탈이 되었는지 오늘은 피곤했다. 어서 쉬어야겠지.

그렇게 병사가 갑자기 쏟아지는 졸음에 하품하자 눈앞의 소년이 웃는 얼굴로 잘 자라고 말하고는 작별의 뜻인지 손바닥을 보이며 그것을 옆으로 흔든다.

그에 한쪽 손을 들어 대꾸하고 발길을 되돌렸다. 이것으로 오늘 밤의 순찰은 끝이다.

★

"이야 위험했어, 위험했어. 간발의 차로······."

졸려 보이는 병사에게 바이바이 하고 손 흔들며 돌려보낸 스이메이는 병사가 보이지 않자 갑자기 그런 소감과 함께 안도의 한숨을 터뜨렸다.

설마 병사가 아직 근처를 순찰할 줄이야.

돌아다니는 자는 더 이상 없겠다고 판단하고 경계를 늦추어서 이 해후는 완전히 방심이었다.

하지만 어차피 마술사도 아닌, 그렇다고 무술에 뛰어나지도 않은 일반인. 이쪽의 마술 행사에 간단히 걸려들어서 바로 돌아갔다. 이것으로 그에 대한 걱정은 끝. 이제 초소든 어디서든 잠에 빠지면 **지금의 일은 모두 뜻대로 잊힌다.**

애는 먹게 했지만 애초에 그 원인이 된 것이 옆에 있는 이 갑옷──

"이야, 설마 오토마타(자동인형)를 둘 줄이야. 전에 왔을 때는 아무것도 없었는데 그 여자도 참 정성껏 못된 짓을 하는군······."

다시 한 번 스이메이는 갑옷 장식물을 차가운 시선으로 흘긋 본다.

그것은 정말 갑옷을 위한 것인지 아니면 사실은 환시를 본 여자를 위한 것인지.

······오토마타. 크게 나누면 연금술에 속하는 골렘 제작 기술 중 하나이다. 흙덩이, 목각, 인형, 이번처럼 갑옷이나

마력으로 구성한 생물의 모조품에 술식과 핵을 짜 넣어서 일정 조건 하에서 정해진 행동을 자동으로 시키는, 현대식으로 말하면 안드로이드 같은 것이다.

스이메이 일행의 세계에서는 헤브라이의 비술과 카발라의 오의에서 발단한 것 중 하나이다. 뭐 이곳은 이세계이니 술식은 그것과는 전혀 관계없겠지만…… 그것은 아무튼.

스이메이가 갑옷 장식물을 가볍게 건드리자 마치 분해한 듯이 산산이 무너지더니 바닥에서 몸부림치는 고철로 변했다. 소리가 나도 이제 누구도 올 기미는 없다.

그리고 후우 하고 한숨. 첫 번째 소음은 이 갑옷을 덮쳤을 때이고 두 번째 소음은 이 갑옷을 부쉈을 때.

'근데 또 잘 만들어졌군. 뭐 최근에 만들어진 느낌은 없으니 여기 사람이 만들지는 않았겠지만…….'

그런데 이런 유물이 어디에 있었을까. 여기로 오는 중에 존재도 위험성도 미리 알아채서 전혀 방심하지 않았지만—— 이것은 꽤 잘 만들어진 인형이었다.

그 감상이 떠오른 대로 이 오토마타는 권내에 일정한 마력을 지닌 침입자가 있으면 주위에서 마나를 흡수해서 자율 행동을 하는 타입으로, 대마술과 대물리방어도 그만큼 높고 준비해둔 검을 이용해서 상대를 가차 없이 죽일 정도의 공격성이 있다.

——대단하다, 그래서 심각하다.

"……진짜 뭔 생각이래, 그 여자. 아무리 성안에서 멋대로 빨빨거려도 적도 아닌데 살인은 너무하잖아, 살인은. 넌 책임감과 자만 덩어리냐."

지금 이곳에는 없는 궁정 마도사 페르메니아에게 투덜투덜 돼지처럼 불평하는 스이메이. 분노다. 아무리 같은 마술의 길을 걷는 자라고 해도 이런 희생자가 나올지도 모르는 함정을 태연히 설치하다니 얼만큼 궁중 소속의 긍지를 존중하고 있는가. 우리 정원에 들어온 이상 위험 분자로 간주해서 용서하지 않겠다고 거리낌 없이 말하는 듯하다.

"아…… 뭐 그래. 마술사라면 당연한가…… 그렇지…… 응."

그렇다. 그랬다. 자신은 무엇을 착각하고 있나. 분명 이곳이 이세계라도 마술사는 마술사이다. 자신의 연구를 노리고 보금자리에 발을 들이는 동업자에게는 죽음으로 응하는 것이 상식. 인사처럼 마술이 난무하는 이세계에 있으니 약해졌지만 곰곰이 생각하면 그것은 지극히 당연한 이야기이다.

실제로 이곳에서는 어떨지 아직 모르겠지만.

'그래도 난폭하군. 그건가? 백만 배로 갚아준다는 게 이건가?'

스이메이의 눈살을 찌푸리게 한 것은 그런 이전의 기억.

확실히 그 정도의 친절로 보답 받을 생각은 그도 털끝만큼도 없지만 그래도 이것은 심하다. 완전히 죽이러 온 것이다.

"……뭐 좋아, 그쪽이 그렇게 나온다면 이쪽도 상응하는 수단에 기댈 뿐이다."

과연 이렇게까지 나오면 잠자코 있을 수는 없다.

그렇게 차갑게 코웃음 치며 입에 담은 것은 그런 어두운 감정을 품은 말. 그 나이의 소년이 할 말이 아닌, 마술사의 그 말은 선전포고였다.

스이메이는 문득 발밑의 갑옷 장식물이었던 물건을 바라본다.

이것을 이대로 두어도 문제가 되려나. 페르메니아에게 들키는 것은 그나마 괜찮다고 해도 내일 다른 누군가 발견해서 시끄러워지는 것도 달갑지 않다.

솔직히 순찰이 늘면 골치 아프니까.

"고쳐둘까……"

그렇게 말하고 스이메이는 마력을 최적화해서 술식을 구축한다. 발밑, 자신의 바로 아래를 중심점으로 원형의 소마법진이 붉은 마력광을 뿜으며 커진다.

마법진은 회전하며 전개하고 일정한 수치와 문자열을 내포한 뒤에 그 자리에서 안정.

그리고.

"Renovatio. Redivivus(복원, 다시 재구성)."

기초를 답습한 기본적인 복원 마술. 수리가 아닌 이전 상태로 되돌리는 기술. 그것을 행사한다.

오토마타 바로 밑에 출현한 마법진이 둘로 갈라지고 아래에서 위로 완만히 회전하며 올라간다. 부서진 부품이 그에 맞추어 동영상의 되감기처럼 돌아가서 마법진이 정점에 달했을 때는 이미 오토마타는 이전 형태로 돌아갔다.

"――좋아. 좋지도 않고 나쁘지도 않고 평소 그대로."

그렇게 흠 없는 마술 행사를 조금 자찬하고 오토마타를 탕탕 두드린다. 이제 이것은 움직이지 않는다. 외견이나 중심은 물론 새겨진 술식까지 철저히 다 파괴했으니 이것은 이제 오토마타의 형태를 한 뼈대에 지나지 않는다.

고친 오토마타를 남겨두고 스이메이는 오토마타가 지키던 방으로 침입했다.

――라고 해도 이미 여기까지 왔다면 익숙해진 것.

이곳은 스이메이가 찾는 서고 이외의 몇 안 되는 방 중 하나이자 이전에 왔던 의식의 방.

목적은 물론 그때처럼 이 바닥에 그려진 소환진의 조사와 해독, 거기서 도출할 귀환의 방법이다. 그것을 해명하기 위해서 스이메이는 닥치는 대로 책을 읽으며 밤낮으로 이 소환진 연구에 힘썼다.

돌아가고 싶다. 어떻게든. 스이메이에게는 아버지가 맡긴 마술의 과제가 있다. 그것을 달성하려면 연구 성과, 연구 자료, 각종 마술품이 있는 저쪽으로 돌아가는 편이 가장 빠르다. 확실히 시간을 들이면 이쪽 세계에서도 불가능한 일은 아니겠지만 애초에 자신의 인생에서도 때를 맞출지 어떨지 모르는 법. 시간은 아깝고 헛되이 쓸 수 없다.

그러니 그것을 무엇보다도 우선하는 그는 원래 있던 세계로 돌아가야 한다.

그렇다, 그것도 분명 큰 이유겠지만——

"두 사람도 돌아가고 싶겠지……."

마술의 불로 희미하게 비추어진 석벽 천장을 올려다보고 그렇게 힘없이 내뱉었다.

스이메이는 알고 있다. 레이지가 때때로 하늘을 올려다보는 것을. 하늘 끝, 닿지 못할 저편으로 고향에 대한 환시를 보는 것을. 소중한 사람들과의 이별을 아쉬워하는 것을.

스이메이는 알고 있다. 미즈키가 방에서 혼자 훌쩍이며 우는 것을. 소중한 사람과 함께 있고 싶어 용기를 냈지만 그 대가로 공포와 외로움을 받아들인 것을.

그것을 떠올리면 마음속 깊은 곳에서 끝없이 무언가 북받쳐 오른다.

형용하기 어렵고 말로 표현할 수 없는 뜨겁고 깊은 무언가가.

그날 아침 보았을 가족의 모습을 그들의 마지막으로 하고 싶지 않다. 두 번 다시 만나지 못할 슬픔과 한을 안고 매일을 괴롭워하기 싫다. 언젠가 올 이별이 그날 왔다고 할지라도 그래도 희망이 있는 한 포기하게 하기 싫다.

그래서 그날 자신은 마술사가 되는 것을 아버지로부터 받아들였다. 어떤 불합리에도 맞설 수 있도록.

──그래, 이 세상에 구원 받지 못할 자와 그런 생각이 단지 하나가 아니라는 사실을 반드시 증명하기 위해서.

"……주제는 못 되지만 역시 나도 열심히 해볼까."

말했다. 말했다면 굽힐 수 없다. 그래서 결의를 말로써 맺는다. 자신은 따라가지 않으니까. 그러니 반드시 그들에게도 선택지는 만들어주겠다고 그렇게 맹세하며.

그러던 중에 그의 숭고한 결의에 물을 끼얹듯이 마력의 낌새가 드러난다.

교묘히 숨기려 하지만 이는 분명 인기척이다. 아니, 누구인지 얼버무릴 필요도 없나.

그것은 백염이라 불리는 궁정 마도사 페르메니아 스팅레이이다.

페르메니아는 그대로 방으로 접근해서 오토마타 주변에서 잠시 멈춘 뒤에 문으로 몸을 기댄다. 아무래도 살짝 열어둔 문 틈새로 안의 상황을 살피는 듯했다.

그런데 벌써 이런 식의 미행이 몇 번째인가. 당연히 모르는 척하고 그녀를 내버려두었지만. 정말 질리지도 않나 보다.

그녀는 잠시 이쪽의 상황을 살폈지만 곧 소리도 없이 그 자리에서 떠났다.

그리고──

"불씨를 던지려면 얼마 남지 않았나? 슬슬 스테이지와 타이밍도 생각해야겠지……."

그래, 더 이상은 됐다. 쫄래쫄래 남의 뒤를 캐는 인간에게
는 징계가 필요하다. 저쪽은 자신에게 징계를 내릴 생각인
가.

　반대로 그 얼굴을 놀라움으로 바꾸어 보이는 것도 하나의
흥밋거리이다.

★

　스이메이가 방으로 들어가고 조금 뒤에 아스텔 왕 알마디
아우스의 거성 카멜리아 북동 맨 안쪽 방 앞에서 페르메니
아는 망연히 서 있다.

　'이건 대체…….'

　그녀의 마음에서 하염없이 솟구치는 그런 곤혹스러운 말.
하지만 무리도 아니다.

　눈앞에 있는 갑옷 장식물이 어떤 것이고 그것이 지금 어
떻게 되었는지를 안다면 당연하다.

　이곳에 놓인 갑옷 장식물. 그 이름은 슬람스 아머. 아스텔
왕국 역사 속에서도 그 용맹 높은 한 마법사가 만든 국내 최
고봉이라 불리는 자율 가동식 골렘이다. 흙 마법 사용사로
이름이 알려져서 카멜리아 건축에도 크게 공헌한 대현자. 그
런 선도자가 일생을 걸고 만들어냈다는 절품(絕品)이 이것이
었다.

　그것이 왜 이런 장소에 있는가 하면, 물론 페르메니아가

장치했기 때문이다.

전부터 그만둘 줄을 모르는 마법사 스이메이 야카기의 장난에 본때를 보여주려고 요전에 궁중 마도사의 연줄을 빌려서 보물전 구석에서 꺼냈다.

아마 오늘도 이곳에 오리라 예측하고 이렇게 배치했건만 병사의 순찰이 끝날 때를 짐작하고 와서 보니 골렘은 변함없이 그대로였고 아무 일도 없다.

그렇다면 오늘 스이메이는 오지 않았겠다고 발길을 돌리다가 아쉬워서 문득 방으로 눈을 돌리자—— 또 문이 살짝 열려 있다.

——어째서.

그렇게 머릿속을 점유하는 말을 뿌리치고 골렘이 움직이지 않았는지 확인해보니 국내 최강의 골렘은 이미 예전 골렘의 모습을 본뜬 뼈대로 전락했다.

'이 골렘이 이리도 무참히……'

페르메니아는 그렇게 망연히 중얼거렸다.

골렘이 기동한 것은 거의 확실하다. 배치하기 전의 기동실험에서는 연식이 있는데도 불구하고 문제없이 움직였으니 여기서 움직이지 않을 리 없다.

하지만 움직였다면 골렘은 스이메이와 싸웠다는 것이 된다.

그러나 주위에는 싸웠을 때 새겨졌을 흔적은 조금도 없다. 하지만 그런 일은 있을 수 없는 일이다. 국소 방위용으

161

로 만들어졌다는 이 골렘은 기동 실험 때 페르메니아가 상대
했지만 그리 간단히 기능을 중지시킬 만한 것이 아니었다.

그렇다면 왜 이렇게까지 철저히 파괴되었나. 골렘 속의
술식은 모조리 궤멸되었지만 외견은 이전과 전혀 바뀌지 않
은 채로 같은 장소에 놓여 있다.

도대체 어떤 기술을 쓰면 이 골렘을 이리도 무참한 상태
로 바꿀 수 있는가. 설령 억지로 잡아 찢었다고 해도 이렇
게 되지는 않을 터. 행사했을 마법의 흔적조차 남김없이 깨
끗이 지워졌고 골렘을 쓰러뜨린 수단이나 이 상황을 만들어
낸 기술조차 보이지 않는다.

그 일을 한 당사자는 방 안에서 불을 밝히고 늘 그렇듯이
소환진을 노려본다.

마치 제 일 따위는 안중에도 없다고 말하듯이.

'빌어먹을…….'

그런 제멋대로의 상상에 분노가 치솟아서 태어난 이래로
한 번도 쓰지 않은 상스러운 욕을 내뱉었다.

천재라 불리는 자신을, 누구보다도 빨리 궁정 마도사 지
위의 정상까지 오른 페르메니아 스팅레이를 전혀 상대해주
지 않는다고 생각하니 공연히 화가 났다. 이곳에 있는 것을
눈치채지 못했다는 사실은 알지만 그래도 분노는 멈추지 않
는다.

궁정 마도사를 우습게 본 마법의 농간을 용서할 수 없다.
이쪽의 기분을 생각도 않는 행동을 용서할 수 없다. 골렘도

직접 손대는 것을 제지당해서 간접적으로 손을 댄 결과이고, 배회를 억제할 만한 힘이 되길 바라며 **그의 처지를 염려했는데도** 왜 멈추지 않는가.

"스이메이 씨…… 읔."

페르메니아는 생각했지만 무언가를 할 수도 없다. 이 이상의 일은 그녀로서도 분별이 있다. 그래서 이날도 그저 맥없이 독실로 돌아갈 뿐이었다.

★

북동, 의식의 방에서 독실이 있는 구획으로 돌아온 페르메니아는 이날도 성에서 밤을 보내려고 독실 방 손잡이에 손을 댔다.

"응……?"

하지만 무엇 때문인가. 거기서 뜻밖에 희미한 마력의 낌새가 느껴졌다.

페르메니아가 나갈 때 마법을 쓴 기억은 없다. 그렇다면 어떻게 된 일인지 마법을 사용해서 조사해보았지만, 아무래도 기분 탓이었는지 마법을 행사한 흔적은 없었다.

아마 자신이 의도치 않게 흘린 마력의 잔재일 것이다. 그런 것에 반응하다니 피곤해졌나.

이것도 저것도 모두 스이메이 야카기 탓이었다.

"젠장, 두고 보자……."

조만간 뜨거운 맛을 보여주지. 그렇게 괘씸하다는 듯이 중얼거린 페르메니아는 오늘은 빨리 쉬어야겠다고 생각하고 준비하려고 했다.

그런데 그때.

"——밤중에 죄송합니다. 스팅레이 경 계십니까?"

거침없는 노크와 함께 문밖에서 돌려온 것은 그런 정중한 목소리. 들은 적 있는 이 목소리는 어제 스이메이의 배회를 보고하러 온 궁정 마도사였다.

잘 준비를 하려던 참이었지만 무시할 수도 없다. 페르메니아는 걸치고 있던 흰 로브를 고쳐 입고 "들어오세요" 하고 말하고 입실을 허가한다.

그러자 궁정 마도사는 문을 열며 실내로 거리낌 없이 들어왔다.

"이거 참 실례합니다."

"오늘은 무슨 용건으로?"

시간도 시간이고 잡담부터 시작할 생각은 없다. 페르메니아가 솔직하게 용건을 묻자 궁정 마도사도 딱히 기분 상한 기색도 없이 그에 응한다.

"네. 경에게 급히 전해야 할 말이 있어서……."

"급히, 라면?"

"물론 스이메이 야카기 건입니다."

왔군. 동료가 이곳에 올 때는 으레 이 이야기를 들고 온다. 스이메이가 무슨 일을 했다며 위급한 소식처럼 조급히.

아까 전 일도 있고 페르메니아는 마음을 굳게 먹고 묻는다.

"그래서 그 남자가 또 뭔가?"

"그게, 말하기 어려운데……."

"어떻게 된 겁니까?"

"저도 아까 이 정보를 알아냈지만 아무래도 그 남자, 성내를 배회하는 일로는 성에 안 차는지 불경스럽게도 국왕 폐하께 해를 끼치려고 계획하는 듯합니다."

"뭐라고요?!"

궁정 마도사가 험악한 표정으로 입에 담은 그 말의 내용에 크게 충격을 받은 페르메니아. 심히 엄청난 이야기에 동요해버린 그녀지만 곰곰이 생각하니 그 말은 이해할 수 없다는 것을 깨닫는다.

"……아, 아니, 아무리 그래도 그 이야기는 비약이 심합니다. 일단 스이메이 님에게는 국왕을 노릴 이유가 없습니다."

"그에 대해서는 저도 그렇게 생각했습니다. 그런데 아무래도 스이메이 님은 국왕 폐하께 상당한 원한을 품었는지, 궁 소속 메이드에게 돌아가지 못한 건 국왕 폐하 탓이라고 언젠가 본때를 보여주겠다고 욕을 퍼부었다 합니다."

"무슨……."

"방의 세간에도 손대는 일이 자주 있는지 아주 곤란한 형편이라고."

궁정 마도사의 말에 페르메니아는 할 말을 잃었다. 분명 그것은 생각하지 못할 일은 아니다. 아무리 용사를 불러낸 것이 각국의 계약에 준한 일이었다고는 하나 최종적으로 그 책임은 그것을 결정한 국왕 폐하에게 돌아간다. 스이메이가 폐하에게 원한을 품을 이유는 충분하고 그것이 뜻밖이라고도 단언할 수 없다.

"다른 이유도 있습니다. 경이 성내에 설치한 침입자 대책용 마도구가 몇 개 부서졌습니다. 그것도 국왕 폐하의 침소 근처를 중점적으로."

여기까지 오면 그 뒤의 말도 예상된다. 하지만 그래도 페르메니아는 긴장을 숨길 수 없다.

"그건 역시……."

"네. 설치된 근처에서 스이메이 씨가 낮에 배회하는 것을 목격한 자가 많은 듯하니 이미 이는 확정이 아닌지."

"스이메이 님, 낭신은 거기까지……."

고개를 숙이며 말하는 페르메니아. 예상은 했다. 그러나 충격은 생각보다 컸다. 성내를 활보하는 것만으로는 성에 차지 않아서 이제는 그런 악행에까지 미치려 하는가.

생각하고 싶지 않았다. 그런 일은. 하지만 그날의 스이메이가 점점 페르메니아 속에서 희미해진다.

"으……."

그런 중에 갑자기 페르메니아의 시야가 흔들렸다. 현기증인가. 걱정스럽게 들여다보는 동료의 얼굴이 마치 수면에 생긴 파문을 투과해서 보이는 것처럼 심하게 일그러진 형태로 보인다.

"왜 그러십니까?"

"아니요, 현기증이 조금."

"피곤하시겠지요. 백염님은 바쁘실 테니."

"하아…… 죄송합니다."

거리낌 없는 **냉소**와 함께 나온 동료의 걱정하는 목소리에 페르메니아는 겨우 대답했고 현기증은 곧 나아졌다.

걱정을 끼치고 말았나. 하지만 그것도 페르메니아에게는 의외였다.

이 동료와는 예전에 싸움이 벌어져서 얼마 전까지는 사이가 나쁜 상대였는데 그것도 시간이 지나서 그런지 지금은 응어리도 없이 이렇게 대화하고 있다.

아무래도 생각만큼 나쁜 상대는 아닌가 보다.

하지만 지금은 스이메이 야카기이다. 그 남자는 절대 용서할 수 없다. 어쨌든 불경스럽게도 국왕 폐하를 해치려고 계획하고 있으니.

현기증이 멎고 다시금 그렇게 생각했다.

페르메니아는 문득 그런 감상을 품으며 궁정 마도사에게 묻는다.

"……이 이야기를 다른 분에게 하셨습니까?"

"아니요, 제가 이야기한 사람은 경뿐입니다."

"알겠습니다. 그럼 이 이야기는 다른 궁정 마도사 분들에게는 비밀로 하지요. 국왕 폐하께 아뢰면 앞으로의 일에 방해가 되니."

페르메니아가 입에 담은 의미심장한 표현에 궁정 마도사의 표정이 의아하게 바뀐다.

"스팅레이 경?"

"──이 건은 제가 매듭짓겠습니다. 그 남자의 일은 제게 모두 맡기시지요."

페르메니아는 동료에게 그렇게 요구했다. 역시 국왕 폐하에게 아뢰었을 때처럼 자신이 어떻게든 할 생각이었다. 그렇다, 매듭을 지을 사람은 그의 정보를 많이 가진 자신밖에 없다고.

"알겠습니다. 그럼 전 이만."

"일부러 감사합니다."

"아니요, 그럼."

궁정 마도사는 언제나처럼 그렇게 밀하고 방을 나갔다.

그리고 동료가 떠나고 잠시 페르메니아는 억누를 수 없는 분함에 말을 내뱉는다.

"설마 그런 남자라고는…….''

입에 담고 다시 마음속에 끓어오른 것은 분노였다. 남의 일 따위는 개의치도 않고 그저 자신의 원한을 풀기 위해서 움직이는 그런 저열한 근성이었냐고. 심지어 그것이 그 마음 따뜻한 국왕에게 향하다니. 그때 보여준 다정함은 거짓으로 만들어진 것이냐고. 그런 일을 태연히 할 수 있는 마법사이냐고.

생각할수록 페르메니아의 마음은 들쑤시는 것은 그런 의분과 저속한 마법사에 대한 모멸이었다.

"큭⋯⋯."

다시 현기증. 그 불가해한 발로에서 돌아왔을 때 거기서 페르메니아의 생각은 맥없이 바뀌었다.

"──뒤에서 몰래 할 줄밖에 모르고 자부심은 터럭만큼도 없는 마법사가⋯⋯."

그래, 마치 처음부터 그런 생각에 사로잡혔던 것처럼. 좋다. 보여주자. 네놈이 아무것도 개의치 않고 그런 우행만 반복한다면 본때를 보여주겠다. 네놈이 모르는 마도의 심연을 반드시 알려주겠다.

백염이라 불리는 소녀 안에서 어두운 불꽃이 불타오른다. 제 명리에 사로잡혀서 올바른 자신을 잃은 자에게만 힘을 가져다주는 과신의 불꽃이.

──그때 페르메니아 안에 있던 의무나 책임 같은 신조는 제 긍지와 자만 앞에 허무하게 패퇴했다.

이쪽으로 등을 돌리고 그저 자기 발밑에만 몰두하는 이세계의 소년을 눈꺼풀 뒤로 떠올리며 페르메니아는 기억 속의 그에게 억누를 수 없는 분노를 품고 선언했다.

"⋯⋯스이메이 야카기, 목을 닦고 기다리는 게 좋을 거다. 이 백염이라 불리는 나의 힘, 네놈에게 남김없이 보여주마."

그 의지의 발단이 미래의 자신에게 절망으로 바뀐다는 사실도 모른 채.

★

……페르메니아가 그런 암담한 결의를 입에 담은 뒤로 그녀의 방 앞에서 거만함이 섞인 한숨이 뿜어져 나왔다.

"순진하군……."

여유 있게 비웃는 듯한 그것은 문 너머로 들려오는 자만으로 가득한 목소리를 향해 나온 것.

페르메니아에게 정보를 전하러 왔던 궁정 마도사는 문을 등지고 말한다.

"이걸로 불씨는 던져졌군."

그렇게 말하며 로브의 후드를 고쳐 쓰고 페르메니아에게 궁정 마도사라 불린 남자는 어둠 속으로 사라졌다.

제3장   신비를 구하는 자

골렘이 부서진 밤으로부터 며칠 후. 카멜리아 왕궁에 사는 모두가 잠든 밤중에 페르메니아는 지금 한 소년의 뒤를 쫓고 있다.

비밀리에 돌아다니는 그와 상대하려 선택한 기회가 이 밤. 카멜리아를 배회하고 심지어 국왕의 위력을 업신여기는 그에게 철퇴를 가하기 위해서 이대로 어딘가에 몰아세우려고 그녀는 그를 잡을 듯 말듯 추적한다.

물론 언제나처럼 스이메이는 눈치채지 못했다. 눈치챌 리도 없다. 미행 중에는 늘 바람 마법을 사용해서 발소리도 열도 그리고 자신의 작은 숨조차도 그에게는 닿지 않게 했다. 이 암행 마법을 사용하면 아무리 기척에 예민해도 결코 눈치챌 수 없다. 그래, 누구라 해도.

빛도 없이 어둠으로 갇힌 통로를 망설임 없이 걷는 전방의 소년. 그가 오늘 가려는 곳은 평소와 다른 장소인 듯하다. 언제나처럼 그들이 부르는 『블레이저』라는 의복을 걸치고 정처 없이 걷는 모습. 어디로 향하고 있는지는 아직 모르지만 오늘은 이대로 모습을 드러내서 마땅한 대응을 하자고 그렇게 페르메니아가 생각한 순간이었다.

"──헛!"

그녀의 눈에 인영이 비춘다. 갑작스러운 일에 조금 놀라고는 뒤돌아보는 페르메니아. 설마 이 고요한 밤에 돌아다니는 누군가가 또 있었나. 하지만 돌아다닐 가능성이 높은 성 불침번에게는 앞으로 일어날지도 모를 사태 때문에 가만히 있으라고 했다. 그들이 나올 일은 없다. 그렇다면 대체 누구인가.

잠시 그림자를 찾았지만 아무도 없다. 아무래도 그런 기분이 들었을 뿐인 듯하다. 그것도 그런가. 이런 초목마저 잠든 듯한 밤중에 돌아다니는 인간은, 생각해보면 보통 병사 이외에는 아무도 없다.

그리고 다시 스이메이를 뒤쫓으려 그에게 시선을 돌리자.

"······사라졌어?"

스이메이는 없다. 잠시 눈을 뗀 사이에 그는 홀연히 자취를 감추었다.

페르메니아는 이해할 수 없었다. 그의 걷는 속도라면 아직 근처에 있을 텐데 통로 건너편 안쪽에도 그의 모습은 보이지 않는다.

그러나 보이지 않는다고 해서 어쨌다는 것인지, 보이지 않는다면 찾으면 된다.

페르메니아는 그런 의지로 몸속에서 마력을 모아 바람 마법의 술식을 짠다.

"──바람이여. 그대는 내 종이 되어 내가 바라는 연유를 고하라. 윈드 서치."

행사한 것은 바람을 사용한 탐사 마법이다. 이것으로 자신이 알고 싶은 정보가 바람을 통해서 지각된다.

이윽고 페르메니아 귀에 스이메이의 발소리가 바람을 통해 다다랐다. 그것은 또각또각 일정한 리듬을 새기며 어딘가로 향하는 소리. 아직 그리 멀리 떨어지지 않았다.

페르메니아는 소리가 나는 쪽으로 초초해하지 않고 서두른다.

"이쪽인가…… 음?"

소리를 들으며 잰걸음으로 뛰다가 그녀는 어떤 사실을 깨달았다.

'잠깐, 이 앞은……'

그리고 스이메이가 향하는 장소를 알아차리자 다시 그녀의 분노가 불타올랐다.

그렇다, 지금 막 그가 가려는 장소는 백악의 정원. 카멜리아 왕궁 내부에 있는 정원 중 하나로, 알현실에 이어 카멜리아에서 가장 격식 높은 장소였다.

이곳은 한정된 사람만 들어갈 수 있는 국왕의 몇 안 되는, 사적인 시간을 보내는 성역이다.

그곳에 무단으로 들어가려 하다니 무슨 불손인가. 더는 용서하지 않겠다. 그렇게 마음에 분노와 격노를 안고서 페르메니아는 바닥을 쿵쿵 구르며 쫓아간다.

포석의 통로를 넘어 도중의 작은 안뜰을 지나 앞으로.

저 남자에게 반드시 이 넘치는 분노를 내리치겠다고 이 가슴속에 맹세하며 마지막 통로를 빠져나간다.

별빛과 달빛의 역광에 한순간 현기증에 휩싸이며 도착한 곳. 전신의 마력을 넘치게 하고 들어섰다.

──그러자 그곳에는 칠흑에 몸을 묻은 마법사 하나가 서 있다.

백악의 정원. 그 중심에 우뚝 선 오벨리스크를 옆으로 하고 당장에라도 쏟아질듯 반짝이는 보석 같은 별하늘을 올려다보며 홀로 등지고 선 스이메이 야카기.

푸른빛을 띤 흑을 땅에서 하늘, 하늘에서 땅, 끝에서 끝까지 늘인 장대한 중천을 배경으로 밤 그림자에 자리한 거대한 달을 동무로 밤공기에 서 있다.

그리고 어느새 갈아입었을까. 조금 전까지 걸치고 있던 『블레이저』에서 단정한 흑으로, 그의 모습을 오인할 정도로 흠집 하나 없는 정장으로 바뀌어 있다.

"……나 참, 남의 뒤를 쫓아서 캐고 다니는 건 좋은 취미가 아닌데. 그걸 해도 괜찮은 건 사물의 도리도 섭리도 모르는 불쌍하고 어리석은 스트레이 시프뿐이라고?"

히죽 하고 뻔뻔스러운 미소로 입을 비죽거리며 그렇게 어이없다는 듯이 말하는 스이메이. 그는 마치 이쪽의 움직임은 이미 눈치챘다는 듯이 돌아보았다.

그것은 마치 갈 곳을 모르는 미아를 비웃듯이.

"……설마 눈치채고 있었나?"

"뭐 그렇지. 그렇게 뒤를 졸졸 따라오면 모르는 게 이상하 잖아."

"…………!!"

물음에 아주 당연하다는 듯이 스윈스레 대답한 스이메이. 미행은 이미 들켰다.

설마 이쪽의 완벽한 암행을 간파하는 기술을 겸비하고 있 다니 놀라웠다.

그렇다면 이번에 완전히 속아 넘어간 것은 이쪽이다. 그 리고 이 추적도 그의 유인의 계획에 들어 있었다는 사실도.

이뿌리가 삐걱거릴 정도로 이를 바득 갈았다.

놀아난다는 것이 이 정도로 분할 줄이야. 처음 맛본 굴욕 에 분노의 불꽃이 열을 올렸다.

속았다. 그 방심할 수 없는 사실에 경계를 풀지 않고 이쪽 을 향한 그에게 묻는다.

"……그렇다면 네놈은 무슨 생각이지?"

"무슨 생각이고 뭐고. 난 단지 산책하러 돌아다녔을 뿐이 야. 밤에 방을 나오면 안 된다는 규칙, 여기에는 없잖아? 그 래서 뭐 이번에는 어쩌다 가본 적이 없는 장소에 와봤지."

"그런 이유로 나를 현혹할 수 있다고 생각했나? 눈치챘다 면 일부러 여기로 왔겠지?"

들켰다는 사실과 유인되었다는 사실에 짜증을 숨기려 하 지 않고 그렇게 퍼부었다.

그러자 스이메이는 못된 장난을 들킨 악동처럼 주눅 들지 않고 웃었다.

"역시 안 되나. 그렇겠지."

"다시 묻겠다. 왜 이런 곳으로 왔지?"

"왜냐. 그건——"

입을 연 스이메이는 역시 미풍을 맞은 듯이 시원스레 웃는다. 마치 앞으로 일어날 일을 예견하고 그것을 즐기듯이.

그리고 이쪽의 진의를 꿰뚫어보는 듯한 눈으로.

"그건 너와 같은 이유지. 안 그래?"

"…………."

"어이쿠, 묵비권인가? 난 분명 그렇다고 생각했는데 아닌가."

스이메이는 그렇게 말하면서 익숙한 동작으로 검은 장갑을 낀다.

그 말에 이쪽이 응수하지 않자 그는 어쩐지 문득 유감스러운 듯.

"설마 그쪽과 이런 일을 할 처지가 될 줄이야. 솔직히 좀더 원만하게 해결하고 싶었는데……."

"뻔뻔스럽게 잘도 말하는군. 그런 생각 따위 눈곱만큼도 없으면서."

그래, 스이메이는 국왕 폐하를 노리고 있다. 애초에 원만하게 해결할 생각 따위 있을 턱이 없다.

그렇게 지적하자 스이메이는 반론도 없이 자조하듯 미소를 지으며 인정한다.

"맞아. 이런 무대까지 준비했으니 그렇게는 말 못 하겠네. 원만하게 해결할 방법은 생각하면 얼마든지 나올 텐데."

"흥."

순순히 인정해야 좋겠다고 생각했나. 뭘 생각하는지는 묘연히 숨긴 스이메이에게 페르메니아가 코웃음 치자 그는 회상하듯이 하늘을 올려다보며.

"그쪽과 얘기하는 것도 이게 두 번째인가?"

"그래."

스이메이의 말에 쌀쌀맞게 대답하자 그는 얼굴을 찡그린다.

"이야, 왠지 말 붙일 엄두도 안 나네……."

"그래서 어쩌라는 거야?"

"아, 그렇지. 뭐 단순한 잡담, 별 얘기도 아니지만…… 이거 참 상당히 미운털이 박혔군. 그건가? 너 아직 얼마 전 일로 꽁해 있냐?"

"…………."

"묵비권인가."

유감스러운 듯이 한숨을 내쉰 스이메이. 그런 근심을 마음에 품은 사람은 그뿐만이 아닌데.

──그렇다, 좀 더 심지가 곧은 남자라고 생각했다. 마왕 토벌 제안을 거절했고 그에 대해서 정색했어도 용사에 대한 미안함을 안고 있었고, 다정했다. 레이지도 미즈키도 결코 그를 나쁘게는 말하지 않았다. 망설임은 아직 마음 한구석

177

에 남았지만──

"……나도 솔직히 이렇게 하고 싶지는 않았어."

"좀 더 미리 결론짓고 싶었나? 확실히 그편이 빠르지."

"……?"

이쪽의 말을 어떻게 받아들였는지. 그는 과연 하고 무언가 이해했다는 듯이 끄덕인다.

그것에 대해서는 잘 몰랐지만 페르메니아는 문득 신경 쓰이던 점을 묻는다.

"그나저나 네놈은 대체 어디서 그런 옷을 들고 왔지?"

그렇다, 스이메이가 입은 옷은 지금까지 본 적도 없는 것이었다.

처음 보는 모양의 옷자락이 긴 새카만 코트에는 파란 장미가 그려졌고 그 안에 입은 것은 검은 옷. 검을 거꾸로 한 모양의 천이 목에 아래로 향하며 견고히 짜인 새하얀 셔츠 깃을 채웠고, 아래는 상의와 똑같이 칠흑처럼 새카만 바지. 그런 이질적인 복장이다.

"웅? 아아, 슈트랑 코트? 전투 예복은 늘 들고 다녀."

"들고 다닌다고? 소환됐을 때 옷 말고 의복은 안 들고 왔을 텐데."

"가방에 넣어뒀어. 너도 들고 있는 거 봤지?"

생각해보자. 그런 식으로 말한 스이메이는 무언가를 들어 올리는 동작을 한다. 그 행위가 기억으로 이어질까.

분명 그때 세 사람 다 소지품을 넣는 손가방 주머니를 들고 있었다.

하지만——

"저런 작은 주머니에 그런 터질 듯한 의복이 들어갈 리가."

"……저기 아무리 그래도 그 주장은 고루하다고 생각하는데?"

어이없다는 듯이 어깨를 움츠리는 스이메이의 모습은 아니꼽지만—— 그렇다. 그는 마법사이기에 곰곰이 생각하면 짚이는 바가 있다.

"……그렇군, 마도구인가."

"마도구라. 왠지 좀 속된 말투지만 정답. 보기보다도 몇 배의 물건이 들어가는 내 애장품이지."

하고 조금 자랑스럽게 말하는 스이메이. 마도구란 통상 존재하는 것에 어떤 힘을 부가시켜서 통상적으로 불가능한 효과를 발휘시키는 물품을 말한다. 확실히 그렇다면 생각할 수 있는 이야기지만 넣는 물건의 허용을 증가시키는 인챈트 따위 자신은 들은 적이 없다. 여덟 개 속성 어디에도 들어가지 않을 듯하지만 그런 훌륭한 마도구를 지닌다면 자랑하고도 싶어질까.

이쪽이 가방의 효과에 신음하고 있자 장갑을 다 낀 스이메이는 코트 옷깃을 정리하고 당돌하게 말을 꺼낸다.

"자, 이제 밤도 늦었다. 슬슬 시작하자고."

그렇게 말한 그에게 불손하다고 답하는 페르메니아.

"멍청한 소리 마, 이 얼간아. 넌 여기를 어디라고 생각하는 거야. 여기는 국왕 폐하께서 특별히 마음에 들어 하시는 백악의 정원. 이런 장소에서 싸우다니 용서된다고 생각하나?"

그렇다, 이곳은 백악의 정원. 왕의 정원이다. 그곳을 싸움으로 더럽히다니 얼마나 생각이 얕은가. 그런 너무도 불손한 말투를 날카롭게 노려보며 비난했다.

하지만 스이메이는 마치 우스꽝스러운 것이라도 봤다는 듯이 뻔뻔한 웃음을 입가에서만 조소로 바꾸었다.

"호오? 백악의 정원 말이지. 분명 현란한 구조에 잘 맞는 거창한 이름의 정원 같지만── 과연 네가 말한 대로 정말 여기가 그 백악의 정원일까?"

"무슨 말인지 모르겠네. 여기가 백악의 정원이라는 건 네 옆에 있는 정원의 중심을 표시한 흰 오벨리스크의 존재가 확실한 증거야. 정원을 장식한 꽃들은 왕국 전역에서 모은 온갖 종이고 또 여기를 국왕 폐하께서 아끼는 건 왼쪽에 보이는 그 첨탑이── 응……?"

없다. 힘차게 왼손을 치켜들었지만 국왕 폐하 방이 있는 왕위의 탑이 있어야 할 장소에 없다. 그렇다, 그림자도 형체도.

머릿속이 단번에 혼란의 나락으로 떨어진다.

그런 자신의 당혹감을 알았는지, 말을 잇지 못하는 자신을 비웃듯이 스이메이는 내뱉었다.

"왜 그래? 네 왼쪽에는 아무것도 없는데? 네가 말하고 싶은 백악의 정원이 보이는 국왕 폐하의 침소 같은 첨탑은 네 오른쪽이잖아?"

눈동자를 앞머리로 가리고 기분 나쁘게 살짝 수그린 것이 이쪽 마음에 암귀를 꾀어낸다. 불길한 미소로 덧니를 드러낸 스이메이. 그런 그의 지적에 반대로 탁 돌아보니 그곳에는 분명 첨탑이 존재했다.

"……말도 안 돼. 폐하의 침소는 왼쪽인데. 왜, 왜 오른쪽에 있는 거야……."

불가해한 현상에 말이 나오지 않는다. 이유가 나오지 않는다. 게다가 있을 수도 없다. 자신이 가리켰을 첨탑이 그가 말한 대로 오른쪽에 있다.

대체 무슨 일이 벌어졌는지 머릿속을 휘몰아치는 의문과 혼란. 왕위의 탑은 왼쪽에 있어야 한다. 이곳에 와본 기회는 얼마 없지만 그때 분명히 보았다. 그것이 틀림없다. 하지만 지금은 어째서인지 오른쪽에 있다. 어째서.

그러자 스이메이는 눈을 감으며 잘 알겠다는 듯이 그 의문을 밝힌다.

"그래. 생각할 수 있는 답은 두 가지다. 간단해. 저 첨탑이 오른쪽에 있는 건 단순히 네가 그걸 왼쪽에 있다고 지금까지 착각했던가 아니면 **이곳이 네가 아는 백악의 정원이 아닌 거지.**"

"말도 안 돼. 그거야말로 있을 수……."

"그래? 그럼 왜 왼쪽에 있던 첨탑이 오른쪽에 있지? 왜 우리를 보는 달이 오른쪽에 떠 있지? 정원을 장식한 꽃들이 심어진 장소가 왜 좌우 반대로 됐는데? 그 답을 말해봐."

"그, 그건……."

답을 내라고 지껄이듯이 캐묻지만 그 답을 모르겠다.

분명 그가 말한 대로 지금 있는 백악의 정원은 그 존재가 거울에 비친 듯이 반대로 되었다.

달도 성좌도 포함해서 자신이 지금 보는 그 전부가 반대였다.

이것은 마치 어느새 이계에라도 잘못 들어선 듯했다.

"팬텀로드……."

"팬텀…… 로드?"

스이메이가 입에 담은 말—이쪽 언어로 변화되지 않은 걸보면 아마 그들이 일상에서 쓰는 언어 이외의 말이겠지만—이 무엇인지 모르는 채로 복창했다.

"그래. 이곳은 내가 만든 결계 안. 모든 것이 원래 세계에서 반전된 반사의 유환 세계. 이 세상에 존재하지 않는 수치를 구성해서 존재하지 않는 장소를 만들어낸 이른바 허수 공간이란 놈이야."

"뭐, 뭐야 그게? 존재하지 않는 수? 허, 허수 공간이라고? 뭐야. 네놈은 대체 뭔 소리를 하는 거야? 대체 뭘 한 거야?"

스이메이의 마법 풀이에 입을 통해 나온 것은 타는 듯한 초조함이었다. 들은 적 없는 말도 그렇지만, 이런 마법은 본

적도 들은 적도 없다.

　궁정 마도사인 자신이. 전혀. 무엇 하나도.

　그렇다, 마법은 엘리멘트의 힘을 이용해서 일으키는 신비이다. 불, 물, 바람, 흙, 천둥, 나무, 빛, 어둠의 여덟 가지 엘리멘트의 힘을 빌리기 위해서 마법은 반드시 하나의 속성을 지니고 그 엘리멘트의 위력에 따라 기적을 이룬다. 마력을 원동력으로, 영창으로 엘리멘트를 불러서 엘리멘트를 술식이라는 길에 태우고 그 결과인 응답을 구한다.

　그러나 이 마법에는 그것이 없다. 마법에 필수 불가결한 엘리멘트의 힘이 없다.

　"나 참, 거기부터냐……. 뭐 나도 알고는 있었지만. 이쪽 마술의 졸렬함은 우리끼리 말하는 중세 정도의 문명이다. 내용은 그보다도 수 세기 전 같지만……. 뭐 그래서 언어라든지 개념 관계부터 이미 미지의 것이 됐잖아?"

　"이게, 이게 마법이라고……? 이렇게 세계를 변용시키는 마법이 있을 리가. 아무 속성도 없이 주변 광경을 바꾸다니……."

　"바뀐 건 겉보기뿐만이 아니지만…… 그렇게 혼란스러울 일이야? 이런 건 아주 살짝 공을 들인 결계 마법인데?"

　그렇다, 애초에 그 들은 적 없는 속성이 무엇인지도 모르는 수상한 것을 이용한 마법이——

　"결계…… 마법?"

　"야! 설마 이것도야?! 설마 여기는 결계란 개념조차 없어?!"

"그러니까 넌 대체 뭘——?"

"결계! 결계 마법이다! 너 진짜 들은 적 없어?!"

"모, 몰라! 무슨 말인지는 모르겠지만 그런 정체 모를 마법은 이 세상에 존재하지 않아!"

"야……야, 진짜냐고. 난 이 세계에서 무적이 될 것 같은 기분이 든다."

스이메이는 무언가 크게 놀란 뒤에 한 손으로 무거운 듯이 머리를 싸맨다. 그 정도로 이 세계의 마법이 그에게는 충격적이었나.

그리고 그는 이제 설명조차 하지 못하겠다고 판단했는지. 깊고 깊은 체념의 한숨을 쉬었다.

"……아니 됐어. 어려운 이야기는 관두자. 즉 여기는 네가 아는 백악의 정원이 아니라 내가 마술로 백악의 정원을 토대로 만들어낸 다른 장소다. 그러니까 여기서 떠들어도, 서로 싸워도, 마법을 막 쏴도 아무도 알아채지 못하는 꿈속. 오케이?"

"……윽."

말뜻을 반도 모르겠다. 쓰인 마법 따위 완전 수수께끼이다. 그러나 처한 상황은 이해했다. 지금 자신은 그가 준비한 함정에 끌려 들어온 거라고.

침묵을 이해라고 받아들인 스이메이가 입을 연다.

"……모르는 대로 받아들였나 보군. 뭐 상황을 냉정하게 받아들이는 건 중요하지. 그럼 이제 슬슬…… 시작할까."

"시끄러워. 영문 모를 곳으로 끌어들여서 우쭐해졌나 본데, 네놈 정도의 마력으로 날 진짜 쓰러뜨리겠다고 생각하나? 난 아스텔 왕국의 궁정 마도사 백염의 페르메니아. 난 이런 겁쟁이가 쓸 만한 잔재주를 써야만 상대와 대면할 수 있는 남자한테 지지 않아!"

끝까지 위에 있기를 고수하는 소년에게 그렇게 으르렁거린다. 그렇다. 잘 생각하면 된다. 자신은 백염. 불꽃의 진리에 도달한 마법사. 그렇다면 무엇을 주저할 필요가 있나. 전투로 치자면 자신은 절대자. 지금까지 수많은 마수와 마물을 몽땅 태워버렸다.

마력도 적은 이런 소년에게 질 리도 없다. 설령 어딘가로 끌어들였대도 무엇이 유리하다는 것인가. 그는 자신을 끌어들인 것이 아니라 이런 장소로 끌어들이지 않으면 싸우지도 못하는 마법사이다.

──그래, 자신이 그를 두려워할 이유도 걱정을 느낄 필요도 아무것도 없다.

"──흥. 영문 모를 말을 너저분하게 지껄인 것 같은데, 결과는 뻔하다."

"어이쿠, 그거 대단한 자신감이군. 그래도 정말 네 힘으로 날 쓰러뜨릴 수 있을까?"

"말 잘했다. 그럼 보여주지. 내가 이 아스텔 왕국에서 백염이라 불리는 이유를. 마도의 극한인 진리에 도달한 내 불꽃을!"

"음── 진리라고?"

페르메니아가 드높이 칭송하듯 소리 내자 대면부터 장난기 하나 없는 험악함을 띤 목소리가 들렸다. 자신이 한 말을 듣고 지금껏 서늘한 바람을 맞는 듯했던 스이메이의 안색이 눈에 띄게 달라졌다.

그것도 당연하다. 자신이 다루는 것은 불꽃의 진리이다. 그걸 보고 들은 평민 마법사가 침착하게 있을 수 있을 리 없다.

그래서 자신은 외친다. 자신이 도달한 마법을 이곳에 출현시키기 위해서.

"──불꽃이여. 그대는 불꽃이라는 이치를 지녔으나 불꽃의 이치를 벗어난 것. 모든 것을 불태우는 진리로 재앙이 되는 흰 백! 트루스 플레어!

열쇠가 되는 말을 다 외친 동시에 자신의 주위로 하얗게 반짝이는 불꽃이 소용돌이친다. 이 흰 불꽃은 주위 바람을 흡수해서 빨간 불꽃의 몇 배가 되는 열을 지니는 정도에 이른 것.

모든 물질을 남김없이 태우는 진정한 불꽃이다.

"뭐── 응?"

흰 불꽃에 둘러싸인 스이메이는 그렇게 잘 모르겠는 음색의 소리를 냈다. 안색은 당혹감으로 가득해서 무엇을 할 수도 없고 그저 멍하니 그 자리에 서 있다.

당연하다. 누구나 동경을 품고 경외의 태도를 풀지 않는 흰 불꽃이 자신을 둘러싼 것이다. 같은 마법사라면 저항을 포기해도 무리는 아니다.

그래, 무리는 아니다. 무리는 아닌데도 웬일인지 스이메이는 당혹스러운 얼굴로 주위를 한번 빙 둘러본 뒤에 **조심조심 손가락을 튕겼다.**

그 직후였다. 흰 불꽃이 순식간에 그 색을 잃고 그저 빨간 불꽃으로 변한 것은.

"뭐, 뭐야?!"

그리고 자신이 그 현상에 놀란 것도 잠시, 불꽃은 스이메이 주변에서 천천히 그 맹위를 잃더니 결국 아무 일도 없던 것처럼 사라졌다.

놀라서 이쪽을 곁눈질하고 조금 전까지 흰 불꽃이 한창 타오르던 곳을 잠시 바라보다가 곧 이쪽으로 완만하게 돌아보며 입을 여는 스이메이.

"⋯⋯⋯⋯저기, 이 정도로?"

그것은 잔뜩 쌓여 있던 기대감이 사소한 결과로 배신당한 듯이 맥이 빠졌을 때 나오는 대사였다.

상상이, 초조함이, 갈 곳을 잃고 응어리져서는 발산하지 못한 스이메이. 그가 뱉은 그 말을 계기로 자신의 입에서 둑이 터지며 쏟아진 것은 혼란이었다.

"왜, 왜, 왜, 왜?! 왜냐고?! 왜 내 흰 불꽃이 사라졌지?! 저건 진리에 도달한 자만이 다룰 수 있는 불꽃의 극치라고! 왜 저게 손가락을 튕긴 정도로⋯⋯."

"우와⋯⋯ 뭐야, 너 진심으로 하는 말이냐. 진리래서 어떤 위험한 마법에 손을 댔다고 생각했더니 단순히 산소를 섞어서 연소를 좀 가속한 것뿐이잖아…….”

“뭐, 뭐야, 그 태도는?! 내, 내 불꽃은!”

스이메이가 드러낸 현저한 낙담에 말이 잘 나오지 않는다. 왜 흰 불꽃이 사라졌는지, 왜 그는 실망스러운 마음을 느꼈는지. 그런 생각만이 앞서서는 대꾸하는 것마저 방해한다.

하지만 스이메이는 그런 자신에게 기막히고도 남는 추격이라고 충언을 고했다.

“……주문도 말이야. 불꽃에 건 의미도 말이지. 어딘가의 전승에서 끌고 온 내력이 없으면 마술의 강함마저도 없어. 내가 그쪽 스승이었다면 기초부터 다시 하라고 야단쳤을 참이다.”

“뭐, 뭐야! 내 마법이 대체 어디가 부족하다는 거야?!”

“전부다, 전부! 아까 말한 게 전혀 없는 데다 넌 단지 화염 방사기가 됐을 뿐이야! 아니 그보다 더 심각해!”

“뭐라고?!”

“하아, 그만하자…… 이제…….”

그런 설명도 가르침도 포기한 말투의 스이메이. 기막힘을 넘어서 연민이 담긴 눈동자의 흔들림이 마법이 깨진 자신의 짜증에 박차를 가한다.

그런 와중이었다. 무슨 일이 벌어졌나. 그는 무슨 일을 벌였나.

그가 다시 깊은 한숨을 쉬었을 때 그의 발밑으로 돌

연——

마법진이 출현했다.

"뭐야?!"

"……이번은 뭐?"

비난하는 듯한 그의 어조는 그 대부분이 기막힘으로 채워졌다. 하지만 그것보다도 먼저 자신은 눈앞에서 일어난 말도 안 되는 현상에 경악하는 것이 고작이었다.

"마법진이 멋대로 지면에 그려지다니…… 말도 안돼……."

"…………뭐?"

"뭐라니! 왜…… 왜 발밑에 갑자기 마법진이 나타났지?! 저건 말도 안 되잖아?! 스, 스이메이 야카기?! 네놈은 대체 뭘 했지?!"

엄청난 일에 대해서 호통치자 스이메이는 이번에는 아까와는 다르게 머리 회전이 되지 않는 얼굴로 눈썹을 찌푸렸다.

그런 얼굴을 하고 싶은 것은 이쪽이다.

원래 마법진이란 지면은 물론 바닥이나 벽, 바위 표면, 종이 등, 필기가 가능한 매체에 마법을 사용할 때 구축하는 술식의 일부 또는 전부를 구성하여 마법 행사에서 과정을 간략화하기 위한 보조 역할을 맡는다.

보통 술식을 문자 또는 숫자와 도형을 조합해서 쓰든지 혹은 그려 넣어야 하는 노력이 발생하기에 전투 중에는 말할 것도 없이 의식 등에만 사용되어서 지금처럼 아무 행위

189

도 없이 그리는 일은 없는데 이 남자는——

"아니, 기본이잖아."

"기본은 무슨! 뭘 어떻게 하면 마력을 간섭시킨 것만으로 마법진이 멋대로 그려지는 사태가 생기는데!"

"그건 먼저 술식을 정례화하고……."

그렇게 말을 꺼낸 스이메이는 거기서 무언가 깨달았는지 다시 머리를 싸매기 시작하고.

"아, 그것도야? 이 세계는 거기부터구나. 진짜 안 끝나? 이 세계의 마법은."

이쪽과 상관없이 스이메이는 홀로 고뇌. 그리고 한동안 고민하다 거기서 돌아와서는 관자놀이를 집게손가락으로 빙빙 문지르며 지금까지와는 사뭇 다른 음성을 낸다.

"……저기 말이지. 이건 미리 정해둔 행동을 취하거나 마술의 술식 중 일부를 구축하면 자동으로 대응하는 마법진이 형성되도록 사전에 세계에 간섭해서 그 마술의 기본을 짜둔 거야. 그렇게 해두면 마술을 쓸 때 마법진이 자동으로 발생해서 고속으로 마술을 행사할 수 있지. 알겠어?"

"어, 응……?"

"그런 게 될 리가 없다고 재잘거리지 마. 이미 지금 네 눈앞에 실현됐으니까. 아까처럼 떠들어대기 전에 말하는데 좀 전의 마술뿐만 아니라 눈앞에서 벌어진 신비까지 부정한다면 난 널 신비학자로 인정할 수 없어. 알겠지?"

"……윽."

이의를 달지 못하게 압박하는 듯한 스이메이의 엄격함에 이쪽의 말은 봉해졌다.

그의 말투가 진지하기도 했지만 애초에 마법진을 자동으로 발생시킨다는 기법이 존재하는 사실 자체가 금시초문이었다. 지금까지 누구도 마법진을 그런 식으로 쓰지 않았고 노마법사도 그런 말은 하지 않았으니까.

"……마법 행사를 위한 과정의 간소화는 전투 중에는 필수겠지만. 여기가 진짜 검과 마법의 판타지 세계냐고. 이거야 원 우리가 있던 곳이 훨씬 판타지했잖아……."

"마, 마법을 행사하기까지 과정의 간략화 정도는 있어! 무영창이 그 대표라고!"

"뭐? 뭐야 그게? 영창이 없는 게 그렇게 고도한 기술이야?"

"다, 당연하지."

"그거야 대마술이라면 얘기는 다르지. 그럼 뭐야? 이런 것도 너희한테는 대단한 기술이 된다고?"

스이메이는 그렇게 어이없다는 듯이 말하고 손가락을 탁 튕겼다. 그러자 갑자기 튕기는 소리—— 손가락이 엄지 밑부분을 때리는 소리와 완전히 동시에 자신 눈앞의 공기가 격한 기세로 튀었다.

숨을 쉴 새도 삼킬 새도 없다. 마치 덩어리가 된 공기가 자신의 눈앞에서 사방으로 폭발한 듯한 위력이 바람을 넘어선 충격파가 되어 주변 사물을 유린한다.

"큭, 아……. 뭐…… 야? 무영창, 게다가 열쇠의 말도 없이…….."

"굉장해, 스이메이! 무영창으로 마술을 행사했으니 이제 오늘부터 너도 대마술사에 합류했어! ……하아, 멍청한."

가슴이 펴졌다가 금방 꺼진다. 자신의 농담이 썰렁했다고 순식간에 뱉어버린 스이메이는 이제 기분마저 시들어졌다.

그러나──

"설명도 질렸다. 더는 네 의문에 동조할 생각 없어. 그러니까."

그렇게 말하고 말을 외친다.

"Archiatius overload(마력로 부하기동)!"

그것은 마법의 영창이었나. 아르키아티우스 오버로드. 주문이나 열쇠의 말이 구별도 되지 않을 정도로 아주 짧고 무엇에 호소했는지조차 모를 혼잣말이었지만 그 발밑에 있던 마법진을 한층 강하게 빛나게 했다.

그리고 무지개의 반짝임을 품은 백광의 마법진이 소년 안의 무언가를 해방시켰다.

"──윽?!"

그 직후 세차게 불어오는 팽대한 마력. 그 아찔한 힘에 한순간 눈을 감은 것도 잠시, 잦아든 격류에 눈을 뜨니 그곳에는 정밀한 마력을 채워서 강력한 위압으로 무장한 누군가의 모습이 있다.

"마, 마력이 늘었어?! 왜──"

"왜? 난 질렸다고 말했다? 더 이상 말하지 마. 아아, 알겠다. 지금처럼 마력을 증폭시킨 게 놀랍겠지. 알아. 네 의문은 나한테 대수롭지 않으니까."

스이메이는 어딘지 초조한 듯이 말했다. 이제 이쪽의 의심에 답할 마음이 없어진 소년은 순간적으로 던진 말에도 가차 없다.

그리고 다시 조용한 의기를 되찾아 재차 말을 꺼낸다.

"──후우. 시작하자고 말하고부터 벌써 꽤 헛된 시간을 보냈는데── 자, 마법사씨. 슬슬 내 차례인가?"

하는 질문 마지막에 스이메이는 재미있지도 않은 듯이 코웃음 친다.

……지금 눈앞에서 벌어지는 것은 무엇인가. 이곳에 와서 몇 번이나 그렇게 생각했나. 마력의 증대도 그렇지만 결국 이 남자는 아까 말한 대로 마법진을 이용해서 마법을 발동시켰다.

마법의 과정을 간략화해서 쓰기 위한 마법진을 일부러 만들고 나서 마법을 행사하다니 모순된 행동이다. 마법진을 그리는 수고가 늘어서 결국 마법을 행사하기까지 시간이 늘어난다.

그런데 눈앞의 남자는 그 과정을 거쳤는데도 불구하고 마법이라는 기적을 행사하는 데 최소한 필요한 시간마저 무시한 속도로 마법을 행사했다.

그 사실에 거짓은 없었고, 그 사실에 허식도 없었다. 그렇다면 이제 이 소년을 만만하게 취급할 수는 없다. 자신이 못하는 일, 이해할 수 없는 일을 무리 없이 해냈으니까. 분명이 소년에게 과장은 없다. 자신이 모르는 세계에서 자신이모르는 마도를 걸어온, 절대 지식을 지닌 마법사가 분명하다.

고로 이렇다.

──분명 이 소년은 자신보다 강하다.

──분명 이 소년은 자신을 가르친 노마법사보다도 강하다.

──분명 이 소년은 용사 레이지보다도 강하다.

──분명 이 소년은 세계를 파멸로 이끌 마왕보다도…….

"……넌 누구지?"

"……그러네, 여기 와서 단 한 번도 제대로 이름을 밝힌적이 없군. 좋다. 특별히 너한테는 소개하지."

그렇게 스이메이는 떠오른 듯이 말하고 다시 입을 열었다.

"──난 마술사 야카기 스이메이. 세계의 모든 이치에 도달하기 위해서 신비를 뜻에 둔 현대 일본의 신비학자이다."

마술사 야카기 스이메이.

그것이 후에 아스텔 사상 최고라 칭송받은 마법사에게 처음으로 그 자리를 내어주고 그녀 입으로 결코 따라잡지 못하겠다고 말하게 한 마법사인 남자의 이름이었다.

★

"흥⋯⋯."

호쾌하면서도 조용히 코웃음 치는 스이메이.

당초 계획대로 페르메니아 스팅레이를 결계 내로 유인한 그는 현재 마력로를 일으킨 것으로 마술사로서 최대한 힘을 발휘할 수 있는 태세로 이행했다.

눈앞에는 압도적인 전력 차를 겨우 판별하고 초조와 공포로 몸이 굳은 페르메니아가.

그런 그녀를 앞에 둔 스이메이는 자신이 지닌 지식을 활용하여 마력을 휘감고 임한다.

지금 다른 누군가 현상을 제대로 알고 이곳에 있다면 최대한의 전력이라고 해도 도가 지나친 게 아니냐고 생각할지도 모른다.

페르메니아 스팅레이는, 아니 이 세계의 마술사는 그만큼 그들 세계 마술사에게 뒤떨어졌다. 그러니 적당히 애태우고 무용한 마력의 소비를 억제해서 스마트하게 일을 처리하는 것이 효율적이고 신사적이겠지, 그래.

하지만 스이메이에게 그럴 뜻은 없다. 아무리 이 세계의 마술사가 다양한 마술의 계통을 몰라도, 마법진의 유효한

195

이용법을 몰라도, 필수적인 주문 영창을 궁리하지 않아도, 마술사의 기초인 마력로를 체내에 만들지 않아도, 그에게 마술사는 미술사이다.

싸우기 위한 무대를 준비해서 싸움에 초대한 호스트라면 그 경쟁이 얼마나 낮은 레벨이라고 해도 결사의 마술사로서 전력을 다한다는 예의를 빠뜨려서는 안 된다. 마술사라면 마술사답게 모든 정신의 마술로 상대의 마음을 홀려서 굴복시킨다. 분명 이번에는 상황이 상황인 만큼, 최후에 그 이외의 의도도 준비했지만 싸움이 한창일 때는 주최자다운 기개로 임해야 한다. 그것이 야카기 스이메이가 지닌 마술사로서의 긍지였다.

대치하고 잠시. 물론 이 싸움에 개시의 말 따위 없다.

싸움은 이미 시작되었다. 다음은 어느 쪽이 먼저 움직일지 뿐.

싸움의 긴장을 견디지 못했는지 먼저 움직인 쪽은 페르메니아였다.

"──윽! 불꽃이여. 그대는 불꽃이라는 이치를 지녔으나 불꽃의 이치를 벗어난 것. 모든 것을 불태우는 진리로 재앙이 되는 흰 백! 트루스 플레어!

이는 조금 전 그녀가 진리라고 말한 흰 불꽃 마술. 진리라고 해도 실제로는 단순히 온도가 높을 뿐인 불꽃을 발생시키는 마술이지만 조금 전 불꽃은 사전 연습이었는지, 규모는 월등히 크다. 그러니 들어간 마력의 양도 상당히 많다.

갑자기 만들어진 불꽃은 넘실거리는 흰 물결처럼 소용돌이치고 경쟁하며 근처로 퍼지더니 한순간 이쪽으로 초점을 맞추고 하나로 모이며 다가온다.

──거기서 스이메이의 마음이 완전히 바뀌었다.

이쪽을 태워 죽이려 쇄도하는 불꽃. 그 불꽃에 대한 감개는 이미 없지만 물론 잠자코 받을 생각은 전무.

재빨리 숨을 들이마시고 시선을 집중. 마력을 최적화해서 마술을 행사한다.

"Secandum ex quartum excipio(제2, 제3, 제4성벽 국소 전개)."

이것이 자신이 유지할 수 있는 방어 마술.

이 세계로 오고 의식의 방에서 처음 쓰려고 했던 현란한 금빛 요새의 그 성벽을 한정적으로 전개했다.

손바닥으로 막듯이 쑥 내민 팔 앞에 금빛 마법진이 삼중을 이루어 방패가 된다.

뜨겁기만 한 불꽃 따위가 통할 리 없다. 요새의 벽은 단단하다. 고작 불꽃으로 공격받았다고 떨어지지는 않는다. 삼중으로 포개진 마법진의 장벽에 막혀서 어이없이 사라지는 것이 고작.

일곱 줄기의 백염 화선이 굉음을 남기고 금빛 마법진으로 추락한다. 저지당한 백염의 광조는 충돌과 함께 그 새하얀 불꽃을 뿌리고 모든 양이 소진될 때까지 마법진을 지우려는 맹위를 지닌 돌격이었다. 백염이 굴착 기계의 신음 같은 굉음과 불꽃을 뿌리고 거기에서 남은 여파인 불똥이 자신의 주위를 유린한다. 1초, 2초, 3초, 4초. 그러나 백염은 뚫지 못한다. 제2성벽의 술식 방어에 막혀서 그 위의 제3성벽을 회전하는 마법진이 마술을 구성하는 술식을 풀어간다. 그에 따라 눈부신 순백은 퇴색해서 원래의 붉음으로 돌아가고 마지막으로 제4성벽의 리플렉트(위력반사)에 의해서 파열 앞에 사방으로 흩어졌다.

"아직, 아직이야!"

힘이 담긴 조바심이 들렸다. 아마 그것은 다음 탄환의 증거. 발사된 화선은 막았지만 아직 그녀의 말이 가리키는 대로 공중에는 백염의 연소가 정체했다.

다시 "불꽃이여!"라는 호령 아래 페르메니아는 그것을 발사한다. 스아메이는 다시 습격하는 백염을 피하고자 이번에는 바로 옆으로 빠져나갔다.

그 사이에도 백염은 방향을 바꾸고 움직임을 바꾸며 다가온다. 과연 궁정 마도사의 직함은 허울이 아닌가. 움직이기 위한 마력의 이동도 불꽃의 조작도 재빠르고도 최단 루트로 움직인다. 그 일류라고 해도 무방한 마술의 운용은 확실히 감탄할 만하다.

그러나 결국 아무리 잘해도 거기에 질이 따라오지 못하면 의미가 없다. 성벽을 돌파할 까닭이나 파괴 효과가 없는 마술로는 금빛 요새에 타격을 줄 수 없고, 그렇다고 방어를 푼 뒤 도주해도 불꽃은 자기를 0.1초 차이로 뒤쫓지만 코트 끝에도 걸리지 않고 한 줄기 그을림도 남기지 않는다.

따라잡을 수 없는 백염을 제쳐 두고 이쪽은 그대로 반격으로 전환한다. 서로의 거리는 도주로 벌어졌다. 그래서 외친 것은 가속의 마술.

중력경감 질량감소. Mass gravitas reductio.

그 말을 작게 중얼거리자 자신의 몸은 중력의 쇠사슬에서 해방되어 가벼워진다. 몸의 무게도 지금은 없는 것과 같다.

그러니 달린다. 아니, 그래서 날아간다. 검은 코트를 휘날리며 다가오는 백염을 떼어내고 활공하는 비연의 속도로 페르메니아를 공격한다.

"너무 빨——"

입에 담은 것은 우는 소리인가. 가속의 육박을 순간 이동으로 착각했나 보다. 정신을 차리니 그 존재는 3미터 근처였던 걸 보면.

그 말을 전부 듣기 전에 녀석의 앞에서 손가락을 튕긴다.

그 순간 싸늘한 시선과 겹치는 경악의 시선.

지탄의 마술. 현대 마술사다운 스이메이. 압축한 공기를 파열시킬 정도의 일은 영창을 쓰지 않고도 손가락을 튕기는 과정만으로 발동할 수 있다.

간소한 마술이면서 그 힘은 미루어 알 만하다. 간소하기에 속도가 뛰어나고 효과의 정도도 영향도 물리적이니 알기 쉽다.

——탁.

투명한 폭탄이 투명한 폭발을 일으킨 듯이 충격파가 페르메니아 바로 밑의 지면을 날려버린다.

파열은 근처였지만 간발의 차로 몸을 던져서 회피할 때를 맞춘 페르메니아.

"윽, 아……!"

그 퇴로를 막듯이 다시 손가락을 튕기려고 하자 페르메니아도 위험을 느끼고 방향 전환. 연속해서 나오는 충격파에 춤추는 것처럼 간신히 도망치면서 외치듯이 비명을 지른다.

"심, 심하잖아! 왜 이렇게 쉽게 마법을 연발시키는데?!"

"하── 못하면 지니까 그렇지, 삼류 마술사. 상대가 쐈으니까 이번에는 이쪽이 쏜다는 턴 형식의 전투라도 할 생각이야? 우리는 RPG를 하는 게 아니라고?"

그래, 이것은 게임이 아니다. 목숨을 건 시험이다. 1초 정도의 시간을 소비한 것만으로 가차 없이 끝나버리는 세계. 페르메니아가 지닌 신비와는 사정이 다르다.

페르메니아가 우왕좌왕하는 틈에 주머니에서 시약병을 꺼내는 스이메이.

그리고 그는 그 시약병 뚜껑을 재빠르게 열었다.

안에는 수은. 상온에서 액화하는 유일한 금속. 연금학에서는 양성구유의 괴물로 불리는 물질이 마술이 걸리기만을 기다리며 흘러나온다.

그리고 흩뿌리듯이 시약병을 던지고 허공에서 선을 그은 수은에 대망의 말을 건다.

"Permutatio coagulatio vis lamina(변질, 응고, 이루는 힘)!"

아직 액체 그대로의 수은을 잡아서 검의 피를 떨어뜨리듯이 뒤쪽으로 휘두르자 그곳에는 이미 형태를 이룬 수은이. 피를 떨어뜨렸으니 당연히 뼈대는 검에. 본질도 검에. 그것은 수은 검. 마술에 따라 얼마든지 형태가 바뀌는 형태 없는 무기. 알마 메르쿠리우스.

"──흙이여! 그 몸을 완고한 자갈로 이루어 우리의 적을 부숴라! 스톤 레이드!"

수은이 뼈대를 이루기 직전에 페르메니아가 마술을 완성했다. 발사된 잔돌은 그 궤도 위에서 흙을 불러들인다. 날아오는 잔돌이 도달하기 직전에 뾰족한 주먹 크기의 악랄한 돌탄이 되었다.

"먹어라──"

"무뎌!"

자갈을 물리친다. 이제 만들어지고 있는 검으로 날아오는 돌을 . 마술사의 눈동자 앞에는 탄환이라고 잡지 못하는 것은 아니다. 그렇다면 날아오는 돌 따위 위협이 되지 못한다. 수은의 날 끝이 마력으로 다듬어진 돌을 깨부순다. 뒤에서 날아오는 사냥돌도 깨부순다. 검술의 흐름에 따라 유려하게.

그렇다, 무난하게.

"마법사인데 검을 쓰다니?!"

"쓰는 게 뭐? 저쪽 마술사에게는 인파이터 기술은 필수라고? 뭐, 마술을 쓰는 데 가깝든 멀든 큰 지장은 없지만——"

참패.

"젠장…… 젠장젠장젠장젠자아아아앙!"

페르메니아는 이미 자포자기라는 듯이 돌 탄환을 난사한다. 그러나 자갈은 절대 닿지 않는다. 의복에 모래 먼지조차 묻히지 못한다.

최후의 잔돌을 물리친다. 후드득 추락하는 흙덩이. 더는 그것이 형태를 만드는 일은 없다.

"——불꽃이여! 그대는 꿰뚫는 의지가 되어 내 앞을 막아선 적을."

"Permutatio coagulation vis flagellum(변질, 유동, 날카롭게 물결쳐라)!"

페르메니아와 동시에 한 영창이지만 어절이 짧은 이쪽이 유리했다. 주문이 길면 좋다는 사고는 이제 고루하다. 영창은 짧고 스마트하게. 관련된 의미에서 힘을 끌어내는 것이 가장 좋다.

불필요한 문장은 없애고 한 마디 한 마디 심지어 단어까지도 검토한다.

한 문장 한 소절과 한 단어 한 소절. 어느 쪽 영창이 빠르냐고 물으면 답은 물론 명백하다.

그런 사고로 이루어진 영창에 의해서 수은 검에 꿰뚫리듯 마법진이 구축된다.

그리고 손목을 최대한 젖혀서 휙 휘두른다. 그러자 조금 전까지 예리한 쇠 막대기였던 수은이 가죽끈을 묶은 채찍처럼 변화한다.

영창대로 하늘을 물결치는 수은의 채찍. 그녀의 주문 완성을 방해하려고 바로 옆을 때렸다.

"윽?!"

수은의 날 끝이 음속을 능가해서 공포처럼 격한 파열음을 울린다. 깊숙이 파인 지면. 금속 채찍은 가죽 채찍과는 비교도 안 될 정도의 위력을 지녔다. 무게도 경도도 날카로움도 길이마저도 자유자재. 인체는커녕 두꺼운 철판마저 얇은 종이처럼 뚫어서 파탄낸다.

그 위력은 당연히 얼핏 보기만 해도 전해지는 법.

"으윽…… 그건 설마……."

팔을 휙 휘둘러서 목숨을 거둘 수 있다. 그런 사실과 맞닥뜨린 페르메니아는 그 자리에서 한 발짝도 움직이지 못한다. 평소에는 영창으로 술술 움직였을 입도 마찬가지이다. 주문 한 소절도 꺼내지 못하고 고뇌로 일그러진 얼굴에서는 당연히 고뇌로 범벅된 말밖에 나오지 않는다.

얼굴에서 핏기가 가시는 것이 보인다. 이것으로 끝인가. 아니 아직이다. 상대가 무릎을 굽히지 않는 한 싸움은 종막이 아니다. 떠오르는 것이 고뇌라면 아직 그것은 포기가 아니다. "내가 궁지에 몰리다니", "만회의 여지는 있나" 등, 그런 일조차 생각하지 못하도록, 두 번 다시 저항할 수 없도록 마음 가장 깊숙한 곳까지 철저히 때려눕혀야 마땅한 법.

그 의지로 지금 마력로에 다시 격정이라는 이름의 장작을 지피고 갑자기 마법을 폭발시켰다.

──쿠웅.

땅 울림으로 착각할 정도로 큰 소리와 힘이 성을 뒤흔든다.

파열한 마력의 격류가 얽혀서 갈 곳 잃은 그것이 군청색 번개를 내뿜으며 용의 포효처럼 으르렁거리고.

그리고 눈앞에는 전율로 정신을 놓은 페르메니아가. 결코 저항할 수 없는 힘의 차이에 멍하니 무릎을 짚은 채 두려움의 시선을 보낸다.

그를 앞으로 스이메이는 읊조리기 시작한다.

"Velam nox lacrima potestas(장막 안. 밤에 흘리는 눈물의 위세)."

발밑에서 정원을 덮을 정도로 거대한 마법진이 전개된다. 그것을 빛내는 것은 밤하늘보다 더 진한 군청색 마력광. 그 남다른 빛은 눈부시게 강하고 이 환상의 세계에서 더 환상적.

"Olympus quod terra misceo misucui mixtum(그대는 천지의 표를 물들이고)."

영창의 소절이 끝날 때마다 사상과 현상이 교차한다. 모든 주문이 하나로 이루어져서 다 외치고난 후에는 단숨에 현상을 뒤집는 이 세계의 마술과는 달리 이쪽 마술은 영창 자체가 힘의 구현. 영창 중에도 세계가 바뀌어 늘 일어나야 할 신비로 상황을 변화시킨다.

반딧불이 수놓은 어른거림처럼 대지에서 금빛 힘의 입자가 날아올라서 하늘을 목표로 날아오르더니 별하늘로 빨려 들어간다.

"Infestant malitia(지금 만연하는 부조리로)."

그리고 올려다본 중천을, 그 모두를 덮는 거대한 마법진이 나타나서 하늘을 고루 수놓은 별을 비추듯이 그 안에 무수한 마법진이 구축되었다.

"Dezzmoror pluviaincessanter(아찔하게 쏟아진다)."

천구를 채우는 마법진의 종류는 다중광역 전개형. 속성은 에테르를 본뜬 공기 속성. 계통은 카발라 수비술과 점성술을 양립시킨 현대 마술의 대명사라고도 하는 타 계통 복합 마술.

남은 단어는 하나라는 시점에서 스이메이는 뻔뻔스러운 웃음을 히죽 지으며 처형 집행을 선고한다.

"궁정 마도사. 전력으로 방어하라고?"

그 말에 페르메니아가 할 수 있는 저항은 없다. 그저 무작정 목숨을 아끼려고 방어 마법을 전개한다.

그리고——

"Enth astrarle(별하늘이여, 떨어져라)——"

결국 열쇠의 말을 고했다. 그 말을 시작으로 별하늘에 있는 모든 마법진에서 거꾸로 솟는 빛의 기둥. 마력과 아스트랄광이 섞여서 지향성(指向性)을 지닌 몇몇의 그것은 마치 유

성이 바로 위에서 넘치는 눈물로 떨어진 듯.

지상에 있는 모든 소리를 그 엄령 같은 굉음으로 날려버리고 범위 내의 모든 대지에 적의를 드러내는 모습은 장관인가 장려한가. 거대한 마물조차 일격에 없어질 듯한 광조가 무수한 마법진에서 세차게 쏟아진다.

바로 밑에 있는 모든 것은 당연히 그 파괴에 대항하는 기술을 지니지 않았다고 땅울림처럼 절규하고 자비 없는 빛 아래에서 부서졌다.

이것이 별하늘의 마술, 유성락.

행성의 힘인 아스트랄과 인간 안에 잠든 미지각인 힘의 자리—— 붓디. 그들과 뜻을 같이하는 파라켈수스가 남긴 엔스 아스트레일의 말과 함께 나타난 야카기 스이메이의 대마술 중 하나였다.

……이윽고 유성의 비는 잦아들었다. 그리고 남은 것은 마치 지금까지의 파괴 행위가 꿈인 듯이 본래의 평온한 백암의 정원과 검은 슈트를 걸친 야카기 스이메이, 순백의 로브가 너덜너덜한 천 조각으로 오인할 정도가 된 페르메니아의 모습이었다.

"세상에……."

그렇게 말하고는 털썩 주저앉아 움직이지 않는 페르메니아 곁으로 우아하게 가서 그 목덜미에 수은 검을 대는 스이메이.

"나의 승리다. 불만은 없겠지?"

승패를 묻자 떨리는 목소리가 돌아온다.

"괴, 괴물이야, 네놈은…… 그 실력으로 못 싸운다는 말을 지껄이다니……. 왜 마왕 토벌을 거부했지? 네놈이 나서면 마왕도……."

"쓰러뜨릴 수 있다고? 그거야말로 멍청한 얘기잖아. 알현실에서도 말했지만 싸움은 수로 말하는 거야. 그건 역사가 증명해. 아무리 강해도 압도적인 수에는 못 당하지. 이긴 예는 존재하지 않아. 아무리 싸우는 자의 실력이 좋대도 수의 폭력과 수많은 의지가 모인 감정의 물결 앞에는 인간 한 명 따위 하찮은 존재일 뿐이야."

그렇게 단언한 스이메이는 아직 부족했는지 입을 연다.

"너희 부탁을 듣고 싸워야 하는 게 나크샤트라라는 마왕뿐만이 아니잖아? 그 부하인 마족이라는 생물의 군단도 그래. 그 바코드 대머리는 노시아스라는 나라를 함락한 군세가 백만이었다지만 흔히 생각해서 예비 전력을 모으면 그런 규모는 아니겠지. 2배냐? 3배냐? 백만도 어이없는데 그런 수를 상대하라고? 아무리 소수 정예로 끝까지 파고드는 작전이라도 보통이 아닌 수와 대등하다는 보장은 없잖아? 어떻게 해도 쓰러뜨릴 수 없다고."

"네놈이야말로 무슨 말이지? 전투는 개인의 무용이 증명하는 전투의 장이다. 그 정도의 힘이 있으면 이기면 이겼지 절대 지지 않아."

"바보냐. 질과 양은 전력의 종류가 다르다는 말이야. 반드시 질이 곧 양은 아니겠지만."

"네놈 정도의…… 네놈 정도의 마법사가 그런 말을 해?"

"뭐? 내가? 그만둬, 난 그런 훌륭한 마술사가 아니야. 뭐 재능은 좀 있다고 들었지만 저쪽에서는 고작 중하에서 멈춘 마술사라고. ……뭐 그래, 분명 저쪽에서 위의 위인 가장 정상의 녀석이라면 코웃음 칠지도 모르겠지만. 이런 말은 여기서 하나도 관계없는 얘기다."

"…………."

페르메니아는 이번에야말로 할 말을 잃었다. 그 원인이 스이메이 일행이 있던 세계의 보통이 아닌 무시무시함에 대해서인지, 아니면 그렇게 웃으며 잡아뗄 수 있는 스이메이 본인에게인지 정확하지는 않지만 그래도 압도적인 차이에 더는 아무 말도 할 수 없게 된 사실은 분명했다.

"뭐 시작하기 전부터 알고는 있었지만 이세계 마술은 상당히 뒤떨어졌군. 솔직히 그렇게까지 즐겁지 않았어. 그쪽에게는 심한 표현일지 모르겠지만."

그렇다, 스이메이는 지금의 솔직한 느낌을 말했다. 자신이 모르는 신비를 보는 기쁨을, 마술사의 싸움으로 평가하는 그에게는 미지의 마술과 기교 끝에 고안한 마술이야말로 싸움에 필요한 것. 하지만 지금 싸움에는 그것이 하나도 없었다.

예상외로 놀랍고 감탄으로 사멸한 뻔했던 싸움.

그래서 이길만했으니 이겼다. 그에 뒤따르는 환희는 당연히 전무했다.

그리고 올 것이 온 것뿐이라는 듯이 페르메니아에게 이 싸움의 결과를 들이민다.

"자. 그럼 슬슬 무대의 마지막으로 가지, 마법사."

듣는 사람의 등골이 뼛속까지 시릴 정도로 목소리를 매섭게 바꾸어 간담을 서늘하게 한다. 눈빛은 영하로. 종막을 고한다.

무릎을 꿇고 일어서지도 않는 페르메니아에게 그것이 결정타가 되었는지 마치 홀로 세계의 종말을 맞이한 듯 얼굴이 새파래졌다.

"주, 죽일 거야……?"

"글쎄, 어쩌지? 넌 내가 이 결말을 어떤 형태로 잠재우겠다 생각해?"

"나, 난 궁정 마도사……."

"궁정 마도사라면 뭘 해도 된다고?"

그 이름인지 별칭인지. 어느 쪽을 입에 담고 전의를 유지하려 했는지 모를 덧없는 저항.

수은 검을 들이댄 스이메이 앞에서 그녀의 그 하찮은 발버둥은 약해졌다.

"아, 으……."

입에서 공포가 넘치는 페르메니아에게 지독한 말을 퍼붓는 스이메이.

"이제 와서 겁내면 안 되지, 이 얼간아. 난 네 요구에 응했을 뿐이야."

"시, 시끄러워! 네놈은 감히 국왕 폐하를······."

"왕이 어쨌는데?"

위압을 담은 그 물음이 페르메니아의 어세를 죽인다. 왜 거기서 그런 이름이 나오는가. 국왕 알마디아우스가 이 싸움과 무슨 관계가 있나.

"네놈은 국왕 폐하를······ 노리고······."

"뭐? 너 이 판국에 그런 변명이 나와? 내가 언제 그 사람 좋아 보이는 분을 노렸는데? 내가 왕을 노릴 이유는 요만큼도 없잖아?"

"뭐······? 아니 네놈은······."

"흥······ 어설픈 변명은 그만둬."

"──!!"

거리낌 없이 묵살된 말에 등에도 소름이 끼쳤나. 그리고 정신이 들었다며 콧방귀를 뀌고 들이대는 것은 이런 지독한 물음.

"마술사라는 자는 행동의 대가를 제 몸으로 속죄해야 한다. 그렇지 않나? 궁정 마도사."

결과에 대한 마음의 준비. 스이메이 세계의 마술사라면 그것은 당연히 지니고 있을 관념이지만 이세계 마법사로, 하물며 나이도 차지 않은 페르메니아에게는 아직 그 각오가 없다.

"부, 부탁이야! 그것만은 용서해줘!"

페르메니아는 제 긍지를 벗어던지고 스이메이에게 엎드린다. 살려달라고 눈감아달라고 더는 거역하지 않겠다고

211

얌전하게, 그러나 외양은 개의치 않고.

하지만 스이메이는 재미도 없다는 듯이 콧방귀를 끼고 심술궂게 묻는다.

"이봐, 넌 날 죽일 생각으로 가득했으면서 이제 와서 목숨을 구걸해?"

"아, 아니야! 난 원래 스이메이 님을 죽일 생각 따위 없었어! 그저 혼내주려고 했을 뿐……."

고개를 세차게 가로젓는 페르메니아에게 쏠리는 것은 파흥과 의심이 뒤섞인 시선. 목숨을 걸고 자리에 임하지는 않았다고 해도 이래서는 각오가 너무 없다. 상대를 때려눕힐 기개는 있지만 상대가 때려눕히는 최악은 고려하지 않았으니 이 추태는 그 대가이다.

귀족 아가씨였다는 말을 들은 기억이 있지만 좋든 나쁘든 그에 영향을 받은 성격일지도 모른다.

그리고 스이메이는 조금 전 발언의 진의를 묻는다.

"죽일 생각은 없었다는 게 진짜야?"

"진짜야! 아르주나 여신께 맹세코 거짓말이 아니야!"

"그 여신님의 존함이 너희한테 얼마나 무거운 이름인지는 모르지만 이세계의 일본인인 나와는 상관없는 일이지."

찰칵하고 날밑 없는 검을 고쳐 잡는 소리가 울린다. 페르메니아는 일본인이 아니기에 무엇을 나타내는 소리인지는 모르겠지만 본능적으로 생명의 거리가 줄어든 것을 깨달았는지 간청이 비통한 애원으로 바뀐다.

"부, 부탁이야! 난 아직 죽기 싫어! 죽기 싫다고······ 부탁이야 제발."

역시 너무 괴롭혔나. 이만큼 마음을 괴롭혔으면 슬슬 본론으로 들어가도 좋은 때이다.

그렇게 생각한 스이메이는 짓궂은 태도가 연기로 보이지 않게 더 따분하다는 듯이 말한다.

"······그럼, 그래. 살려주는 대신 내가 제시하는 조건을 받아들여야지."

"······조, 조건?"

"그래. 먼저 첫 번째는 오늘 여기서 일어난 일은 절대 아무한테도 『말하지 말 것』. 둘째는 내가 마술사라는 사실을 아무한테도 『말하지 말 것』. 특히 레이지와 미즈키에게. 알겠어?"

스이메이가 승낙을 재촉하자 전율로 애를 태운 페르메니아는 고개를 힘껏 가로젓는다.

"아, 아니, 잠깐만. 레이지 님과 미즈키 님은 몰라도 국왕 폐하께는 스이메이 님이 마법사라는 사실을 전했는데. 그럴 경우는 어떻게······."

"호오, 그거 의외군. 너 같은 자신감 과잉이 누군가에게 말했다니 놀랍네. 나 같은 건 상대할 거리도 안 된다고 언제든 처리할 수 있다며 패배했을 때의 보험조차 안 들었다고 생각했는데── 뭐 특별히 그 정도는 상관없어. 어차피 앞으로 넌 이 일에 대해서 상세히 말할 수 없으니까."

제시하는 조건을 처음부터 벗어난 위험을 회피해서 페르메니아가 휴우 하고 안도의 숨을 내쉰 것을 보고 스이메이는 최후의 가장 중요한 조건을 말한다.

"그리고 셋째. 네게는 이상의 조건을 바탕으로 이 서류에 사인을 받도록 하지."

그리고 스이메이는 허공에서 꺼내는 듯한 동작으로 종이 한 장과 펜을 왼손에 출현시킨다. 펜은 늘 그가 쓰는 것이고 종이에는 외국어로 무슨 약정이 길게 적혀 있다.

당연히 페르메니아는 모른다.

"뭐야, 이건?"

"뭐긴, 그냥 증명서지. 아까 한 말을 반드시 지키겠다는 문구가 적힌 계약 문서야. 이 정도면 서명해도 특별히 상관없겠지?"

"……알겠다. 서명하지."

페르메니아는 조금 의아하게 생각한 듯하지만 망설임도 바로 승낙한다. 의아한 생각은 들어도 무슨 일인지 명확하게 예상이 되는 것도 아니고 어차피 그녀에게 선택지는 없다.

증명서에 서명한 후 마지막에 피로 지장을 찍는다.

스이메이는 그것을 끝까지 지켜본 다음 하늘에 뜬 달처럼 속이 내다보이게 그녀에게 고한다.

"──그리고 잊어버렸는데, 여기에 사인한 이상 아까의 약속을 어겼을 때 넌 죽어."

"뭐, 뭐라고?"

"흥, 아마 나중에 국왕님에게라도 털어놓을 작정이었겠지만 그렇게는 안 될걸? 나도 얘기를 꼬이게 해서 더는 이상한 방향으로 끌고 가기 싫으니까."

"잠깐만, 아무리 그래도 이 정도로 그런 일이 가능할 리가——"

"신비를 다루는 마술사 앞에서 불가능하다는 말은 아무 가치도 없다."

역시 얕보지는 않았지만 의아하다는 얼굴로 물은 페르메니아에게 지금 이곳에서 가장 효과 있는 증명을 선보인다.

스이메이는 수은 검에서 손을 떼고 사인을 끝낸 증서를 마력이 점화된 손가락으로 찌른다. 그러자 페르메니아는 가슴을 누르며 괴로워하기 시작했다.

"말도 안 돼……, 윽, 으아아아아아앗?!"

"참고로 효과는 보시다시피. 심장을 뭉개버리는 감각이 꽤 참을 만하지?"

증서에서 손가락을 뗀다. 그러자 심장을 쥐어짜는 징계에서 해방된 페르메니아는 그것만으로 숨을 끊어질 듯이 변했는지 헐떡헐떡 힘없이 불평을 쏟는다.

"큭, 하…… 그런 말 못 들었어."

"들었든 말든 너한테 선택지는 없어. 내가 『말하지 마』라고 했잖아. 뭐 그렇게 어려운 일은 아니지. 그냥 조용히 있으면 그걸로 돼. 오늘 있던 일도 내가 마술사라는 것도 전부 잊어버린 척하면 네가 입을 피해는 없다. 마왕과 싸우러

가라는 얘기보다는 훨씬 양심적인 얘기지, 안 그래?"

그렇게 돌아보며 물었지만 대답은 없다.

그것을 의아하게 생각하며 고개를 숙인 페르메니아를 자세히 보니——

"아…… 으……으으…… 너무해, 너무하잖아…… 흐어, 흐어어엉……."

그런 긍지도 무엇도 사라진 소녀의 오열만이 들려왔다.

'아…… 내가 뭔가 좀 지나쳤나, 이거?'

아무래도 보기 좋게 꺾인 듯하다. 저쪽 마술사를 상대해서인지 적대하는 것에 가혹한 태도는 거의 필수라는 사고를 지닌 스이메이도 이 일에는 당혹감을 감추지 못한다.

마술의 레벨은 물론 정신적인 면에 관해서도 저쪽과 이쪽은 큰 차이가 있나 보다.

그렇다면, 과연 이 이상 몰아붙여도 괜찮은가. 처음에 그 정도는 고려했지만 이런 상황이다. 역시 그렇게까지 잔학한 성격이 아닌 스이메이는 조금 초조한 듯이 페르메니아에게 말한다.

"뭐, 뭐 이런 사정이니까 약속은 제대로 지켜라? 나도 쓸데없이 죽이는 건 마음이 괴롭다고."

아까보다 조금 어조가 부드러운 것은 동정이 앞섰기 때문인가. 설마 울 줄이야. 계속 오열을 토하며 듣는지 듣지 않는지 알 수 없는 페르메니아에게 초조한 듯이 그렇게 던지고 예정과는 조금 달라진 차질에 머리를 벅벅 긁는다.

"Renovatio. Redivivus(복원, 다시 재구성)…… 으차."

역시 입고 있는 것 정도는 고쳐줄까 하고 복원 마술을 거는 스이메이.

털썩 주저앉은 페르메니아 바로 밑에 마법진이 떠오르자 로브의 찢김이나 흐트러짐, 그을음 자국, 끝에는 오염까지도 싹 깨끗이 없어졌다.

그리고 더 이상은 할 일도 없으니 페르메니아를 남겨두고 정원을 뒤로한다.

결국 뒷수습은 했지만 눈감아준 모양이 되었다.

그런 결과를 뒤로하고 스이메이는 걸음을 옮긴다.

……마술사끼리의 싸움이란 결코 목숨 교환과 같은 의미는 아니다. 오히려 마술사가 마술사의 목숨을 빼앗는 일 자체가 드물다. 분명 자신의 공방에 함부로 들어간 자는 용서하지 않는 법이지만, 그 이외라면 마술사는 모두가 서로 존중하고 손을 맞잡아야 하는 동족이다.

작금의 마술은 과학에 눌려서 쇠퇴 내지는 발전에 제동을 받고 있다. 그 속에서 마술에 뜻을 둔 자의 존재는 귀중하다.

그러니 설령 행사하는 마술의 계통이 달라도 마술이라는 기술을 지상에서 근절시키지 않기 위해서 마술사는 마술사를 함부로 죽이지 않는 암묵의 룰이 존재한다. 그래서 아까와 같은 증서가 자주 이용된다.

죽이지 않은 대신에 더는 자신에게 해를 끼치지 않게 하기 위해.

그래서 일단 살린 채로 둔다. 마술사도 줄지 않는다. 현대에서 신비가 차지하는 비율은 변하지 않은 채인 것이다.

그 이외의 경우는 생략하지만 마술사의 결투는 서로 죽이기를 염두에 두지 않고 마술의 경쟁과 얼마만큼 신비에 통했냐는 것이다. 즉 마술의 정밀도, 강도, 술식의 복잡성이나 고도성, 이론, 특성을 서로 인정하는 일로 귀결한다.

그렇게 생각하면 이번 싸움은 어떤가. 무심코 탄성을 지르게 되는 마술은 없고 그렇다고 승리에 젖은 여운도 없다.

그러니 이런 감회만 떠오르는 것이다.

"정말 뒤떨어졌군……."

조금 전 페르메니아에게 한 그 말이, 지금 스이메이를 괴롭힌다.

앞으로 이 세계에서 생활해야만 하는 자신. 그 마음을 뛰게 할 신비가 이 세계에 있는지 어떤지 라는 사실이. 발상을 돕는 자극이 없다면 마술사는 화석이 된다. 그것은 과제를 추구하는 자신에게 방해가 될 수 있다.

그건 그렇다 치고——

'죽일 생각은 없었다는 말이지…….'

생각난 것은 조금 전 페르메니아가 한 말이다. 죽일 생각은 없었다고, 저런 위험한 골렘을 준비해두고 무슨 염치로 그런 말을 하는가.

그러나 스이메이는 그때 그녀가 거짓말하는 걸로 보이지는 않았다고 확신했다.

"……좀 조사해볼까."

페르메니아가 말한 "왕을 노린다"는 말도 곰곰이 생각하면 핑계 같지 않다. 그것이 착각이었다고 생각한다면 이제는 무엇이 있는가. 아직 다 걷히지 않은 암막의 낌새를 느끼고 스이메이는 그렇게 혼잣말한다.

페르메니아는 이제 움직일 수 없다. 다소 노림수는 있었지만 당초의 목적도 다했고 리스크도 적었다. 그렇다면 움직여보는 것도 괜찮을지 모른다.

그렇게 스이메이는 코트를 조용히 휘날리며 걸친 수트와 똑같은 색의 어둠 속으로 조용히 녹아들었다.

백악의 정원 사건으로부터 며칠 뒤에 아스텔 국왕 알마디아우스 루트 아스텔은 페르메니아 스팅레이를 알현실로 불러냈다.

소환의 이유는 물론, 용사 레이지의 마법 습득 상태에 대해서 스승인 그녀에게 직접 듣기 위해서였다.

왕은 다른 자들에게도 이야기를 들었지만 그 보고 내용이라 하면 '재능덩어리', '마법 천재', '세계 최고봉' 등 추상적인 칭찬뿐. 구체적인 부분이 희미한 것은 즉 마법 솜씨가 뛰어나서 잘 모르겠다고 말한 점이겠지만 내보내는 사람으로서 책임도 있으니 상세히 알고 싶었다.

그리고 용사의 스승이 된 페르메니아의 보고. 순백의 로브를 조용히 나부끼며 눈앞에 무릎을 꿇고 조심스레 용사 레이지와 미즈키 아노를 평가한다.

그녀가 말하기를 용사 레이지가 지닌 마법의 재능은 엄청나고 마력의 양도 성 궁정 마도사의 열 배 이상에다, 기술이나 마력의 세세한 제어는 아직 서투른 부분도 보이지만 마법에 대한 빠른 이해는 비정상이라고 해도 좋다는 것. 미즈키 아노도 레이지 정도는 아니지만 그에 준하는 힘을 지닌 듯하다.

마법의 이해력과 발상이 인간의 영역이 아니고 어떻게 이런 생각에 이르렀는지 생각할수록 왠지 두려운 것뿐. 그렇다면 영걸 소환의 가호가 없는 것이 아까울 정도라고.

"——이상입니다. 레이지 님과 미즈키 님의 마법 습득 속도는 눈이 휘둥그레질 만하고 장래에는 여러 국가의 대마술사와도 필적할 만한 마법사가 될 겁니다."

마지막으로 찬사를 더해 보고를 마친 페르메니아에게 갑자기 장난스럽게 묻는 국왕.

"그대의 마도를 넘겠는가?"

"레이지 님의 힘이라면 어쩌면."

"그렇군. 그럼 일단 안심이다. 레이지에게 그 정도로 마법의 재능이 있다면 내 걱정은 한낱 기우겠어."

"예. 저도 놀랐습니다. 마법을 시작한 지 겨우 2주인데도 이미 중급 마도사에 버금가는 실력을 지니게 되다니 용사로서 세계에 선택받은 일은 허울이 아닙니다. 한 사람의 마법사로 말씀드리자면 선망을 금할 수 없습니다."

조용히 그렇게 말한 페르메니아. 살짝 고개를 떨어뜨린 그녀의 얼굴은 약간 숙여서 그런지 분명하지 않지만, 그래도 부럽다고 정직하게 말했으니 질투가 겉으로 드러난 것이다. 무리도 아니다. 이야기를 들은 바로는 용사 레이지는 이제 비정상이라는 말로는 정리되지 않을 정도의 속도로 그녀에게 마법을 터득하고 있으니.

"확실히 그렇겠지. 하지만 그만큼의 힘이 없으면——"

"폐하의 말씀대로 마왕은 쓰러뜨릴 수 없겠지요."

"음."

의견 일치에 끄덕이는 국왕. 용사에 대해서 궁금한 점을 다 물은 그는 지금까지 힘써준 페르메니아에게 치하와 기대를 보낸다.

"궁정 마도사 페르메니아 스팅레이. 사정은 잘 알았다. 레이지의 출발까지 앞으로 사흘. 그때까지 그 힘을 최대한 다 하도록."

"분부 따르겠습니다. 그럼 전 이제……."

그리고 페르메니아는 국왕의 하명을 공손히 받아들여 절하고 물러나려고 했다.

그러나 이에 승낙의 목소리는 나오지 않았다. 국왕은 아직 볼일이 있다며 입을 열었다.

"——페르메니아. 따로 그대에게 묻고 싶은 말이 있는데 괜찮은가?"

"네? ——예, 무엇이든."

"그 소년, 레이지의 친구 스이메이에 대해서인데."

거기에서 국왕이 말한 이름은 용사 레이지의 친구 스이메이 야카기였다.

그렇다, 이전에 페르메니아의 보고 이후 국왕은 용사 레이지와 마찬가지로 스이메이를 걱정했다. 마법을 사용해서 성내를 산책하는 것도 그렇지만 그가 가장 염려한 점은 그것을 아는 페르메니아와의 충돌이다.

그 이야기가 있고부터 벌써 며칠.

무슨 변화가 있었는지 어떤지 물었지만…….

"스, 스이메이 님 말입니까……?"

뜻밖의 화제였다고 말하듯이 당혹감을 표정에 드러낸 페르메니아. 목소리가 조금 뒤집힌 느낌도 없지 않지만 그런 그녀에게 국왕은 스이메이의 일을 묻는다.

"그래. 그 뒤로 그 소년은 어떤 움직임을 보이는가? 그대도 감시는 계속하고 있겠지?"

"그, 그에 대해서는…… 그게."

"페르메니아?"

하지만 페르메니아는 웬일인지 시선을 마주치지 않고 말

하기 괴로운 듯이 우물거린다. 방금 용사의 이야기를 설명했을 때와는 다르게 통 갈피가 잡히지 않는다.

아무래도 낌새가 이상했다. 평소의 그녀라면 당당하고 늠름하게. 아직 신출내기면서도 어떤 상황과 어떤 상대라도 냉정한 태도를 잃지 않고 확실한 응대로 상대에게 임하지만 지금은 그것이 전혀 없다.

"아, 으⋯⋯."

"왜 그러지? 설마 무슨 일 있었나?"

"아니요, 그게 그⋯⋯."

재차 물어도 견디지 못하겠다는 듯이 몸을 살짝 움직이며 말을 얼버무릴 뿐. 이제 보니 살짝 땀마저 흘리는 그녀에게 다시 한 번 이번에는 엄격함을 담아 추궁한다.

"대답하라, 페르메니아. 입을 다물면 이야기가 진전되지 않겠지? 그때부터 있었던 일과 본 사실을 숨김없이 말하라."

하지만 페르메니아는 그 물음에 답하지 않고 바닥에 이마를 문지르듯 고개를 숙였다.

"폐, 폐하! 그것만은 제발, 부디 용서를!"

"말할 수 없다는 뜻인가?"

"⋯⋯예. 불충하게도 말씀하신 대로입니다."

"왜지?"

"그에 대해서도 제가 부덕한 까닭. 말씀드릴 수 없습니다⋯⋯."

"음……."

뜻을 반하는 태도의 연속에 국왕은 무심코 신음한다.

엎드린 채로 말하기를 고사하는 페르메니아. 그녀는 평소답지 않게 완고했다.

하지만 왜 그렇게까지 그 이후의 이야기를 그녀는 숨기고 싶어 하는가.

아니, 왜라고 할 수 없다. 안 된다고 들은 체면상 일을 저질렀다고 말하고 싶지 않으리라. 어설프게 말하면 알아차린다. 그리고 명령 위반으로 처벌도 있다고 당연히 생각된다.

즉 이 묵비는 그 처벌에 대한 자위인가. 그렇다면 이미 결정적이다.

"……나는 안 된다고 말했다, 페르메니아. 하지만 그 모습이라면 그대는 스이메이에게 뭔가 했겠구나. 아닌가?"

강항 어조로 묻자 페르메니아는 마치 천적에게 들킨 작은 동물처럼 어깨를 흠칫 떤다.

그 모습으로는 앞으로 닥칠 사태와 질책에 겁을 먹었는지. 총명한 그녀가 이렇게 될 줄 예상하지 못한 것은 의외이고 유감스러웠지만 아무리 떤다고 해도 책임은 책임.

우선 제대로 상황을 파악하고 그 뒤에 사태를 선고해야 한다.

그래서.

"말하라. 처벌 여부를 묻기 전에 그대에게 설명을 듣지 않으면 아무 소용도 없다."

"……부, 부탁드립니다, 폐하. 부디, 부디 용서를."

"그렇게까지 고집스러울 필요는 이제 없다. 그대가 내 명령에 반한 사실은 이미 예상이 간다. 단념하고 모든 것을 털어놓아라."

"폐, 폐하……."

"끈질기군, 페르메……?"

──이제 보니 항상 늠름한 그녀가 눈가에 눈물을 글썽인다.

과연 그녀의 우는 얼굴은 얼마 만인가. 그녀가 어렸을 때 처음으로 야회를 찾은 날 아버지 스팅레이 백작과 어머니인 백작 부인을 놓쳐서 우왕좌왕하던 때 이후가 아닌가.

상태가 이상하다.

"……왜 말하지 못하지?"

"…………."

페르메니아는 대답하지 않는다. 그저 고개를 떨어뜨린 채 숙이고 있을 뿐.

그리고 국왕 알마디아우스는 잠시 이 침묵 속에서 생각한다.

그녀는 왜 말하지 않는가. 말하기를 완강히 거부하는가.

그 답은 나오지 않았지만 곧 한 가지 계책을 떠올린 그는 질문을 바꾸기로 했다.

"──페르메니아여. 내가 지금부터 그대에게 질문하겠다."

"하지만 폐하."

"들어라, 페르메니아. 알겠는가? 내 질문이 맞으면 지금처럼 침묵으로 답하면 된다. 그렇지 않으면 고개를 저어라, 알겠나?"

유무를 따질 수 없는 명령에 페르메니아는 반론하지 않고 침묵을 지켰다.

그리고 그녀에게 생각한 것을 하나씩 묻는다.

"이 며칠 사이. 그대는 스이메이에게 무슨 행동을 일으켰나?"

"…………."

침묵. 적중이다. 그러나 아직 이것은 예상 범위 내.

"그럼 구두로 주의한 건가?"

이번에는 다르다고 페르메니아는 고개를 가로젓는다. 그렇다면.

"그렇다면 실력 행사였나?"

"…………."

적중이다. 그러나 실력 행사라고 해도 징계라면 위압하는 정도였으리라.

페르메니아도 그 정도는 판별했을 테고, 아마도 없었다고는 생각하지만…….

"그대는 그때 스이메이를 상처 입혔군."

상처 입혔다. 국왕은 표현이 조금 잘못되었나 생각했지만…….

하지만 페르메니아는 거기서 고개를 가로저었다. 그리고

227

또 하나 질문을 떠올린다.

"……잠깐, 그대는 그를 상처 입히려 했는가?"

"…………."

페르메니아의 침묵에 한동안 말을 잃었다. 여기에는 적잖은 놀라움이 있다. 이는 페르메니아가 문자 그대로 실력 행사를 한 일에 대해서는 아니다. 많든 적든 그를 혼내주려는 의지가 있었는데도 국내 마법사로는 최고위에 있는 궁정 마도사의 힘을 지니고도 스이메이를 상처 입힐 수 없었다는 사태에 대해서이다.

그것이 의미하는 바는 무엇인가.

그것은 오직 한 사람에게만 주어지는 영걸 소환의 가호에 벗어나서 아르주나 여신이나 엘리멘트로부터 강함을 보증받지 않은 마법사가 백염이라 불리는 그녀를 상처 없이 정벌했다는 것과 다름없지 않은가.

자신의 침 삼키는 소리를 들으며 결심하고 그녀에게 묻는다.

"……그러면 묻겠다. 페르메니아, 그대는 패했나?"

"…………."

침묵, 그러니 긍정. 더는 의심할 여지도 없다. 페르메니아는 혼자 명령을 어기고 스이메이와 겨루어 그 결과 무참한 패배를 당하고, 그래서.

"……그리고 그대는 그때 스이메이에게 무슨 약점을 잡혔다. 그래서 지금 그대는 내게 아무 말도 못 하게 되었다. 그런가?"

"…………."

……적중인가. 역시 페르메니아는 약점 때문에 입을 열지
못하고 있다.

약점을 쥔 본인의 눈이나 귀가 없는데도 스이메이의 결정
을 굳게 지키는 점에는 의문을 느꼈지만, 하지만.

페르메니아도 그리고 그녀를 쓰러뜨린 스이메이도 마도
의 심연에 있는 자이다. 조금 아는 정도밖에 마도의 소양이
없는 자신에게는 둘 사이에 오간 약정을 추측하기란 어려운
일이다.

"……흑흑. 폐, 폐하. 면목없습니다……. 명령 위반에 더
해서 제 처지의 가여움을 위한 불충. 저 페르메니아는 어떤
처벌도 달게 받으려 합, 합니다……."

"좋다. 이미 그대는 스이메이에게 벌을 받았겠지. 이 이
상은 망자에게 채찍질하는 일. 그대에게 줄 벌은 없다."

"폐하……."

제 잘못을 뉘우치며 눈물짓고 심하게 낙담하는 페르메니
아. 그녀가 이렇게까지 의기소침한 것은 그녀에게 스이메
이와의 싸움이 상당히 충격적이었기 때문이리라.

그러니 이제 벌은 다 받았다. 이렇게까지 초췌해진 사태
라면 그녀의 자만도 이제 이슬처럼 사라졌으리라.

우려가 하나 사라졌다. 그러나 낙관할 수도 없다. 대신 의
구심이 하나 부상했으니.

"……페르메니아여. 이 건은 이대로 둘 수는 없다. 난 이후에 스이메이를 알현실로 소환하려 생각한다."

"폐하, 스이메이 님을 불러 대체 뭘……?"

그렇게 곤혹스러운 기색으로 얼굴을 든 페르메니아에게 국왕은 당연한 일이라고 답한다.

"정해두지. 그대에게 듣지 못해서 스이메이에게 묻는 것이다. 게다가 소환 건이나 그대의 약점도 있다. 그런 자와의 불화는 없애야 한다."

"그, 그럴 수 없습니다, 폐하! 스이메이 님은 그런 미적지근한—— 아, *끄아아아아아아*?!"

이변이 일어난 것은 페르메니아가 안색을 바꾸며 이의를 제기한 순간이었다.

그녀가 갑자기 그 자리에서 절규를 입으로 내뿜고 가슴을 누르며 괴로워했다.

"——페르메니아?! 왜 그런가?! 페르메니아!"

갑작스러운 일에 국왕은 무심코 일어섰다. 그만큼 페르메니아의 고통스러운 모습은 심상치 않았다.

하지만 그 바닥을 뒹구는 고통은 그리 오래갈 만한 것이 아니었던 듯, 곧 비명도 잦아들고 페르메니아는 조금 전처럼 고개를 다시 떨어뜨렸다.

"하아, 하아…… 폐하 앞에서 이런 추태를, 면목…… 없."

"대체 어찌 된 거지? 혹시 무슨 병인가?"

"아니요……."

페르메니아의 부정하는 말. 하지만 그 괴로움은 아무것도 아닐 리 없다. 재기가 넘치는 미모에 구슬 같은 진땀을 띠고 혈색이 사라져서 망자처럼 창백하다.

당연히 원인으로 병이 떠오르지만 그녀가 병을 안고 있다는 말은 들은 적이 없다.

다시금 상황을 떠올린다. 방금 페르메니아는 가슴을 누르며 괴로워했다. 아마 심장의 통증일 것이다.

이야기 도중에 이쪽에 이의를 부르짖고 지금까지 말하지 않았던 스이메이의 일을 말하려고 했을 때이다.

조금 전 페르메니아는 제 처지의 가여움이라고 말했다.

이로 살피건대──

"혹 지금의 괴로움이 그대의 약점인가…….."

"………….."

"마법인가."

"………….."

페르메니아는 대답하지 않는다. 아니, 약점 탓에 대답하지 못할 것이다. 조금 숙인 얼굴에서 살짝 보이는 표정은 괴로운 소용돌이 속에 있는 듯. 마치 어리석은 자신을 책망하듯 얼굴을 후회로 구깃구깃 일그러뜨렸다.

이제 더 이상 그녀에게 물을 말은 없다.

그래서 말한다.

"알겠다. 페르메니아여. 내게 전부 맡기는 것이 좋겠다."

"폐하?"

"아까 말한 대로 스이메이를 이곳으로 부르겠다."

"하, 하지만!"

"괜찮다. 책임은 내가 모두 지지. 그대는——"

그리고 이후에 알마디아우스 국왕은 마법사에게 주술을 건 마술사에게로 심부름꾼을 보냈다.

페르메니아와 이야기를 마치고 밤도 깊은 무렵. 카멜리아의 알현실에서 국왕은 문이 열리는 소리를 들었다.

들어온 자는 스이메이 야카기. 용사 레이지의 친구이자 페르메니아가 말하기로 저쪽 세계의 마법사이다.

얼핏 평범하게만 보이는 소년은 문 앞에서 가볍게 인사하고 이쪽을 향해 느긋하게 걸어온다.

감도는 분위기는 처음 알현실로 찾아왔을 때와 아무런 변화가 없지만, 이전에 이곳에서 본 복장과 지금 그가 입은 옷은 달랐고 온통 검은색의 그 차림은 어딘지 세련됨을 느끼게 하는 일품이었다.

이런 자리는 그리 익숙하지 않아서인지 조금 어색하게 무릎 꿇은 스이메이.

"심부름꾼에게 듣고 찾아뵈었습니다."

"밤에 불러 미안하다. 처음에 예를 갖추게 해놓고 말하는 것도 뭐하지만 오늘은 나와 그대 두 사람뿐이다. 그리 어려워 말고 편히 있으라."

"…………."

"스이메이. 어찌 된 건가?"

"……예."

질문하니 조금 뒤 스이메이는 승낙의 뜻을 짧게 나타내고 얼굴을 든다.

그 표정은 아직 조금 딱딱하다.

그런 그에게 곧바로 본론으로 가지는 않고 그 용태에 관해서 물어본다.

"낯선 차림인데 그건 대체 어찌 된 건가?"

"네, 저쪽 세계에서 가져온 옷입니다. 들고 있던 손가방에 넣어둔, 이쪽으로 가져온 몇 안 되는 소지품입니다."

"용사와 같은 옷과는 또 다른 느낌이 있군."

"저쪽 세계에서는 정장으로 취급하는 의복 중 하나입니다. 이런 자리에는 딱 맞는 차림 같아서."

스이메이의 말을 듣고 다시 한 번 그의 옷으로 시선을 돌린다. 검은 옷에는 주름 하나도 없고 옷깃을 쥔 검을 본뜬 천이 안에 입은 백색과 밖에 입은 흑색이 어우러져서 이루 말할 수 없는 분위기를 자아냈다.

"으음. 잘 어울리는군."

"감사합니다."

스이메이는 그렇게 말하고 나서 무릎 꿇은 채로 무언가 능숙하게 옷깃을 바로잡고 소매 간격을 고쳐서 앉음새를 가

다듬는다. 그 동작으로 한순간 지금까지 있던 어색함이 사라진 느낌이 들었지만 그것도 잠시, 무엇을 생각했는지 갑자기 고개를 숙였다.

"늦었지만, 얼마 전에는 못난 모습을 보여 죄송합니다."

스이메이는 공손하게 사죄의 뜻을 표한다.

──그렇다, 이는 영걸 소환을 행한 날에 생긴 일의 사죄였다. 그날 스이메이는 돌아가지 못한다는 말을 자신에게 듣고 크게 이성을 잃었다. 이는 지극히 당연한 반응이리라.

들은 순간 갑자기 일어서서 웃기지 말라고 말도 안 된다고 돌려보낼 수 없으면 부르지 말라고. 이쪽에게는 가장 아픈 말을 던진 것이다. 그에 대해서 주위 사람들은 아주 불손한 태도라고 격앙했지만 사정이 사정이었다. 자신이 수습해서 그 자리는 정리했지만 설마 나중이 되어서 사죄를 받을 줄은 생각하지도 않았다.

"……아아, 아니, 으음. 괜찮다. 그대의 심정도 지당한 것. 일방적으로 그대들을 불러놓고 돌려보낼 수 없다고 했다. 그대가 사죄할 까닭은 전혀 없지. 그러니 고개를 들라."

"그럼……."

솔직하게 죄는 없다고 말하자 다시 얼굴을 드는 스이메이. 표정을 보니 그도 그 자리에서 소란 피운 일에 대해서 어느 쪽이 나쁜지는 관계없이 신경 쓰였나 보다. 표정에 멋쩍음을 띠고 있다.

그리고 지난번 일의 이야기를 끝내자 스이메이 쪽에서 이야기를 꺼냈다.

"저와 둘이서만 말하고 싶다고 하셨는데……."

"으음. 스이메이에게 꼭 물어볼 것이 있어서다."

"……하아."

들린 것은 난처한 목소리. 눈썹을 찌푸린 곤혹스러운 얼굴은 과연 진짜인가.

"페르메니아 일에 대해서 스이메이에게 묻고 싶은 말이 있다."

"페르메니아…… 양 말입니까? 분명 레이지와 미즈키에게 마법을 가르치는 분이라고 전해 들었는데 그분이 어째서?"

"아니, 그자가 전에 방을 나와서 성을 배회하는 그대를 보았다고 했다."

관련이 적은 상대라고 천연덕스럽게 말하는 스이메이에게 이전에 들은 이야기를 꺼냈다.

그러자 그는 약점이라도 들켰을 때처럼 난처한 듯한 쓴웃음을 보였다.

"아, 아하하……. 성안을 둘러보는 것은 자유라고 들어서 기분 전환하러 돌아다녔는데 뭐 잘못된 점이라도 있습니까?"

"으음. 그에 대해서는 아무 문제없다. 내가 그리 하명했으니. 물론 그 일로 그대에게 벌을 내리겠다는 말도 아니야."

"그럼 대체?"

"아니 그것이."

"……?"

스이메이의 얼굴은 당혹스러운 표정이다. 그러나 실제로 그 표정은 진의가 아니다. 페르메니아의 이름이 나왔다. 그런데도 아무 말도 하지 않는 것은 이쪽의 질문이 의미하는 바를 깨닫고 얼이 나간 것이다.

생각해보면 불렀을 때도 그렇다. 부름을 받은 시점에서 우려 정도는 했을 것이다. 자신이 스이메이라면 나름대로 준비도 하겠지. 구체적으로는 실력으로 위협. 이곳에는 페르메니아를 쓰러뜨린 마법사를 다루는 기술은 없다. 간단하지 않나.

하지만 이 마당에 이르러서도 그가 거기까지 하지 않는 것은 아마도 모른 척하면 원만히 끝난다는 사실을 자신에게 넌지시 암시하는 것이다.

잠자코 있으면 아무 일도 없으니 건드리지 말라고. 그렇게.

위험은 알고 있다. 하지만 그래도 자신은 뛰어들어야 한다.

"……그대는 페르메니아에게 대체 뭘 했는가?"

"뭘, 이라니 의미를 잘 모르겠습니다만."

"스이메이. 그대가 모를 리 없지 않은가? 솔직히──"

하고 말을 꺼낸 순간 알마디아우스의 등골은 섬뜩함으로 소름 끼쳤다.

과연 머리카락에 가려져서 묘연히 알 수 없는 그의 표정은 지금 어떤가. 앞머리 사이로 어른거리는 오른쪽의 진홍

빛이 말할 수 없는 공포를 몰아친다.

그리고.

"──실례지만 폐하. 그 뒤를 말해도 정말 괜찮을지?"

알마디아우스가 말을 잃는 것도 무리는 아니었다. 스이메
이는 이쪽의 목소리를 덮는 것처럼 지금까지와는 전혀 다른
날카로운 음성으로 그런 간언을 쏟았으니.

각오는 되었는지 시비를 묻는 경고에 잠시 말을 잊고 숨
을 멈춘다. 그러나──

"──스이메이. 나는 묻고 싶을 뿐이다."

그래도 다시 말하자 스이메이는 무릎을 펴고 천천히 일어
섰다.

그리고 팔을 뒤로 향해 흔드는 동시에 어디선가 나타난
코트가 바스락 소리를 내며 펄럭인다.

무엇을 했는지 전혀 몰랐지만 생각건대 아마도 스이메이
의 마법. 이곳 마법사는 술리를 모르는, 그가 다루는 마법
이리라.

이렇게 스이메이의 그 표정은 조금 전까지 모습이 조금도
남아있지 않았다.

상냥했던 눈매는 날카롭게 바뀌어 어둠을 머금은 듯한 심
홍으로. 지금까지 몇 번이나 목격한 마법사 특유의 오만함
이 배어 있다.

평소의 알현실이라면 불손하다고 말하는 자도 있겠지만 지금은 그런 말을 할 사람은 아무도 없다.

처음 보는 마법사 같은 태도에 시선이 팔려 있자 스이메이는 탄식하듯 말한다.

"——이런, 이런, 저 여자가 죽은 것 같진 않은데, 거기까지 알려졌을 줄이야."

"역시 그대가……."

"네, 그렇습니다. 처음 여기로 불렸을 때 저 여자에게 마술사라는 사실이 들킨 것 같아 뭔가 입막음할 기회를 엿본 결과가 뭐 이렇습니다만—— 저 여자가 말할 수 없는 지금, 어째서 국왕 폐하가 내가 뭘 했다는 사실을 알고 계시는지?"

"내가 저 사람에게 물었다. 말할 수 없다면 침묵하기만 해도 된다고."

일의 경위를 간결하게 말하자 스이메이는 수긍한 듯이 작게 아아 소리 낸다.

"과연. 그건 생각하지 못했습니다. 분명 저 여자에게 승인시킨 서약은 말하지 않으면 된다는 것뿐이었죠."

회상하듯이 온화한 목소리로 말하고 일변하더니 날카로운 시선이 날아든다.

"그런데 왜 날 여기로 불렀습니까? 난 저 여자의 목숨을 쥔 남자. 그걸 안다면 호위 한 명도 붙이지 않고 부른 점의 위험성은 금방 알 만하다고 생각합니다만."

그렇다. 알고 있다. 이 부름은 위험하다고.

위험하다고 알면서, 그런데도 아무런 대책도 없이 부른 것인가. 그의 물음도 당연하다. 그러나 자신에게도 그것이 불가능한 이유가 있다.

"──분명 우려는 있었다. 하지만 스이메이도 용사와 마찬가지로 내가 이 땅에 부른 손님이다. 그것은 무슨 일이 있어도 변하지 않는 내 잘못이기도 하지. 세계도, 그 세계의 이치도 다른 자에게 이쪽의 도리를 억지로 강요하려는 건."

그렇다. 그러니 적의를 보여서는 안 된다. 보인 순간 자신은 인자함의 탈을 쓴 짐승으로 전락할 테니. 그렇다면 정말 지나치게 이기적이다.

"…………"

"스이메이. 이런 알지도 못하는 곳으로 불러내서 부하의 잘못을 알면서도 간과하고 게다가 부탁이라니 우습지만 부디 말해줄 수 없겠는가."

"왜 그렇게까지 듣고 싶은 겁니까? 듣지 않아도 폐하에게는 아무 지장도 없잖습니까?"

"분명 그럴지도 모르지. 하지만 그 잘못을 알고도 모른척해서, 혹 그것으로 저 사람이 목숨을 잃는다면 심히 원통할 것이다."

"──저런 교만한 여자라도?"

"그렇다. 내 신하다. 그러니 내가 지켜야 하지."

그러자 스이메이는 한숨을 내쉬고 대답한다.

"말하지 않으면 생명이 걸린 문제는 아닙니다. 절대로 말입니다. 나도 쓸데없이 사람 목숨으로 장난치는 일은 하기 싫습니다. 이제 이 얘기는 끝내지요."

"아니, 아직이다."

"더 이상 할 말은 없다고 생각합니다만?"

의아한 얼굴로 질문이 들어왔다. 하지만 그럴 일은 없다. 사무적인 대화는 끝났더라도 아직 물어볼 말이 확실히 여기에 남아 있다.

"스이메이. 나는 그대에 대해서 아무것도 모른다. 불러낸 사람의 책임으로서 묻고 싶은 뿐이다. 그대가 도대체 누구인지, 앞으로 어찌하고 싶은지를. 터놓고 말하고 싶다. 가능한 감정의 응어리를 없애고 싶어."

그렇다, 그것은 거짓 없는 본심이었다.

분명 이 이야기도 페르메니아나 자신이 입을 닫으면 끝난다. 스이메이의 일을 아는 자는 자신과 그녀뿐. 그렇게 하면 예전 같은 나날이 돌아온다. 용사를 이세계로 불러서 용사를 마왕 토벌로 내보낸다는 일뿐인.

하지만 그래서는 불러낸 책임조차 내던지는 것은 아닌가. 불러놓고 무언가 난처한 일이 생겼다고 자신에 대한 연민으로 모든 것을 방치한다면 설령 말려든 당사자가 이 역경을 뒤집는 힘을 갖추고 있다고 해도 너무 제멋대로는 아닌가. 그가 어떻게 하고 싶은지를 모두 파악한 다음, 이쪽에서 가능한 일을 하는 것이 도리이다.

다만——

"……물론 억지로 물을 생각은 없다. 스이메이가 말하고 싶지 않은데 억지로 묻는 것도 이쪽의 이기심. 별 탈이 없다면 되었다. 말 그대로다. 어떤가."

옥좌에 앉은 채였지만 고개를 숙인다. 일국의 왕에게는 있을 수 없는 일이지만 스스로 제 긍지를 잃지 않기 위해서 보였다.

잠시 후에 고개를 들자 거기에는 경악하는 얼굴이 있다. 왜 그렇게 하는지 왜 그런 일까지 하는지 그렇게 깜짝 놀란 듯한 그런.

결국 무언가 체념한 듯이 한숨을 쉬는 스이메이.

"그건 본심과 다름없습니까?"

"그래, 틀림없이 내 거짓 없는 심정이다."

그렇게 확실히 말하자 갑자기 앉음새를 고치는 스이메이. 그리고——

"조금 전까지 불손한 말투에 대한 무례를 사죄하고 싶습니다. 폐하께서 묻고 싶은 말은 결사의 자리를 차지한 제가 답할 수 있는 범위에서 답하겠습니다."

——무릎을 꿇지도 않은 일은 누구나 무례하다고 나무랄 것이다. 하지만 그래도 조금 전부터 어딘지 오만했던 분위기는 감쪽같이 사라지고 말투도 왠지 모르게 바뀌었다. 아마도 이것이 진정한 그겠지.

용사 레이지 일행과 함께 있는 평소의 그도 아니고 적을 상대로 철저히 오만했던 조금 전의 그도 아니고 한 사람의 마법사인 스이메이 야카기.

그리고 이것이 그가 취한 최대의 예의.

속을 터놓고 승낙의 뜻을 보여준 그에게 묻는다.

"그대는 누군가."

"저쪽 세계에서 마술사로 불리는 신비의 탐구를 과제로 하는 학자 같은 존재입니다. 대강 마법사라 불러도 무방한 줄 압니다."

"마술사……."

들은 말을 국왕은 까닭 없이 입에 담았다.

지금까지 영걸 소환의 영향으로 마법사라고만 들렸던 말은 어쩐지 그렇게 새롭게 들렸다.

그는 스이메이의 입으로 정확히 말해서 근원처럼 들렸기 때문인가. 마법사와는 다른 것으로 지금 자신의 귀에 정확히 도착했다.

다시 묻는다.

"그대는 왜 그것을 숨기는가? 우리는 몰라도 용사와 미즈키에게까지."

"저쪽 세계가 이쪽 세계와는 달리 과학이라는 기술이 발달한 일은 레이지 일행에게 익히 들으셨는지도 모르지만, 저쪽은 마술이 세계 뒤편으로 내밀린 세계이고 마술사는 모든 세력에서 도태의 대상이 됐습니다. 그래서 표면상 마술사란 존재는 없습니다. 밖으로 나서면 세계의 흐름을 따르지 않는다고 다른 쪽에게 괴멸되고 끝입니다. 공공연하게 마술사라 이름 대지 않는 데는 그만한 이유가 있습니다."

말하고 난 스이메이는 "여기서 숨긴 것도 그런 이유로 신중을 기했습니다"라고 덧붙인다.

"그래서 용사와 미즈키는 모른다고. 페르메니아에게 정체가 들켰을 때도."

"네. 그때도 저 여자가 완전히 감지했다는 확신은 없었지만 알고 있는지, 알고 있다면 저 입을 어떻게 할지에 대한 것이 문제로 떠올랐습니다. 그래서 조사하는 한편 대책을 강구해서 유인하려고 불씨를 던지고 있었는데 무슨 위험한 오토마타를 설치해서는, ——뭐 저쪽은 대화에는 응하지 않겠다고 생각했습니다."

그 한 문장이 마음에 걸렸다.

"오토마타라고?"

"네. 잘 만들어진 중장 기병의 모습이었습니다. 습격당해서 술식째 부쉈습니다."

"마도사 슬람스의 골렘인가……."

스이메이를 습격한 골렘이라면 짚이는 바가 있다. 성내에 현존하는 골렘은 슬람스가 만든 것뿐이다. 당연히 자동으로 움직이는 인형이라 하면 그의 작품밖에 없다.

슬람스가 만든 골렘은 만듦새가 좋고 강력하다. 그것을 들고 나왔다고 하면 스이메이를 제거하려던 페르메니아의 강경함을 잘 알 수 있다.

그러나.

"하지만 이는 페르메니아에게도 할 말이지만 실력 행사가 조금 성급하지는 않았는가?"

역시 싸움으로 발전한 것은 이성적이지 않다고 생각했다. 아직 논의의 여지는 있었다고.

먼저 시작한 것은 페르메니아지만 쓴소리를 입에 담을 수밖에 없었다.

그에 스이메이는 아주 진지한 얼굴로 말한다.

"분명 살짝 우쭐했던 일에 대해서는 부정할 수 없습니다. 하지만 저도 마도의 길을 걷는 자. 마술사에게는 마술사의 방식이 있고 단순히 텐구(얼굴이 붉고 코가 큰 일본 요괴)를——아니, 자만한 자의 콧대를 꺾어 거친 행동에 대한 앙갚음을 하고 싶던 마음도 있습니다. 다음은 뭐, 억지로 이곳에 소환된 울분이 쌓이고 쌓인 제 분풀이랄까요."

마지막에 나이와 걸맞은 웃음을 보인 스이메이에게 한숨 쉰다.

"……짓궂은 녀석이군."

"마술사는 자칫하면 그런 존재겠지요. 이기적이고 제 목표에만 흥미 있는 생물입니다. 주변 일은 생각하지 않는 게 보통. 그를 간과했다고 말씀하신 폐하는 불평을 말할 처지가 아닌 줄 압니다만?"

"확실히."

그렇다, 자신은 페르메니아의 의도를 얕잡아 보고 간과한 책임이 있다. 스이메이에게 강하게 말할 처지는 아니었고 결과로 보자면 그의 대응은 이성적이었다고 할 수 있다.

마법을 자제 없이 사용하면 나쁜 짓은 헤아릴 수 없을 정도로 가능하고, 제 욕심을 채우려 했다면 그거야말로 자유롭게 가능했을 테니.

그런데도 그는 방에 틀어박혀 아무에게도 폐를 끼치지 않고 얌전히 있었다. 피해가 없는지 조사시켰을 때도 보물전, 집무실, 금고 등에 보관된 중요한 물건은 전혀 변함이 없었다.

그리고 페르메니아의 거친 행동에 대해서도 그 대응은 아직 자비가 있었다고 할 만하다. 저쪽 세계에서는 어떨지 모르지만 저런 타입의 골렘을 끌어들인 것은 이쪽에서는 살해당해도 불평할 수 없는 행동이다.

그러자 스이메이는 천천히 옆의 기둥으로 향한다. 설마. 그리고.

"……이상이다. 그건 분풀이의 연장선이니 너도 안심해 둬. 더 이상 내가 너한테 뭔가 주문을 걸 생각은 없어."

자신이 아닌 누군가에게 말하듯이, 아니 얼버무릴 것도 없다. 스이메이가 말한 내용의 대상은 페르메니아이다. 그리고 저 기둥 뒤에는 분명 그녀가 있다.

"…………."

페르메니아가 얼굴에 경악을 드러내고 기둥 뒤에서 나온다.

그에 대해서 스이메이는 시시한 것이라도 본 듯이 흘끗했을 뿐 다시 이쪽으로 돌아섰다.

스이메이에게 묻는다.

"……언제부터 알고 있었지?"

"반대로 묻겠는데 왜 내가 모른다고 생각하셨지?"

"…………."

확실히 그렇다. 스이메이는 페르메니아를 능가할 정도의 실력자. 눈치채지 못한다는 전제로 일을 진행하기보다 눈치챈다는 전제로 일을 진행했어야 했다.

그러나.

"스이메이. 이에 대해서는——"

"말씀하지 않아도 됩니다. 아까 둘뿐이라고 말씀했을 때는 뭐, 수상하게 생각했지만 소중한 신하로 그만큼 저 여자를 생각한다면 이해가 안 될 말도 아닙니다."

"미안하다."

솔직히 사과했다. 페르메니아를 대기시킨 것은 자위 때문이 아니라 단순히 그녀를 위해서였다.

스이메이는 페르메니아가 있으면 말하지 않는 일도 있을 것이고 동석하지 않으면 그는 그대로 페르메니아도 사정을 모른 채 끝나버린다. 그래서 숨게 했다.

결국 스이메이는 간파했으나, 사실을 말해주었다.

페르메니아가 파리한 얼굴로 스이메이의 이름을 부른다.

"스, 스이메이 님……."

"아무것도 안 한다고 했는데 창백해지면 안 되지. 진짜 겁쟁이구나, 넌. 너도 마술사라면 죽기 직전까지 태세를 갖추라고. 이 나라의 영예로운 궁정 마도사잖아?"

"아아아……."

돌아보지도 않는 스이메이의 그 신랄한 말에 눈가에 눈물을 글썽이며 입을 다문 페르메니아. 그 지나침에 그녀는 아무것도 대꾸할 수 없는지.

질문을 기다리는 스이메이에게 다시 묻는다.

"그대가 소환진을 조사한 건 역시……."

의지는 변하지 않는 것인가.

"전 돌아가고 싶다고 말했습니다. 제게는 저쪽에서 해야 할 일이 있습니다. 그리고──"

"그리고?"

"……전 만약 레이지 일행이 돌아가기를 원할 때 돌아가기 위한 그 길을 만들어야 합니다. 때문에 친구가 위험한 줄 알면서도 따라가지 않는 겁니다. 마술사로서 그 정도는 해야."

그의 마음속에 무심코 아아 감탄이 나온다.

물론 그 목적은 그 자신을 위한 것이다. 돌아가고 싶다고 그렇게 말했으니. 하지만 그들의 일도 생각하고 있다. 기회는 준비하자고 그렇게.

그리고 이에 한층 더 놀라운 것은──

"그대는 해석할 수 있나, 그것을."

"어느 정도 시간을 들이면 불가능하지는 않습니다."

"저, 정말인가……!"

아무도 풀지 못한다고 알려진 오버 테크놀로지인 영걸 소환 마법진을 해석할 수 있다고 말했다.

어느 시대부터 전해지는지도 잘 모르는 저 소환진. 조금도 틀리지 않고 그리면 마력을 통해 전달된 주문을 외는 것만으로 발동이 가능하지만, 구성된 술식이 심하게 난해해서 지금까지 아무도 그 소환진의 술리를 이해하지 못했다.

그것이 가능하다고 말한 소년은 그 자신도 예상하지 못했다는 어조로.

"강령술과 강신술을 공부한 덕이 이런 데서 나올 줄은 몰랐습니다. 정말 모를 일입니다."

그러나 거기까지 요행이라고 말한다면.

"하지만 그대가 그 정도로 레이지 일행에게 마음을 쓴다면 왜 그들에게 전부 말하려 하지 않는가? 특별히 알려진대도 용사라면……."

"폐하. 만일 그들이 제 신상을 알고 저쪽으로 돌아간다면 위험이 미칠 가능성이 있습니다."

틈을 두지 않고 스이메이는 말한다. 그들에게 신상을 알려주지 않는 이유를. 자신의 위험 이외에도 우려하는 일이 있다고.

"그건 마음속에 간직해두면 되지 않은가?"

"폐하. 이쪽 세계는 어떤지 모르겠지만 저쪽 세계에는 마굴이 있습니다."

"마굴이라고?"

"네. 저쪽 세계에는 설령 남의 입을 막는다고 해도 아는 것만으로 위험한 일은 얼마든지 있습니다. 상대의 기억을 캐묻는 마술이나 빼앗는 마술은 물론, 의식하지 못한 새 자신의 기억을 입 밖에 내는 마술. 마술이 관련되면 그야말로 일일이 셀 수 없을 정도로. 그런 데서 경솔하게 정체를 털어놓으면 그 위험에 얼마만큼의 대가를 치러야겠지요. 마술사라는 사실을 아는 것뿐인 자에게까지도 검을 들이대는 미치광이들도 저쪽에는 존재합니다."

"그대의 세계에 있는 마도는 그렇게까지 업보가 깊은가?"

"네."

단호히 끄덕이는 스이메이를 보고 생각한다.

진정 믿음이 간다면 솔직히 말하는 편이 올바른 선택이라고 생각했지만 그렇지도 않은가.

그만큼 저쪽 세계의 마도는 이쪽 세계의 마도보다 침투한 어둠도, 뒤따르는 어둠도 깊을 것이다. 외적이 많아 그 위기에 늘 시달리면서 결코 볕이 들지 않는 곳을 기꺼이 추구한다. 이 신중함도 무리는 아닐지도 모른다.

"그들이 돌아가고 싶다고 했을 때는 결국 말해야겠지만……지금까지 숨긴 마당에 정말 말하기 어려운 얘기입니다."

"그렇겠지."

그의 말처럼 송환 마법진을 보였을 때 그 설명을 해야 하고, 마법을 배우고 돌아간다면 저쪽 세계에서의 마음가짐도 필요하다. 이야기할 필요는 있다. 하지만 그의 심정을 짐작하면 간단히 말할 수 있는 것도 아니다.

이를 바탕으로 나오는 것은 안타까움이 섞인 말.

"……그렇다는 말은 역시 따라가지 않겠군."

"전에도 비슷한 말을 했지만 무모한 일은 하고 싶지 않습니다."

"페르메니아를 쓰러뜨린 그대라면 난 무모한 일은 아니라고 생각한다만? 게다가 스이메이라면 용사에게 힘이 되겠지?"

"그럴지도 모르지만 아무튼 필요 없는 일입니다."

"어째서 그렇게 말할 수 있나?"

"그때는 언쟁을 하기도 했지만 레이지는 결코 어리석은 남자가 아닙니다. 엉뚱한 일을 자주 하는 남자지만 깊이 생각하는 점이나 이때다 싶은 판단력과 신중함은 결코 잊지 않고, 게다가 지금은 용사로서 불려 왔기에 엄청난 힘을 지녔습니다. 그럼 제 이런 걱정은 그들이 밤을 걷다가 길가의 작은 돌에 걸려 넘어지지는 않을지 고민하는 것. 마왕 토벌이 꼭 가능하다고는 할 수 없지만 호락호락 죽으러 가는 일은 안 할 테지요."

"그런가."

신경 쓰지 않는다고 입가에 미소를 띠며 말한 스이메이. 그도 레이지 일행을 신뢰하는 것이다.

곧 태연하게 내뱉은 "가끔 뜨거운 맛을 봐야 한다고 생각하지만"이라는 말도 그들을 생각한 것이다. 결코 지독한 일을 당하면 좋겠다고 생각한 것은 아니다.

그런 스이메이를 향해 확인하듯 묻는다.

"거듭 묻겠지만 페르메니아에 대해서는."

"아까도 말씀드린 대로 얘기하지 않으면 아무 일도 없지만── 그렇군요. 이제 괜찮겠군요."

잘 알겠다는 얼굴로 스이메이는 한 장의 새하얀 종이를 꺼냈다. 첫눈처럼 아름다운 백이 빛나는 이외에는 특별할 것도 없는 종이라고 생각했지만 자세히 보니 겉면에는 문자와 피 인장 같은 것이 있다.

그리고 스이메이는 그것을 마치 찢으려는 듯이 양손을 댄다.

"스, 스이메이 님?! 자, 잠깐──"

순식간에 얼굴이 창백해진 페르메니아가 스이메이에게 제지의 외침을 퍼붓지만 그 목소리는 닿지 않았다.

가차 없이 종이를 찢는 소리. 페르메니아의 귀에 그것은 어떻게 닿았는가.

그녀가 어떤 감정에 휩쓸려 바닥에 무릎을 떨어뜨림과 동시에 몇 번이나 찢긴 종이, 그 흩어진 종잇조각이 알현실에 흩뿌려졌다.

종이를 찢어 전부 손안에서 떨어뜨린 스이메이.

그가 손가락을 튕기자 종잇조각은 모두 반짝이는 새빨간 불꽃에 먹혀 사라졌다.

"아…….."

"궁정 마도사. 이제 네게 걸린 제약은 사라졌다. 오늘 목숨을 무릅쓴 폐하께 죽을 때까지 감사해라?"

반쯤 멍해진 페르메니아를 무시하고 콧방귀를 뀐 스이메이에게 묻는다.

"괜찮겠나?"

"폐하는 저와의 갈등을 없애고 싶겠지요? 그럼 이것은 갈등이 두드러진 것. 폐하와 저 사이에는 필요 없습니다."

하고 말하고 다시.

"단, 레이지 일행에게는 말하지 말 것, 말하게 하지 말 것, 눈치챌 만한 행동을 하지 않기로 약속받고 싶습니다. 괜찮은지 물을 것까지도 없는 말이겠지만……."

"알겠다. 원하는 대로 하지."

스이메이의 말에 승낙을 표했다. 여기까지 양보했는데 이제 와서 거절할 이유는 없다.

그리고 또 하나, 차후를 위해 묻고 싶던 일을 질문한다.

"앞으로는 어쩔 텐가? 귀환의 실마리가 보일 때까지 왕궁에 있겠다면 상관없지만……."

그는 자신들이 이세계에서 무리하게 부른 손님이다. 그 책임은 사라지지 않는 사실. 이치를 따진다면 이대로 왕궁에 살게 해서 송환 마법진이 완성되기까지 그를 돌보는 것이 도리에 맞는 조치이다. 그는 스이메이 자신이 이곳에 있고 싶다고 생각해야 가능한 이야기이고 그 예외라면 물어봐야 하는 법.

그리고 스이메이는 그 물음에 대해서 고개를 내저었다.

"아니요, 레이지 일행이 성을 떠난 뒤에 저도 성을 나가려고 합니다."

"성을 나와 어쩌려고?"

"네페리아 제국에 가려고 합니다. 제국은 세 나라와 인접한 요충지. 다양한 정보나 제가 원하는 물자를 손에 넣는 데 최적의 장소는 아닐지."

스이메이의 생각에 국왕은 신음한다.

분명 네페리아 제국은 아스텔을 포함한 삼국을 오가기 위한 요충로이기도 하고 이곳보다도 유통이 발달했다. 아스텔과도 굳건한 동맹이 있어서 비교적 입국하기 쉽고 아스텔에서는 손에 넣기 어려운 물건이나 모든 방면의 정보를 원한다면 최적의 장소라 할 만하다.

솔직히 스이메이 정도의 실력자가 이 나라를 떠나기를 원하지는 않지만, 그렇다고 그의 행동을 제한하기란 불가능하고 그것을 강요한다고 좋은 일도 아니다.

"……그렇군. 그럼 뭔가 필요한 것이 있다면 말하라. 내가 할 수 있는 일은 아마 그대에게는 사소한 일이겠지만 가능한 한 들어주겠다."

지금부터 떠날 그를 위해서 지원의 뜻을 제시했다. 그러나 스이메이는 수긍하지 않았다.

"배려 감사합니다. 하지만 전 신경 쓰지 마시길."

"왜지? 이제부터 그대는 전혀 모르는 땅으로 내려간다.

어떤 지원은 필요하겠지?"

스이메이는 이세계의 인간이다. 이쪽 세계와는 지니고 있는 문화도 풍습도 다를 터. 그리고 의지할 연고도 없다. 그렇다면 무언가 도움이 필요해질 터였다.

"괜찮습니다. 전 앞으로 이 성의 생활을 견디지 못하고 이기적인 생각으로 뛰쳐나갈 몸. 그런 자를 관대히 배려할 것도 없습니다. 저보다도 폐하의 체면을 귀하게 여기십시오."

"하지만……."

"지난번 여기서의 소란과 방에 틀어박혀 있던 탓에 제 풍문도 상당히 나빠졌습니다. 그런 자의 이기적인 행동을 지원한다면 분명 그를 관대한 조치라 칭할 사람도 있겠지만 불평하는 사람 쪽이 태반이겠지요. 그건 폐하께 유리한 일은 아닙니다."

그에 대해서는 스이메이의 말 대로였다.

그가 성을 나온다면 지금까지 그의 표면상 행동으로 비추어 자신이 뭐라고 한들 그가 말한 대로 멋대로 뛰쳐나갔다는 소문이 돌 것이다. 의심할 여지가 없다. 그렇다면 거기에 지원 같은 말이 오가면 불만이 나오기 마련. 국왕은 왜 그렇게까지 아무것도 아닌 자에게 마음을 쓰는지 과한 신경이라고 나쁜 소문이 나돌고 만다.

"하지만 그래도, 라면?"

"그 배려는 감사합니다. 하지만 끈질기시군요."

"음……."

갑자기 나온 심한 표현에 말문이 막힌다. 스이메이는 완고했다. 상관없다고. 본인은 상관없다고 말할 수 있다고.

이는 근거 없는 자신감으로도 해석되는 발언이었지만 그를 뒷받침하는 기백이 지금 여기에 있다.

쏟아지는 검은 눈동자는 무엇을 응시하는가. 자신은 아닌 아직 먼, 더 먼 곤란을 목표로 도전하는 자의 눈빛.

감도는 풍격은 이 나이의 소년이 지닐 것으로는 도저히 생각되지 않는 중압. 그리고──

"……이 세상을 살 동안은 반드시 장해라는 벽이 가로막을 것. 그게 아무리 크고 아무리 높아도 그를 가볍게 넘어서지 못하는 자를 어찌 마술사라 하겠습니까. 저는 마술사 야카기 스이메이. 이 세상에 존재하는 신비라는 이름의 곤란에 맞서는 자입니다. 그러니 폐하, 다시 말씀드리겠습니다. 절 걱정해주시는 그 마음만으로 충분히 감사히 받겠습니다."

엄격하게 단언한 소년에게는 빈틈도 결점도 미진함도 없다. 그저 오로지 불가능을 타개하려고 추구하는 자만이 지닌 바위 같은 강함이 있다.

역시 별종이다. 이 소년은 **결코 영걸 소환에 휘말려서는 안 되는 종류의 인간이었다.**

새삼 침을 삼키고 지켜보자 스이메이는 갑자기 험악했던 표정을 풀고 자조하는 기색으로 말한다.

"……라고 폼 잡았지만 목숨이 아까워 전투에 나서지 않는 남자가 할 대사는 아니군요."

"그렇게 말한다면 그대에게만 국한된 말은 아니다. 마왕에 대한 공포로 떨며 무관한 사람에게 이 모두를 강요한 자들 대부분 그 가책에 시달려야겠지. 나도 포함해서……."

그렇다, 그 호언이 과분하다고 누가 말할 수 있나. 마왕 토벌에 가지 않는다고 트집을 잡을 자격이 있는 것은 마왕을 토벌하러 가는 자뿐. 목숨이 아까워서 안전한 장소에 있는 자가 할 말은 아닐뿐더러 스이메이는 그 몸 하나로 곤란과 맞서는 것이다. 누구도 그를 비난할 자격은 없다.

과연 불가능한 일을 추구하려 돌진하는 그런 소년에게 이 방해는 얼마만큼의 정체인가. 자신은 알 도리가 없지만 분명 그에게는 큰 타격이었겠지. 그때 그가 이곳에서 부르짖은 일이 마음이 아프다.

그렇다면 그렇게 느끼는 것은 그 정도로 자신이 그에게 공감하는가. 부모 자식만큼 나이 차가 있는데도 모를 일이다.

그런 신기한 감상에 젖어 있으니 스이메이가 천천히 입을 열었다.

"아직 뭔가 물어보실 말이?"

"그럼──"

그의 호의를 받아들여 이후로 몇 가지 질문을 던졌다. 그의 일, 레이지의 일, 미즈키의 일. 마술사 이야기를 막론하고 용사들과의 시시한 이야기까지.

★

　국왕이 스이메이와 이야기를 시작하고부터 얼마간 시간
이 지나 일단락되었을 무렵 갑자기 그가 말을 꺼냈다.

　"――잠시 제가 물어도 괜찮겠습니까?"

　"무슨 일이지?"

　국왕이 그렇게 묻자 스이메이는 시선을 돌리고.

　"아니요, 폐하가 아니라."

　"……? 저, 말입니까?"

　"그래. 너다. 분명 넌 그때 **날 죽일 생각은 없었다**고 대답
했지?"

　언제의 이야기인가. 국왕은 모르는 이야기였지만 페르메
니아는 아는 듯이.

　"아, 네에, 그건 사실입니다. 아르주나 여신께 맹세코."

　그렇게 페르메니아가 여신에게 맹세하자 스이메이도 두
번 확인하는 일은 없이 응하고 수긍하며 말한다.

　"그 말이 신경 쓰였거든. 그 뒤로 좀 조사해봤는데 좀 재
미있는 사실을 알았어."

　"재미있는 사실, 말입니까?"

　"그래. 너한테도 관계없는 얘기는 아니고―― 것보다 피
해자 같은 건데, 어때? 일원이 되어 보겠어?"

　그렇게 간계를 떠올린 악동처럼 웃음 지으며 스이메이는
철저히 조사한 내용의 경위를 말하기 시작했다.

제4장　목표하는 바를 위해서

——이날 카멜리아 왕궁의 그 대회랑에서 서두르는 자가 있었다.

좋은 품질의 로브를 차려입은 마술사 같은 남자. 그는 이전에 페르메니아에게 스이메이의 동향을 보고하러 온 궁정 마도사였다.

알현실에서 행한 긴급 소집 후에 그는 혼자 독실로 향하고 있다.

부러질 듯이 비쩍 마른 몸을 서두르는 그 남자의 발걸음은 경쾌하다. 그것은 마치 기대인지 혹은 억누를 수 없는 기쁨으로 들뜬 것이고 게다가 재촉받는 것이기도 했다.

"음……?"

그렇게 기분 좋게 돌아가는 중에 남자는 갑자기 시야 끝에 신경 쓰이는 것을 발견하고 대회랑 한가운데 멈추어 선다.

그리고 그곳으로 시선을 돌리자——

"……레이지 님, 미즈키. 지금입니다. 빨리."

남자의 귀에 들린 것은 들은 적이 있는 소녀의 목소리. 그에 이끌려 시선을 움직이니 보인 것은 연습장 끝, 그것도 벽 옆에서 주위를 신경 쓰며 용사와 그 친구인 소녀에게 살금살금 손짓하는 티타니아 공주의 모습이었다.

이런 곳에서 훈련도 안 하고 있다니 상당히 수상하다.

대체 어떻게 된 일인지 남자가 생각하는데, 티타니아가

258 이세계 마법은 뒤떨어졌다! 1

있는 곳에 뒤늦게 도착한 레이지가 그녀를 향해서.

"저, 정말 괜찮을까, 티아. 멋대로 성을 빠져나오면 안 되는 거…….."

티타니아에게 그렇게 정신없이 묻는 레이지. 남에게는 숨길 만한 그 겁먹은 거동에서는 평소에 기사 단장이나 궁정 마도사들을 상대하는 용감함이 전혀 보이지 않는다.

"괜찮아요, 레이지 님. 누구한테도 아무것도 알리지 않고 성을 빠져나가는 건 이게 처음이 아니니까요."

"아니 그런 걸 말하는 게 아니라."

"괜찮아요. 모두 제게 맡겨주세요. 분명 길을 떠나기 전에 즐거운 경험이 될 거예요. 스이메이 님이 못 오는 게 마음에 걸리지만……."

티타니아는 그렇게 말하고 아쉬운 듯이 눈을 내리뜬다.

아무래도 지금부터 몰래 밖으로 나갈 생각인가. 이세계에서 불려 오고부터 계속 성내에 머물러서 답답함을 느꼈을 용사 일행에 대한 공주의 상냥한 배려겠지.

하고 남자가 그렇게 추측하는 가운데 미즈키가 남자의 존재를 알아차리고 당황한 표정을 드러낸다.

"티, 티아, 잠깐……."

"왜 그래요, 미즈키? 그렇게 당황하고."

"저, 저기. 저기……."

미즈키의 호소에 티타니아는 바로 알아차리지 못했지만 그녀가 손가락으로 남자를 가리켜서 겨우 알아차렸다.

아뿔싸, 하며 천장을 올려다보는 미즈키 옆에서 시선을 과도하게 굴리는 티타니아.

"이건, 그……."

성 사람에게 들켜서 어떻게 해야 할지 동요하며 안절부절 못한다.

평소라면 여기서 간언 한마디라도 퍼부을 때지만── 다시 말하는데 지금 남자는 기분이 아주 좋았다.

그래서.

"근데 뭔가 들렸는데, 기분 탓일까요?"

세 사람에게 시선을 떼고 남자는 생각한다. 이번은 눈감아주자고. 그런 생각에서 나온 능청스러운 목소리에 세 사람은 순간 이해하지 못한 듯했지만 재빨리 헤아린 티타니아가 연극 무대로 올라온다.

"그, 그렇습니다. 이건 기분 탓이에요. 지금 이 연습장에는 아무도 없습니다."

"그렇군요. 훈련 예정이 없는 연습장에서 공주 전하나 용사님의 목소리가 들릴 리 없지. 제 기분 탓이겠지요."

그렇게 말하고 슬쩍 시선을 거두자 티타니아는 안심했는지 안도의 한숨을 쉬었다. 이는 레이지 일행도 마찬가지인가. 눈에 띄게 심했던 동요가 지금은 조용해졌다.

"그럼 늦기 전에 가요."

"으, 응, 그렇지. 가자, 레이지."

"고맙습니다."

레이지가 마지막으로 고개를 숙이고 세 사람은 연습장 끝의 벽을 강화 마법을 사용하며 넘어갔다.

그렇게 공주가 용사와 함께 넘어가는 모습은 마치 광대처럼 좀처럼 드물고 재미있었다.

"크, 크크── 이거 내가 웬일인지."

티타니아 일행의 허둥거림을 떠올리고 궁정 마도사인 남자는 무심코 숨죽인 웃음을 흘렸다. 좋은 일이 있어서인지 긴장이 풀리자 정말 감정을 억누를 수 없었다.

"후후후."

기분 좋은 채로 남자는 다시 발을 재촉한다.

영예로운 궁정 마도사가 이런 곳에서 아무 거리낌 없이 희열을 드러낼 수는 없다. 적어도 독실로 돌아가서 소리 질러야 한다고.

이윽고 남자는 도착한 곳에 있던 방으로 들어가서 문을 쾅 닫았다.

카멜리아에 자리한 늘 변함없는 그의 독실 겸 집무실. 정연하고 깔끔한 곳.

"근데……."

하지만 웬일인지 평소와는 달랐고 그가 지금까지 맡아본 적 없는 향이 방 안에 가득했다. 아마 메이드가 청소하고 새로운 향이라도 피웠겠지. 게다가 이것은 꽤 상질의 물건 같다.

"꽤나 좋은 취향이군……."

전혀 모르는 그 누군가의 조치로 남자의 좋은 기분이 더욱 박차를 가한다. 시간을 봐서 나중에 무언가 사례라도 하자.

──그나저나 이 향은 상당히 기분을 자극했다. 냄새를 맡으니 기세가 고조되어 마음이 편해질 정도로.

그래, 마치 지금의 기쁨이 몇 배로 부풀어 오르듯이.

"크, 크크……."

마성의 향에 떠밀리기도 했고 남자는 더는 솟구치는 감정을 다잡을 수 없었다. 창가에 선 순간 자제라는 이름의 둑이 무너지고 입에서 기쁨이 폭소가 되어 흘러나온다.

"흐, 흐, 흐하하하하하하하하하하하하!! 스팅레이 계집, 깨달았냐! 뭐가 백염이야! 계집이 마법 좀 잘 쓴다고 해서 우쭐하기는! 용사와 공주 전하 앞에서 날 바보 취급하니 이렇게 되는 거다! 하하하하하하하!!"

그렇다, 남자가 환희에 빠진 것은 아까 궁중 마도사만 대상으로 한 소집에서 페르메니아의 해임 소식이 있었기 때문이다. 전에 용사에게 마법을 가르칠 담당을 모집했을 때 그는 페르메니아에게 그 자리를 빼앗겨서 창피를 당한── 이것은 모두 남자가 제멋대로 품은 원한이지만, 그때 생긴 비열한 염원이 이루어졌기에 남자는 웃음을 멈출 수 없었다.

남자는 웃음으로 산소를 모두 뱉고 나서 숨을 들이쉬고는 다시 혼잣말을 잇는다.

"──흥. 근데 그 계집이 그렇게 간단히 속을 줄이야. 설마 그 패기 한 줌도 없는 용사의 친구에게 국왕 폐하를 해할 만한 기개 따위 있을 리가 없지. 간단한 마법과 한낱 감언에 넘어가서 내 예상대로 애송이에게 위해를 가할 줄은…… 그런 상황 판단도 제대로 못하는 계집에게 궁정 마도사 자리를 내주다니, 애초부터 너무 일렀어."

그렇다, 결과를 보면 분명 너무 일렀다고 말할 만하다. 그만큼 페르메니아는 단순했다. 그러니 알현실에서 그런 처단이 내려진 것이다.

……마왕 토벌에 가려 노력하지 않는 스이메이를 페르메니아가 독려하러 갔는데 그것이 지나쳐서 위해를 가하고 말았다고 국왕은 말했다. 그가 아는 진상으로는 페르메니아는 독려하러 간 것이 아니라 자신이 사용한 현혹 마법과 거짓에 속아서 아무 힘도 없는 소년을 주살하러 갔지만.

어쩐지 남자는 수다스러웠다. 마치 여기서 모든 진상을 말해야 한다고 강요당하듯이. 왜 이런 독백으로 열을 내고 있는지는 그 자신도 몰랐지만.

"후후. 그런데 징벌이 아니라 궁정 마도사를 해임할 줄이야. 난 살짝 본때를 보게 한 것만으로 좋았지만 국왕도 엄격히 처단하셨다. 스팅레이 계집을 총애한 만큼 분노도 한층 심했나."

그래도 남자는 혼잣말을 계속했다.

어째서인지 의문스럽게는 생각했지만 지금 솟구치는 기쁨에 비하면 그것은 사소한 일이고 아무래도 좋았기 때문이다. 그래서.

"그나저나 알현실에서 그 녀석 얼굴은 말할 것도 없었어! 국왕 폐하가 궁정 마도사 모두 앞에서 해임을 명했을 때 그 녀석의 실의에 잠긴 얼굴로 말하자면——"

"얼굴로 말하자면?"

"그건 뭐 통쾌함의 극치다!"

"하하하, 극치라. 확실히 좀 우쭐대긴 했지, 녀석은."

"그래! 아니 그놈은 조금은커녕 지나쳤을 정도다. 근데 지금은 그것도…… 큭, 하하하하하!"

"어이쿠, 상당히 즐겁나 보군."

"당연하지! 이게 재미없으면 뭐가 재미있겠어?! 저 시건방지고 제 처지도 분간하지 못하는 스팅레이 계집을 궁정 마도사 자리에서 떨어뜨렸다고! 알겠어? 내 이 기쁨…… 응?"

기쁨이 무엇보다도 컸다. 그래서 이런 식으로 마치 스스럼없이 말하듯이 미끄러져 들어온 목소리와 대화를 이어갔다.

그리고 남자는 겨우 이 기묘함을 깨닫고 멍하니 뒤를 돌아본다.

——이렇게 뒤돌아본 그 뒤, 집무실에 놓인 소파에는 처음 보는 검은 옷을 입은 한 남자가 앉아 있다.

그리고 그 남자는 발을 다시 꼬고 입가에는 남자를 비웃는 듯한 냉소를 띠며 묻는다.

"응? 다음은 어쨌지? 아직 말하고 싶은 게 있잖아? 안 그래?"

스스럼없이 마치 이야기의 뒤를 기대하는 아이를 악랄한 것으로 바꿔두기라도 한 것처럼 그렇게.

하지만 그 질문의 의도는 진정 악마 같은 의지의 표현이었다.

곧 창문으로 들어오는 흰빛이 남자가 쓴 어둠을 걷어낸다.

"네, 네놈, 은······?"

"이봐, 사양하지 말라고 마법사. 아니── 궁정 마도사 **시바스 크라운.**"

그렇다, 그 남자인즉.

"스, 스이메이 야카기······?"

퍼뜩 떠오른 그 이름을 공연히 입에 담고 떨리는 손가락을 뻗는 남자── 시바스 크라운에게 스이메이는 일어서서 배우처럼 고상한 인사를 선보인다.

"아아. 처음 뵙는군요. 이렇게 얼굴을 마주하고 얘기하는 건 처음이야."

"뭐······ 뭐야, 넌? 언제부터 거기 있었지······? 아니, 어떻게 들어왔어."

"어떻게라니, 난 평범하게 문을 열고 들어왔고 언제부터냐면 네가 방에 들어오기 조금 전인가? 그래, 아마 그쯤일 거야."

반은 아무렇게 던진 대답에 시바스는 자신이 방에 들어왔을 때를 떠올린다.

그렇다, 발걸음도 가볍게 문을 연 그때를. 계속 앞만 보고 있어서 방 안을 자세히 확인하지는 않았지만 그 시야에 소파는 확실히 들어왔을 터.

그렇다, 결국 아무리 생각해도 시바스는 짐작 가는 점이 하나도 없었다.

"말도 안 돼, 내가 방에 들어왔을 때는 아무도…….”

"없었다고? 분명 그렇게 생각했겠지. 너한테는 내가 안 보이도록 느끼게 하는 마술을 이 방 자체에 걸어뒀으니까. 그러니 눈치챌 리가 없지.”

"뭐…… 마, 마술이라고? 설마 네놈이 마법을…….”

"그래, 쓸 수 있어. 이래 봬도 일단은 마술사니까. 저기——”

——약초 마법이 잘 먹혀들었지?

스이메이는 그렇게 자신이 연출한 희극의 완성도에 입가를 차갑게 끌어올리듯 미소 짓고 시바스가 이유도 없이 수다스러워진 속임수에 대해서 말한다.

——약초 마법. 예전에는 샤먼이, 중세 및 근대에서는 마녀가 다룬 그것은, 향초가 안에 숨겨진 신비를 이용한 마녀술로 분류되는 주술적 마술이다.

향초의 향을 마술에 이용하거나 또는 향초 자체를 부적으

로 간주하여 신비로 치고 있지만 이번에는 전자를 이용한 스이메이. 시바스를 계략에 빠뜨리기 위한 작은 덫이었다.

그리고 연기가 들어간 인사를 하며 일어선 그대로 스이메이는 벽 쪽을 향해 걸어간다. 남의 방에서 제멋대로 행동하고 활보하는 그에게 시바스는 전에 들은 이야기를 떠올리고.

"마, 마법사라고?! 아, 아니 용사님의 세계에는 마법이 없다고."

"그렇지, 그들이 알고 있는 세계에서는 그렇겠지."

"용사님이 알고 있는 세계, 라고?"

"그래. 뭐 그건 네가 알 바 아니다."

캄캄한 어둠을 기어 다니는 듯한 전율에 시바스는 등이 오싹해진다.

이것은 무슨 일인가 하고.

용사는 마법의 존재를 몰랐고 알면서 쓰지 않는 척하는 기색은 없었다. 세상과 아르주나 여신에게 용사라는 선정을 받고 영웅이라 불리는 운명을 진 남자가 말이다. 그렇다면 그 재기 넘치는 용사는 마법을 전혀 모르고 이런 어디에나 있을 법한 소년이 마법에 정통할 리가……

──아니, 그래서 페르메니아는 스이메이가 국왕을 해친다는 말을 쉽게 믿는 것은 아닌가?

스이메이가 마법사라고 알고 있었으니.

"_____"

시바스의 볼에 차가운 땀이 흐르며 떨어진다. 그런 이야기가 있겠냐고. 이런 예상 밖의 일이 있어서 되겠냐고.

시바스의 동요를 한참 만끽하던 스이메이는 벽에 기대어 싸늘하게 말을 내뱉는다.

"아무튼 고마워. 대부분의 일은 이미 조사하던 시점에서 거의 알았지만 덕분에 일의 진상은 이걸로 다 파악했다. 난 감쪽같이 네 분풀이에 이용당한 거지. ——아아, 참고로 이제 와서 시치미를 떼도 안 통한다? 대략적인 주모자에 대해서는 국왕 폐하도 이미 파악이 끝났다."

"그, 그건."

하고 머뭇거리는 시바스에게 스이메이는 가차 없이 말을 들이민다.

"그렇지, 스팅레이가 준비한 오토마타에 잔재주를 부린 것도 너지?"

"무, 무슨 말인지——"

"시치미 떼도 안 통한다고 말했을 텐데? 그걸 만든 건 네 스승님이고 골렘 조작은 네 특기 분야잖아? 잔꾀 따위 별거 아니잖아?"

"으……."

어디에서 알아냈는지 막힘없이 부드럽게 아픈 곳을 찌르는 스이메이에게 시바스는 반박하지 못했다.

그러자 스이메이는 어깨를 으쓱하며 말한다.

"이거야 원, 갑자기 죽이러 오다니, 그것도 꾸준히 골치 아픈 괴롭힘이었지. 뭐, 가장 골치 아픈 건 네 비열한 원한으로 피해자가 생긴 건데—— 응? 넌 할 말 없어?"

"……날 어쩔 생각이지?"

"난 아무것도. 그건 이 일로 가장 피해를 본 녀석이 할 일이지. 안 그런가? 그렇지?"

시바스가 경계하면서 묻는데 웬일인지 스이메이는 다른 쪽을 향해서 질문했다.

"대체 어디를 보고——"

묻고 있는가. 시바스가 그렇게 입에 담기도 전에 스이메이가 향한 쪽에 있는 것. 집무실 문이 열렸다. 그리고 그 문 앞에 있는 모습은 누구일지.

"흐엑, 페르메니아 스팅레이?!"

문 앞에는 그렇다, 시바스가 심히 사사로운 원한으로 계략에 빠뜨리려 했던 젊은 궁정 마도사 페르메니아 스팅레이가 서 있다.

보는 남자들을 사로잡고 세상 여자들마저 매료하는 차가운 그녀의 그 미모는 남자에 대한 분노로 뒤틀리고 그 입에서는 노여움을 품은 목소리가 넘친다.

"……설마 네놈의 계략이었다니."

페르메니아의 입에서 뿜어져 나온 독살스러운 말을 듣고 시바스는 지금 다시 스이메이 쪽을 돌아본다.

그곳에는 당연히 비웃는 소년의 모습이 있고.

"——특별 게스트다. 상당히 멋진 전개지?"

"이 자식……!"

시바스는 스이메이를 사살할 듯이 쳐다보지만 그것은 페르메니아에게 가로막혔다.

"가만있는 게 좋을 거다! 한심한 질투심으로 남을 계략에 빠뜨리려는 네놈에게 궁정 마도사의 칭호는 어울리지 않아! 국왕 폐하 앞에서 네놈의 계략을 모두 불어주지!"

"큭!"

용맹하게 말한 페르메니아는 그대로 시바스에게 덤벼들려 하는데 그는 그렇게는 못한다며 책상을 뛰어넘어 출구를 향해 달려 나간다.

"비켜!"

"꺅?!"

문 앞에서 가로막고 선 모양이 된 페르메니아는 시바스의 저항을 예상하지 못했는지 몸의 충돌을 피하는 것이 고작.

그녀가 알아챘을 때는 그는 이미 복도를 달리고 있었다.

"어? 아?"

무슨 일이 벌어졌는지 주위를 둘러보는 페르메니아에게 스이메이는 머리를 싸매며 지적한다.

"……이봐, 뭘 하는 거야. 도망쳤잖아?"

"죄, 죄송합니다. 너무 갑작스러워서……."

"갑작스럽다니 너 마법사잖아? 마법은 어쨌어?"

"아……."

"저기 말이야……."

페르메니아의 얼빠진 목소리에 한숨이 나오는 스이메이.

271

이런 곳에서 얼빠진 모습을 발휘하다니 기가 막혀서 말도 나오지 않는 스이메이였지만 그래도 바로 생각을 고쳐먹고 움직이기 시작한다.

"뭐 됐어, 쫓아가자."

"네."

그리고 동의와 함께 추적하는 페르메니아와 시바스의 행방을 쫓아간다.

가벼워 보이는 몸 때문에 빨리 달렸는지. 시야에는 이미 없지만 기척까지는 숨길 수 없다.

그런데 갑자기 옆에 있는 페르메니아가 평소와 다른 온순한 태도로 말을 꺼냈다.

"저기⋯⋯."

"왜 그래?"

"죄송합니다, 스이메이 님. 속았다고는 하지만 당신에게는 정말 폐를 끼쳐서⋯⋯. 지금까지의 많은 결례를 사죄하고 싶어요."

"응? 아아, 별로 신경 쓸 거 없어. 그건 싸움으로 정해졌고 원인을 밝히자면 뒤에서 몰래 행동한 나도 미안하지. 그걸 꾸짖으려고 했던 너한테 잘못은 없어⋯⋯ 뭐 그래, 속였다고 하면 나도 마찬가지야. 그 남자에게 보기 좋게 속았으니까."

"그래도⋯⋯."

하고 스이메이가 괜찮다고 말해도 또 물고 늘어지려는 것

은 심성이 정직해서인가. 그런 페르메니아에게 스이메이는
아주 진지한 얼굴로 말한다.

"미안했다. 너한테는 여러 가지로 심하게 굴었어."

"아, 아니요! 스, 스이메이 님이 사과하실 일은 없습니다!
제 이기적인 폭주를 용서하고 이렇게 일부러 배후를 죽일
기회까지 주셨습니다. 더 사과하시면 전 면목이 없어요."

"…………."

페르메니아의 과도한 저자세 태도에 뭔가 의외의 것이라
도 본 듯이 바라보는 스이메이. 당혹감으로도 보일 그의 표
정에 페르메니아는 이상한 듯이 묻는다.

"……왜 그러신지?"

"아니, 난 너에 대해 꽤 오해했나 봐."

"오해…… 말입니까?"

"아니, 내가 미안했다. 진짜."

"……?"

다시 사과한 스이메이는 이상해하는 얼굴의 페르메니아
를 보고 생각한다. 설마 이런 인간이었다니. 원래 나쁜 녀
석이라고는 생각하지 않았지만 이런 소녀였다면 설령 입막
음을 위해서라고 해도 그 처사는 상당히 미안하기도 했고
다시 생각하니 분풀이가 과했는지도 모른다.

그에 대해서는 다음 기회에 사과하기로 하고 일단 스이메
이는 시바스의 기척에 신경을 쏟는다.

"──그나저나 그 남자는 대체 어디로 갔지?"

"아마 이 경로로 가면 북동일 거예요."

"……거기라면 막다른 곳이 아니었나?"

스이메이는 북동의 구조를 떠올리면서 확인하려 묻자 페르메니아는 끄덕인다.

"네, 출구는 없습니다. 있다고 하면."

"우리가 소환된 방인가……, 아휴."

어쩐지 뜻밖인 그리 좋지 않은 예감. 거기에 맥이 빠지며 스이메이는 중얼거렸다.

이윽고 시바스가 들어왔을 의식의 방에 도착한 두 사람은 마주칠 얼굴을 경계하며 방 안으로 뛰어든다. 그리고 소환진 중심에 웅크리고 앉은 그에게 페르메니아가 고한다.

"이제 도망칠 곳은 없다고?! 포기해!"

"…………."

그러나 시바스는 잠자코 말이 없다. 페르메니아의 말에 아무 반응도 보이지 않는다. 그렇게 잠잠한 채인 그를 스이메이가 차갑게 바라보며 묻는다.

"이봐 너, 왜 이런 데로 도망쳤지?"

"후, 후후후……."

"뭐가 웃겨!"

시바스의 자조에 이번에는 페르메니아가 고함쳤다. 하지

만 그는 그것을 터럭만큼도 신경 쓰지 않고 오히려 그 씩씩 거리는 모습이 우습다는 듯 내뱉는다.

"순진…… 순진하군, 스팅레이. 설마 내가 아무 대책도 없이 이 방으로 도망쳐 들어왔다고 생각하나?"

"뭐라고?"

"크크크, 나도 궁정 마도사다! 이런 사태를 맞았을 때의 타개책은 있어! 보라고!"

그렇게 말하고 시바스는 소환진을 기동시켰다. 그의 작은 중얼거림으로 발밑의 소환진이 암색으로 빛나기 시작했고 아득한 진보랏빛이 돌로 둘러싸인 방의 요철을 떠오르게 했다.

그런 시바스의 만행에 페르메니아는 갑자기 초조함을 내비치고.

"뭐, 뭐하는 거야?! 그건 이세계에서 용사를 불러내는 소환진이라고?!"

"맞아! 그런데 이계에서 사물을 불러내는 것은, 즉 손을 보면 용사 이외의 존재도 불러낼 수 있다!"

"뭐, 그럼 뭘……."

불러내려는 것인가. 페르메니아는 그렇게 물은 것인가. 아니, 이제 여기까지 와서 새삼스레 말할 필요도 없다.

"그건 당연히 네놈들 같은 자를 소거하려는 거지!"

"제 안위만 생각하다니! 본색을 드러냈구나!"

"말 많은 계집이군! 마법 좀 잘 쓰는 정도인 주제에 우쭐해서는. 그나저나 용사를 소환하는 영예를 나한테 빼앗아고, 하필이면 많은 사람 앞에서 날 우롱하다니! 이 굴욕을 죽어서 속죄해라!"

"시끄러! 난 명리에 눈먼 속물이……."

시바스가 감추어둔 저열한 속마음의 토로에 분한 듯이 내뱉은 페르메니아. 경멸로 얼굴이 일그러진 그녀에게 스이메이가 질문처럼 말한다.

"……뭐야. 저건 너만 쓸 수 있는 게 아니었나."

"네? 아, 네. 용사 소환을 위임받는 마법사에게 무슨 일이 생겼을 때를 위해서 만일을 대비해서 궁정 마도사 전원이 소환술을 쓸 수 있도록 준비해두라고 구세교회와 마법사 길드에서 전갈이 있었습니다. 아니, 그것보다도 놈의 소환을 멈춰야——"

하고 그때 앞으로 나서 마법을 행사하려는 페르메니아의 어깨를 스이메이가 붙잡는다.

"기다려."

"왜?! 왜 멈추는 겁니까, 스이메이 님?!"

멈춘 이유가 이해되지 않는다며 따지려 드는 페르메니아에게 스이메이는 당연하다는 듯 이유를 아는 얼굴로 말한다.

"멈춰. 이 상황에서는 당연하다."

"뭐가 당연합니까?! 저건 원래의 술식을 변화시킨 소환술! 무슨 일이 벌어질지 모른다고요?!"

그렇다, 시바스가 지금 사용한 소환술은 소환진을 손본

후에 행한 것이다. 정식 수법에 준하지 않았기에 안전성은 없는 것과 마찬가지이고 게다가 소환진은 가동하고 있다. 마력광으로 채워진 힘도 시시각각 강해져서 이제 어느 정도의 유예도 없다.

그 사실에 조급해져서 거의 비명에 가까운 호소를 내뱉은 페르메니아. 절박한 형상은 무리도 아니지만 스이메이는 팔짱을 끼고 조금 곤란한 듯이 얼굴을 찡그렸다.

"아니, 멈출 수 없어. 아까부터 **탁탁**거리는데, 저 소환진은 꽤 좋은 방어 술식으로 짜인 것 같아. 상대편의 접근에 대한 보호는 없지만 이쪽을 방해하는 정도에 관해서는 완벽해."

그렇다, 반응이 신통치 않았다. 스이메이도 보이지 않는 곳에서 소환을 저지할 대책을 강구했지만 결국 멈추지는 못했다.

"뭐…… 스이메이 님도 말입니까?!"

"뭐, 나도 한마디 넣고 싶지만 가령 저걸 멈춘다고 해도 말이지. 지금 저걸 무리하게 멈추면 분명 엄청난 일이 된다니까?"

"네……?"

페르메니아는 스이메이의 그런 경고를 듣고 불온한 예감에 사로잡힌다.

엄청나다고 그렇게 듣는 것도 흔치 않은 말이지만 그녀에게 그 사실을 말한 사람이 스이메이라면 이야기는 달라진다.

그녀와 그와의 '엄청난' 차이는 무서울 만큼 벌어져 있으니.

그리고 스이메이는 빛의 기둥이 세워지고 외계에서 분리하기 시작한 소환진을 응시하며 설명한다.

"저건 우리를, 다른 세계의 인간을 불러내려고 만들어진 소환진을 이용한 이른바 폭주 소환이다. 그렇게 생각하면 외부 세계나 혹은 차원을 뛰어넘는 소환이 된다. 그래서 저렇게 됐지. 소환에는 구멍을 비집어 열었을 때 생기는 반발력이 나오는데, 지금 저 소환을 정해진 방법을 쓰지 않고 강제로 무리하게 멈추면 갈 곳을 잃은 반발력이 돌아와서."

"……돌아와서 어떻게 되는데요?"

"그게……. 뭐 최소한 이 규모에서도 성 주위 일대가 날아갈지도."

"무, 무슨."

스이메이가 내린 추측에 페르메니아는 말문이 막힌다.

지금 그가 멈춘다면 어떻게 된다는 말인가. 자신들과 성을 포함해서 대참사가 벌어질 일은 상상하기 어렵지 않다.

"뭐 여러 차원의 벽을 비집어 연다는 건 그렇지. 내가 봤을 때 개인이 혼자 그걸 가능하게 하는 저 영걸 소환 마법진 쪽이 엄청나지만……."

"하, 하아……."

공감은 물론 얻지 못했다. 스이메이 귀에 페르메니아가 망설이는 기색의 목소리가 들렸다.

"뭐 소환에 관해서는 걱정 마. 부르기 위한 매체는 저 아저씨의 마력뿐이니까 호응해서 나오는 건 그에 준한 존재겠지. 엄청난 게 나오지 않은 만큼 아직 괜찮아."

거기서 잠시 말을 일단락 지은 스이메이는 이어서.

"그래도 소환이 성공하면 성 일부가 부서지는 것도 확정이겠지만."

"그, 그건 곤란합니다! 성내에는 아직 많은 사람이……."

페르메니아가 위기감에 사로잡혀 말했을 때였다. 그녀의 말을 가로막듯이 진보랏빛 기둥으로 둘러싸인 소환진의 빛이 한순간 강해졌다. 거기에 스이메이가 강한 어조로 주의를 주었다.

"──온다!"

"아, 앗?!"

밀어닥치는 빛의 격류에 페르메니아는 눈을 감고 놀라움의 소리를 입으로 흘릴 수밖에 없었다.

……저런 강함 힘을 느끼게 하는 빛의 파도에 한순간 페르메니아는 정신을 잃었지만 정신을 차리니 어느새 스이메이의 왼팔에 꽉 안겨 있었다.

"아……."

올려다본 곳에는 무언가를 차갑게 응시하는 스이메이의 냉랭한 얼굴. 그 앞에는 푸른 하늘이 펼쳐져 있다. 그렇다면 그가 말한 대로 성 일부인 의식의 방은 부서졌나.

그리고 아래는──

"힘은 위로 놓아주었다. 이걸로 방 주변 이외에 피해는 없 겠지. 다음은……."

"앗?! 아아?!"

갑자기 팔 안에서 동요하기 시작한 페르메니아를 이상하 게 여긴 스이메이는 수상하다는 시선을 보낸다.

"왜 그래?"

"나, 난다! 날고 있어?!"

지상을 조망하며 푸른 중천의 한가운데에서 페르메니아 는 놀라움을 비명으로 나타냈다.

그렇다, 지금 두 사람은 하늘에 있다. 스이메이는 비행 마 술을 전개했고 페르메니아는 그런 스이메이에게 안긴 모양 으로. 스이메이 발밑에는 마력의 반짝임이 흩어져 있다. 그 것이 두 사람을 공중에 머물게 하는 역장의 정체였다.

스이메이가 유연하게 공중에 멈추어 선 한편으로 그녀는 하늘을 날고 있다는 충격에 겁을 먹는다.

"이, 이건?! 이건 대체?!"

그 말에 스이메이는 페르메니아가 무엇을 생각하는지 헤 아린 듯.

"아 그렇군, 여기는 비행 마술도 없군. 마술을 쓰게 되면 비행은 제일 먼저 배우고 싶은 거라고 생각했는데……."

"그, 그것보다 스이메이 님?!"

"괜찮아. 안 떨어지니까, 불안하면 꽉 잡아."

"꽉?! 당신을 꽉 잡으라니?! 그런…… 아, 아니 그게 아니라——"

"#################!!"

페르메니아가 스이메이에게 높아서 무서우니 내려달라
고 부탁하려던 그때, 바로 밑에서 이 세상의 것이라고는 생
각지 못할 정도로 끔찍한 소리가 울렸다.

귀청을 찢는 것으로는 모자라 귀를 위협하는 소리. 그에 맞
추어 소환진에서 올라가던 빛의 베일이 풀리듯이 사라진다.

그리고 모습은 드러낸 것은.

"으, 아……."

——그렇다, 그는 마치 해 질 녘 틈으로 보이는 어둠의 그
림자와 피 같은 적으로 채색된 무시무시한 사지를 지닌 거
대한 짐승이었다. 방이 있던 장소와 그 주위를 발밑으로 기
어 다니는 그림자로 삼키고, 전체 길이는 첨탑의 반을 족히
넘어선 형상은 개인지 이리인지, 굶주린 이리 같은 그 몸 주
위에는 띠 모양의 그림자가 떠돌고 있다.

"——호오? 2종이라. 이거 또 상당히 큰 놈이 왔군."

"뭐, 뭐야? 이, 이 요괴는……."

스이메이에게 물어볼 여유도 없이 바라본 곳으로 물어보
듯이 중얼거린 페르메니아. 그에 스이메이는 시선을 돌리
지도 않고 모질게 사나운 웃음을 지으며 중얼거리는 것처럼
단 한 마디.

"괴물이야."

"……스이메이 님은 저걸 아십니까?"

"응. 우리 세계에 있는 거니까, 저건."

스이메이가 있는 세계의 것. 그 경악스러운 말에 어쩐지 페르메니아는 의문을 느낀다.

"스이메이 님 세계에? 하지만 용사님과 미즈키 님은 저쪽 세계에 마물은 없다고."

"그거야 녀석들이 아는 세계가 좁을 뿐이지. 과학 발전에 눈이 현혹됐으니 알 수 없는 것뿐이고, 괴물 정도야 여기저기 있어. 저쪽 세계도."

"…………."

당혹스러운 시선으로 스이메이와 괴물을 번갈아 쳐다보는 페르메니아에게 그는 묻지도 않은 말을 한다.

"그중 하나가 저거다. 너희 세계에 마족이라는 인류의 적이 있듯이 우리 세계에도 인류의 적인 시스템이 있지."

"시스, 템……?"

"그래. 저게 종말의 괴물들. 저쪽 세계에서는 통칭 괴이(怪異)라 부르는 **이 세상에 존재하는 것에 영원함이 없음을 증명한,** 세계의 종말을 가속하는 세상의 이치다."

"이, 이치라니, 저건 생물이 아닌가요?"

"그래. 저건 생물이 아니라 현상이다. 천둥이나 회오리바람과 마찬가지. 조건을 갖추면 반드시 일어나는 세계의 룰이지. 생물의 형태를 한 건 생물이라는 물질적인 형태로 있는 편이 인간에게 두려운 감정을 심기 쉬우니까…… 라고 맹주님이 말했지만 뭐—— 저런 모습이다. 공포심을 느끼기 쉽겠지."

스이메이의 시선을 따라 페르메니아도 괴물—— 아니 괴이라 불리는 것을 바라본다.

시야로 들어오는 정보는 외형, 그리고 등골이 소름 끼칠 만큼 표현할 수 없는 두려움. 몸 깊은 곳에서 들끓는 생물로서의 본능적인 공포가 그녀에게 끊임없이 경종을 울린다.

"——종말 사상, '트와일라잇 신드롬'. 우리 세계는 아무한 테나 습격당하지 않고 저렇게 세계의 종말이 그 세계가 만들어진 순간 정해져 있다고 하지. 세계가 전부 저것으로 메워졌을 때 문명은 어딘가의 신화처럼 황혼기라는 초기화를 맞지."

평탄한 음성이지만 시선 앞에 있는 것에 확실한 불쾌감을 내비치는 그 말에 페르메니아는 전율을 금치 못한다.

자신들이 구세의 용사에게 의지한 세계에는 저런 것이 만연한 것인가. 보기만 해도 마물 따위와는 비교할 수 없을 정도의 위협이라는 사실은 알 만하다. 저런 것이 세계의 종언을 노리는 선봉장이라니, 어쩌면 스이메이 일행이 있는 세계 쪽이 자신들 세계보다도 훨씬 위험한 상황에 빠진 것은 아닌가.

"윽……."

스이메이의 설명을 듣고 다시 그를 물끄러미 주시하던 페르메니아가 그렇게 마른침을 삼켰을 때였다.

"흐하하하하하!! 봤나!! 사용법을 알면 소환 따위 간단하다고!! 결코 네놈들만 가능한 기술은 아니다, 스팅레이!!"

드높이 올라가는 비열한 폭소.

소환이 성공한 사실에만 사로잡힌 시바스는 너무 격분해서 괴이에 대한 정확한 판단이 서지 않는 것 같다. 소환술이 가능해도 이래서는 쓸모도 없다.

자신에게 심하게 취한 남자의 그런 우스운 비웃음을 들으며 스이메이는 괴이가 있는데도 불구하고 어이없다는 목소리로.

"우와, 상투적인 대사라 뿜었다."

"애송이가 까불기는! 지금부터 네놈들은 내가 불러낸 마물의 손에 죽는다!!"

시바스는 으르렁대지만 스이메이는 그 득의양양한 말을 냉정하게 지적한다.

"——무리지, 그건."

"무슨 억지야! 가라, 이계의 마물이여! 우리의 적을 물어버려!"

시바스는 명령했지만 괴이는 마냥 그대로 전혀 반응을 보이지 않는다.

"왜……."

"거봐."

"왜, 왜지! 왜 넌 내 말을 안 듣지?! 어째서 내 말을 안 듣는 거야?!"

그런 시바스의 절실한 호소를 무시하고 괴이는 마치 꺼림칙한 것이라도 노려보듯이 생물이라면 두 눈에 해당할 만한 그 눈동자 같은 심홍을 그에게 향했다.

"히, 익……."

거기서 겨우 시바스는 자신이 저지른 일의 어리석음을 정확히 인식했는지. 들여다보는 괴이를 올려다보며 주저앉는다. 그리고——

"으, 으아아아아아아아아아!!"

시바스의 절규는 괴이에게 뭉개져서 끊어지고 말았다.

"어리석긴……."

하늘 위에서 페르메니아는 그렇게 시바스에 대한 감상을 짧게 중얼거렸다. 최악의 동료였지만 이렇게 간단히 최후를 맞이하니 연민의 정이 솟아났다. 그렇다고 해서 용서할 일은 없지만.

그리고 다시 스이메에게 묻는다.

"스이메이 님. 저게 말을 듣지 않는 건 왜지요?"

"응? 아아, 저 소환진은—— 근본은 전혀 다르지만 우리 세계에 있는 것과 비슷한 부분이 있어. 그래서 소환술과 소환진은 기본적으로 계약을 전제로 한 것을 제외하면 불러낸 존재를 예속시키는 힘을 지니는 일이 당연해서 현상이든 생물이든 뭐든 그를 가리지 않는 게 보통이고—— 이 세계에서도 그렇지?"

"네. 현상의 사항에 대해서는 모르겠지만 이 세계에 있는 소환술로는 분명."

그렇다. 스이메이가 말한 것과 같다고는 페르메니아도 확

고하게 말할 수 없지만 원리는 대체로 같다. 이 세계에 있는 소환술이란, 영걸 소환 이외는 대체로 이 세계의 묶음에 속한 것을 불러내기에 계약 전제이지만 조금 전 스이메이가 말한 내용이 거의 적용된다.

"소환, 환기, 청원, 빙의. 소환술의 네 가지 항목 중에서 저건 환기에 해당하는데——말이다. 저 소환진은 용사를 불러내는 게 목적이야. 그러니 저기에는 불러낸 존재를 지배하에 두기 위한 술식이 들어가지 않았어."

"들어가지 않았다?"

"노예 같은 용사는 이미지에 맞지 않으니 그렇지 않겠어? 게다가 생각해봐. 저 소환진은 트라이앵글이 역방향으로 배치됐잖아?"

"그러고 보니 분명."

"마술은 대부분 그렇지만 요소가 뒤집히면 그 요소가 담당하는 현상이 반전해서 발생해. 소환진의 삼각형은 그 대부분이 지배를 나타내는 상징이고, 정위치가 지배라면 역위치는 해방이지. 즉."

"저건 이 세계로 해방되었다."

"그런 거지. 뭐 저게 사람이 하는 말을 듣는 모습 따위 상상도 안 가지만."

"그, 그럼 저걸 다룰 마술은……."

"없어."

스이메이의 단정에 페르메니아는 이의를 품을 수 없었다.

그녀보다도 마도의 심연에 있는 이상, 그 설득력은 무엇보다도 강했다.

그래서 다룰 수 없다고 깨달은 그녀는.

"──불꽃이여. 그대는 불꽃이라는 이치를 지녔으나 불꽃의 이치를 벗어난 것. 모든 것을 불태우는 진리로 재앙이 되는 흰 백! 트루스 플레어!"

스이메이에게 안긴 채로 팔을 내밀고 술식을 구성해서 백염의 마법을 쏜다.

마력은 주입할 수 있는 최대. 일찍이 사막의 마물을 타도했을 때와 전혀 손색없는 일격이다. 눈부시고 거대한 불꽃의 기둥이 호쾌한 소리를 내며 괴이에게 꽂힌다.

하지만.

"안, 안 들어……."

"그런 것 같네."

페르메니아가 괴이를 향해 쏜 마법은 꽂혔다고 생각한 순간 흰빛의 입자가 되어 흩어졌다. 괴이는 건재. 마치 아무 일도 없던 듯이 무사히. 이쪽의 온 정신이 완전히 부정당했다.

쓰러뜨릴 수 없다. 그 사실에 페르메니아는 심장이 초조와 공포로 움츠러든다.

"저, 저걸, 대체 어찌하면……."

"그거야 뻔하잖아? 때려죽이는 거야."

옆에서 들린 것은 용감한 그리고 대담한 선언이었다.

"마, 마법이 안 들잖아요?! 대체 어떻게──"

"**이곳 마법**은 말이지. 하지만 저쪽 마술은 그 정도가 아니야!"

하고 말한 스이메이가 입에 담은 것은. 그때와 마찬가지로 들어본 적이 없는 언어로 구성된 주문.

"The shine of end revolve(청명한 푸른빛으로 내려 색의 띠로 변하는 하늘)."

스이메이가 말하기 시작한 순간이었다. 스이메이의 발밑으로 무언가를 그린 적도 없는 공중에 깔리는 거대한 청색 마법진. 그에 이어서 세계가 부들부들 떨리고 금속을 강제로 구부린 듯한 비명이 주위를 삼킨다.

중천에서 몰아치는 힘에 견디지 못한 약한 사물은 무너지고 먼지가 되어 하늘로 끌려가서는 혼잡한 마력이 만들어낸 무수의 새파란 번개에 먹혀서 무로 돌아왔다.

……언제까지고 계속 흔들리는 세계와 대지의 비명, 그를 찬양하러 오르는 번개의 파직거리는 갈채. 그리고 계속되는 영창.

"Aqua horizontal in hand(수천방불(水天髣髴). 그 경계는 오로지 지금 내 손안에)."

이윽고 스이메이가 오른손으로 만든 11자에 하늘을 가득 메우는 푸른 스펙트럼이 여러 마법진으로 끌려가듯이 집약된다. 그 손에 빨려 들어가는 청색은 마치 하늘의 청을 모으듯이 하늘 일대를 밤이 찾아온 듯한 어둠을 띤 것으로 바꾸고——

"Sever the blue of blue(열려라 창공. 그 이름은 눈부신 푸른 청(靑))!!"

뽑아낸 말과 그 오른손을 스이메이는 호쾌하게 휘둘렀다.

"창명참(蒼銘斬)!!"

그 선언과 같은 최후의 말은 푸른 검이 만든 베기 공격, 창명참. 속성은 유성락과 같은 하늘. 하늘에 널리 존재하는 모든 것을 그 힘으로 삼는 속성이고 유성락이 별하늘의 마술이라 한다면 창명참은 창공의 마술. 마법진은 광역 전개형 및 다중 수렴. 카발라 신비술과 기후 마술을 조합한 이계통 복합——

그 말과 함께 휘두른 스이메이의 파란 오른손.

창공처럼 파랗고 청명한 빛이 거대한 검을 형성해서 잔상 같은 청색의 오로라를 궤적으로 이끌고, 그것은 베기 공격의 이름처럼 거대한 괴이의 몸을 순식간에 빠져나갔다.

황혼을 지우는 푸른 오로라. 그것에 찢겼는지 괴로운 듯한 동작을 보이는 괴이.

이윽고 그것은 등줄기를 오싹하게 하는 단말마의 포효를 내지르며 경련하듯 조금씩 떨기 시작했다.

"으쌰."

마술을 다 쏘고는 천천히 안전하게 괴이 앞에 내려선 스이메이는 페르메니아를 그 팔 안에서 내린다.

"자, 이제 괜찮아."

"아……."

세우고 자연스럽게 옷을 정리해준다.

그런 아무렇지 않은 움직임이 곳곳에 드러나는 스이메이의 다정한 태도에 감동한 페르메니아. 이는 예전에도 그가 보여준 남을 걱정하는 움직임이다. 지금까지 이기적인 행동만 눈에 들어왔지만 본질은 다정한 소년이다. 용사들의 안위를 걱정해서 그 행동에 반대하거나 자신은 물론 그들에게도 돌아가는 길을 준비하려고 하거나 아까처럼 제 행동을 반성하거나.

그리고.

올려다본다. 괴이는 스이메이가 쏜 마술로 이제 막 무너지려고 했다.

그렇다, 자신이 사용한 마법은 전혀 먹히지 않은 위협이 스이메이가 사용한 이 세계의 상식으로는 생각할 수 없는 마술로.

백악 정원에서의 싸움부터 시작해서 하늘을 날던 일, 괴이 시스템, 복수의 마술을 동시에 발현시키는 기술. 이곳에서 겪은 일 전부가 마치 꿈의 세계에 있는 듯한 체험이었다.

"이런 일이…… 이런 일이 마법사에게 가능하다니……."

이제 보니 괴이에 접근하는 스이메이의 뒷모습을 보면서 하염없이 말하고 있다.

이것이 마법인가. 주문에만 기대지 않고 엘리멘트의 힘에 기대지 않고 제 힘과 주위의 힘, 모든 사물에서 그 이치를 찾아낸 것을 마법이라 한다. 그것이 마술사 야카기 스이메이 세계의 마법, 아니 마술.

이것도 사람이 지닐 수 있는 신비라 한다면 자신이 있는 곳은, 경쟁해온 것은, 쟁취해온 것은 놀랄 만큼 좁은 범위 내의 것은 아니었는지. 자신은 지금까지 오로지 사소한 것에만 매달리지는 않았는지──

갑자기 뒤돌아보는 스이메이. 그의 얼굴은 기막힘도 없고 뻔뻔함도 없고 그것은 예를 들자면 도전하듯이.

"──말했잖아? 난 신비학자라고. 이쪽 세계 마법사들은 주문을 외서 강한 마법을 터득하는 게 목적인지도 모르지만 우리는 달라. 저쪽 세계 마술사는 이 세상의 모든 이치를 밝혀내서 스스로 만능이 되는 게 목적이지. 그래, 세계의 모든 걸 능가하기 위해서. 마법사란 근본부터 사고방식이 달라."

"스이메이 님도 그런가요?"

"그래. 난 반드시 마술의 진리에 도달해서 아버지가 이루지 못한 바람을 다할 거야. 그러니──"

괴이가 형태를 이루지 못하고 무너진다. 저만큼 크고 절망 같은 두려움을 느끼게 하는 존재가 저리도 쉽게 쓰러질 줄이야.

"……난 반드시 저쪽 세계로 돌아가겠어. 그리고 모든 만물성인 아카식 레코드를 손에 넣겠어."

그렇게 결연히 보이지 않는 무언가에 맹세하듯이 선언한 마술사의 목소리가 이 싸움의 종막이었다.

★

시바스가 불러낸 괴이를 마술 하나로 없앤 스이메이는 방이 있던 근처를 둘러본다.

"아아. 역시 부서졌나."

알현실은 괴이 소환의 충격과 괴이 본체의 중압으로 이제 더는 흔적도 없다. 그래서 그의 관심을 끄는 것도 역시 그곳에는 없다.

스이메이가 찾으려던 것은 그들을 부른 소환진이다. 하지만 그가 그렇게 아쉬워하지도 않은 것은 이미 마법진을 다 베꼈기 때문이다. 세세한 부분이나 요점은 파악했으니 그렇게 곤란할 일은 없다. 분명 한 번 저쪽과 연락을 취한 오리지널에는 당할 수 없지만 뭐, 없어도 어떻게든 된다면 어떻게든 되는 것이다.

그리고 때마침 스이메이는 무엇을 발견한다.

그것은 조금 전 괴이에게 뭉개졌다고 생각한 남자로…….

"……뻗었군. 악운이 센 놈이란. 하여간."

그렇다, 궁정 마도사 시바스 크라운이었다. 괴이에게 짓밟혔을 텐데 교묘히 잿더미 틈으로라도 들어갔는지, 눈에 띄는 외상도 없고 그저 단순히 정신을 잃은 듯하다.

스이메이는 바닥에 나자빠져서 기절해 있는 요란한 궁정 마도사를 넘어뜨린 그 상태로 어깨를 꽉 눌렀다. 이대로 방치해도 더 이상 문제는 없다. 깨어났을 때는 감옥이라도 들어가 있을 것이다.

그리고 더는 아무 일도 없는지 페르메니아 쪽으로 돌아본다. 그러자.

"스, 스이메이 님……."

거기에는 뺨을 발그레 붉힌 페르메니아가 있다.

"……?"

그리고 갑자기 그녀가 다가와서 제 손을 가슴께로 끌어당기고는 양손으로 꽉 쥔다.

과연 이는 도대체 무슨 일인가.

"저, 저기, 궁정 마도사씨……?"

"그렇게 딱딱하게 말고 절 메니아라고 불러주세요. 스이메이님."

"응? 뭐?"

고개를 가로젓고 애칭으로 불러달라며 상기된 얼굴로 말하는 페르메니아. 스이메이는 그런 그녀의 갑작스러운 태도에 당혹감과 난처함을 감추지 못한다.

하지만 페르메니아는 열에 들뜬 듯이 말을 이어서.

"아까 괴이를 쓰러뜨린 훌륭한 마술. 감복했습니다."

"아, 아아. 고마워."

"결국 끝까지 이 못난 제 실수를 살펴주셔서 감사할 따름입니다."

"아아, 아니 그렇게 정중할 것까지는. 그나저나 저기—— 왜 그러는지?"

마냥 추켜세우는, 이해할 수 없는 사태 때문에 질문하는 스이메이의 목소리가 뒤집힌다. 무슨 일인가. 갑자기 이런 정중한 태도를 보이면 정말 괜히 낯간지럽다.

한편 페르메니아는 그런 당혹감을 아는지 모르는지.

"아니요 그게, 그걸 말로 하기는 좀 부끄러워서……."

"???"

페르메니아는 한층 뺨을 붉히며 어떤 상상으로 꿈틀꿈틀 몸을 뒤튼다.

그때——

"거기 누구냐!"

저 멀리서 이쪽을 향한 큰 목소리. 들은 기억은 없다. 그에 돌아보니 이쪽으로 달려오는 성 병사들의 모습이 보였다. 이변을 알아차린……이라기보다는 이변이 진정되어 보였기에 조사하러 온 것이다.

그런 그들을 보고 스이메이는 난처한 듯한 목소리로 페르메니아에게 말을 건다.

"아, 미안한데."

"네. 알고 있습니다. 스이메이 님이 정리했다는 건 모른 척하면 되겠지요?"

"응."

짧은 말이 의미하는 바를 정확히 파악한 페르메니아는 스이메이의 끄덕임을 보자마자 행동에 나섰다.

"잘 알겠습니다. 스이메이 님이 원하시는 대로."

페르메니아는 그렇게 말하고는 그 넋 나간 표정을 한순간 늠름하게 바꾸더니 달려온 병사들에게 대응한다.

　"수고."

　"아니 백염 님! 그런데 이 참상은 대체?"

　"음, 조금 전 시바스가 날뛰고 소동을 일으키는 바람에 내가 상황을 정리했다."

　짧고 불필요한 정보가 없는 페르메니아의 설명. 그럭저럭 잘 대응해주고 있다.

　그러자 갑자기 병사가 이쪽을 보고는.

　"그쪽은 분명 용사님의 친구……."

　"그래, 우연히 스이메이 님도 자리에 있었지만 그에 대해서는 그것뿐이다."

　"그렇습니까."

　"시바스는 그쪽에 쓰러져 있다. 정신이 들면 또 무슨 일을 저지를지 모르니 지금 붙잡아둬라."

　"알겠습니다."

　"미안하다."

　──됐다. 하고 싶지 않은 이야기를 빨리 끝내고 다른 사항으로 얼버무린 페르메니아의 수완. 저 얼빠지고 겁쟁이였던 그녀는 이미 그림자도 없다. 왜 이렇게 차이가 심한지는 정말 의문이지만 이 정도만 보이면 확실히 누구나 재원이라고 칭하고 싶을 것이다.

　병사들과 대화를 마치고 페르메니아가 다시 이쪽을 향한다.

하지만 그 표정은 역시라고 해야 하나. 금방 병사들을 응수하던 늠름한 얼굴은 어디로 갔는지 묻고 싶을 정도로 뺨을 붉힌 소녀의 얼굴로 돌아왔다.

"이걸로 괜찮으신가요?"

"어, 그래."

성큼성큼 다가와서 희색만면으로 바라보는 페르메니아. 그 행동거지는 어딘지 잘 따르는 강아지를 상상하게 한다. 왕왕 하고 주인에게 칭찬받으려 꼬리를 흔드는 모습이 겹치는 것은 왜일까.

눈앞까지 와서 무언가를 기다리는 듯한 소녀에게 스이메이는 당혹스러운 기색으로 말한다.

"……고마워. 그러니까…… 메니아?"

"처, 천만에요!"

무엇이 그리 기쁜지 답례를 말한 순간 깡충깡충 이리저리 뛰며 소란스럽게 돌아다니는 페르메니아. 그런 그녀의 모습에 스이메이의 난처함은 점점 깊어질 뿐이었다.

……이후로 궁정 마도사 남자의 포박도 탈 없이 끝났다. 그러나 페르메니아의 변모 양상은 이때를 경계로 한 번도 바뀌지 않았다.

"뭐야 저건."

이 소년도 레이지에게 남 말할 처지가 아닌 듯하다.

★

──아스텔 국왕의 카멜리아 왕궁 그 대성문 앞. 그곳에 국왕병 대열, 음악대, 상급 기사들을 전후에 대기시키고 전차에 탄 레이지, 미즈키, 티타니아가 나타난다.

그들이 이 문을 빠져나가면 왕도 메테르에 사는 사람들이 처음으로 그들을 맞이하고 그 길을 배웅하는 것이다.

앞으로 마왕 토벌의 첫걸음인 성시에서의 공개 퍼레이드로 향하는 그들에게 스이메이는 조금 유감스러운 듯이 말한다.

"결국 와버렸군."

그렇다, 스이메이가 말한 대로 결국 오고야 말았다. 이 시간이. 길을 떠나는 날이. 퍼레이드가 끝나면 그대로 레이지 일행은 몇몇 기사와 함께 마왕 토벌의 길을 떠난다.

그러니 오고야 말았다고 아쉽게 생각하는 감정이 밖으로 나오는 것도 무리는 아니다.

그러나 한편에서 레이지는 밝은 얼굴. 앞으로의 여정에 어떤 기대를 안고 있는지 아니면 몸을 옥죄는 긴장을 그 얼굴 뒤에 그저 감추고 있는지. 어느 쪽인지는 분명하지 않지만 그런 평소의 그다운 얼굴로 입을 연다.

"다녀올게."

"너도 참 가볍게 말한다."

아쉬운 듯한 시선을 수상하다는 눈빛으로 바꾸고 스이메이가 말하자 레이지는 아주 진지한 얼굴을 하고 부정한다.

"그런 거 아니야. 이래 봬도 꽤 생각했는데? 그때의 대답은 역시 틀리지 않았다고."

"아니, 틀렸어. 아무리 생각해도 틀렸어. 몇 번을 말해야 아냐고 진짜."

먼눈을 하고 말씀하셔도 분위기에 말려들지 않는다. 평소의 자신처럼 태클을 걸자 티타니아가 무슨 일이냐며 가슴 앞으로 양손을 마주 잡는다.

"스이메이 님……."

그녀는 아스텔 국왕의 공주. 물론 부정적인 말에 대한 심경은 복잡하다. 그녀도 토벌은 수긍하지만 국왕과 완전히 똑같지는 않더라도 죄악감 같은 것을 느끼겠지.

수심으로 눈동자가 흔들리는 그녀의 어깨를, 불안아 사라져라 하고 가볍게 치고 난 레이지는 이쪽을 향해 강한 의지로 말한다.

"아니. 그렇지 않아, 스이메이. 내가 가든 안 가든 마족군은 인간령을 침공할 거야. 그러니 돌아갈 수 없는 우리에게 도망칠 곳은 없어. 그럼 언젠가는 마왕과 싸워야 하지 않을까. 단언하지는 못하겠지만. 그래서 지금 여러 적과 싸워서 강해지면 여차했을 때 나름대로 대처할 수 있잖아. 물론 그건 마왕을 쓰러뜨린다는 사실을 염두에 둔 말이지만."

거침없이 생각을 전하는 레이지. 토벌하러 가겠다고 무턱대고 말한 체면상, 역시 어느 정도 앞으로의 계획은 생각했나.

전망은 나쁘다고밖에 말할 수 없지만 마왕과의 전쟁이 그들에게는 피할 수 없는 일이라 생각한다면 이것은 나쁘지 않은 대처법이다.

그래도 짓궂음을 빼고 이야기 속으로 파고든다.

"네가 도망가도 언젠가 누군가는 쓰러뜨려줄 거라고 생각하지 않아?"

"난 그렇게 운 좋게 일이 진행된 적이 없어. 아마 말인데, 그 기대가 빗나가면 우리는 죽을지도 모른다고 생각해."

낙관적이지 않은 것은 좋은 생각이다.

그러나——

"늘 적극적으로 부딪치는구나, 넌."

"안 될까?"

"싫은 건 아니지만 이번만큼은 그만두는 편이 낫지 않겠어? 동네 불량배나 폭주족하고는 사정이 달라."

지금 예를 들어 설명한 것은 예전 일. 일상은 여차여차 레이지의 정의감에 동조해서 그런 재미있는 놈들과 싸우는 사태에 처하기도 했다.

결국 그것도 레이지의 완력과 활기 있는 멋진 태도가 좋아서 어떻게든 되었지만 이번만큼은 상대가 제멋대로인 완전히 다른 마족 아무개이다. 똑같이 될 확률은 당연히 낮다.

그러나 레이지는 자신 있게 말한다.

"그런 거라면 지금의 나한테도 해당해."

"……정말 저렇게 말하면 이렇게 말하니, 참나."

"하하하."

이쪽의 황당한 얼굴을 보고 유쾌하게 웃는 레이지. 속마음을 잘 아는 대화가 즐거운지. 확실히 나쁘지는 않다.

그리고 생각을 마지막까지 입에 담은 레이지에게 그것을 들은 자신의 대답을 말한다.

"······네 생각은 알겠다. 죽으러 가는 게 아니라 여기서 살아남기 위한 일이라면 내가 너한테 할 말은 아무것도 없어. 단, 무모한 짓은 마."

곰곰이 생각한 것은 알겠다. 무모하기는 무모해도 단순한 무모함은 아니다. 살기 위해서 행동을 일으킨다면 그것은 제대로 삶에 대한 집착을 낳고 행동결과로도 이어진다.

하지만 그래도 거듭 다짐해야 한다.

그러자 레이지는 조금 진지한 척하는 모습으로.

"괜찮아. 이제 곧바로 마왕이 있는 곳까지 뛰어들어서——"

"야."

"하하하. 농담이야. 일단은 먼저 강해져야지."

기막힘이 섞인 태클을 걸자 가벼운 농담이라고 웃는 레이지. 진지한 상황인데도 이렇게 말허리를 꺾고 농담을 섞는 것은 왜일까.

아니, 그는 분명 불안을 느낄 것이다. 긴장만 하고 있어서는 마음이 괴로우니 여기저기 배출하고 싶겠지. 그래서 이야기 중간중간 웃어넘기며 긴장을 풀고 있다.

그것을 불성실하다고 욕할 수 없다. 어떻게 화낼 수 있을까. 용사라는 사실로 사방에서 쏟아지는, 이것은 굴레와 중압에 대한 저항이다.

그래서 이쪽은 진지하게 레이지에게만 들리도록, 이것은 속삭임이라고 말한다.

"……위험하다고 생각되면 미즈키를 데리고 도망쳐서 어딘가 숨어. 용사가 됐다고 만화나 소설처럼 쉽게 적을 쓰러뜨린다는 보장은 없으니까."

"……알아. 그래도 할 수 있는 데까지는 할 생각이야."

"완고한 놈."

그것은 양보할 수 없겠냐며 스이메이가 그렇게 질렸다는 듯한숨을 쉬자 이번에는 반대로 질문을 받아야 할 쪽이던 레이지가 묻는다.

"그래도 용케 무사했구나, 스이메이."

"뭐?"

"왜 요전 그 일 말이야, 그거."

갈피를 잡을 수 없는 레이지의 말에 스이메이가 못 알아듣자 미즈키가 먼저 그의 말이 가리키는 사정을 알아차렸다.

"아, 궁정 마도사라는 사람이 알현실에서 날뛴 그 얘기?"

"응. 분명 스이메이는 바로 근처에 있었지?"

레이지가 던진 말은 궁정 마도사 시바스 크라운에게 복수했을 때의 화제였다. 당시 레이지 일행은 성 밖에 나가 있어서 일의 경위를 알게 된 것은 그 휴식에서 돌아오고 난 다음이었다.

"아, 뭐. 그렇게까지 말할 정도로 가깝지 않았지만."

"그래도 휘말렸잖아?"

"뭐 일단은."

질문하는 레이지에게 스이메이가 모호하게 대답하자 미즈키가 큰일이었다며 말한다.

"레이지랑 티아랑 돌아왔는데 성 일부가 부서졌지, 궁정 마도사란 사람이 날뛰었다지, 큰 마물이 나왔다는 소문이 있지, 정말 놀랐어……."

그렇다, 그들도 행선지에서 돌아오고서 다소 조작된 사정을 들었기에 진상은 모른다.

사실 그들이 나가기 전부터 그렇게 될 계획이었다. 어제 몰래 나가자고 권유받은 뒤에 국왕과 페르메니아와 상의해서 세 사람이 없는 사이에 매듭을 지었다.

괴이를 불러내게 된 것은 예상 범위 밖이었지만.

"정말 아무 일도 없어서 다행이야."

안도하는 얼굴로 웃음 짓는 레이지를 향해 장난스럽게 답하는 스이메이.

"의식의 방은 화려하게 부서졌지만 말이야."

"아니, 스이메이가 무사해서 천만다행이야."

"……너 그런 낯간지러운 말을 잘도 정색하고 말한다."

레이지가 무사를 기뻐하며 드러낸 웃는 얼굴은 물론 가면이 아니다. 본심을 드러낸 미소이기에 듣는 쪽이 낯간지러운 것이다.

스이메이가 그렇게 생각하는 중에 티타니아가 미안하다는 듯이 말을 건다.

"죄송해요, 스이메이 님. 성 사람이 민폐를."

"아니요, 결국 메니…… 가 아니라 스팅레이 양이 구해줬으니 공주님이 머리를 숙일 필요는 없습니다."

그렇게 말하자 티타니아는 안심했는지 휴 한숨 쉰다. 역시 그녀도 국왕처럼 여러 가지로 마음의 짐을 느낄 것이다.

스이메이가 그렇게 생각하고 있는데 갑자기 레이지가 기쁜 목소리로.

"과연 선생님이야. 역시 대단해."

응응 하고 고개를 끄덕이며 어딘지 자랑스러운 듯이 말한 것은 그녀에 대한 신뢰가 두터워서인가. 그에게는 선생님이기도 하고 그래서 꽤 강한 동경을 품고 있으리라.

정확히 말하면 호의겠지만——

"스이메이도 그렇게 생각하지? 그렇지?"

"어?"

"선생님 말이야. 굉장한 사람이라고 생각하지? 스이메이도."

"아 응, 그렇지 뭐."

"맞아."

평소와 다르게 격하게 동의를 구하는 레이지. 그렇게 페르메니아의 평가를 공유하고 싶은지.

'아…….'

지금 문득 짚이는 바가 돌아온 것처럼 떠오른다.

그러고 보니 이 남자, 가슴이 큰 여자에게 특히 약했던 느낌이 든다. 여자에 대한 촉은 참담하게 둔하지만 제 여성에 대한 욕구는 나름대로 뻗어 있다.

약간 얼굴이 빨간 것은 그녀에 대해서 그런 종류의 호의가 있기 때문인가. 확실히 페르메니아도 그 키에 비해서 상당한 크기를 지니고 있다. 그뿐만은 아니겠지만—— 아무튼.

뭐 기본적으로는 가슴이지만.

거기에는 당연히 스이메이와 같은 결론에 이른 자도 있어서.

"어우, 페르메니아 씨도 라이벌이야……?"

"백염 님은 강적이에요, 미즈키. 저 아름다운 은발과 차가운 미모. 페르메니아는 무기가 몇 개나 있어요."

레이지에게 등을 돌리고 울상이 된 미즈키과 그 옆에서 몰래 라이벌 증가에 투지를 불태우는 티타니아.

"으으, 큰 가슴이라고……."

"크으으, 나도 저 정도 있으면 레이지 님도 금방……."

제 가슴에 손을 얹고 비탄에 잠긴 소녀들. 그런 그녀들을 곁눈질하고 이제 이 이야기는 끝인지 레이지가 다른 화제를 던진다.

"스이메이는 앞으로 어쩔 거야."

"응? 난 그렇지, 성을 나가려고 해."

"뭐……?"

처음 듣나. 아니 처음 들었다. 레이지에게 앞으로의 계획에 대해서는 아무것도 말하지 않았다. 당연히 그의 양옆을 지키는 미즈키와 티타니아도 이쪽의 말에 여우에게 홀린 듯한 얼굴이었다.

그런 와중에 셋을 대표해서 물은 것은 미즈키. 놀라움으로 겅정을 띠며 묻는다.

"스이메이, 성을 나가서 어쩌려고?"

"아니, 특별히 목표는 없고. 밖에서 지내고 싶어."

진지한 얼굴로 천연덕스레 말하는 스이메이.

그러자 레이지는 조금 절박한 표정으로 묻는다.

"생활은?"

"일이라도 찾아서 어떻게든 해야지."

레이지에게 그렇게 대답하자 이번에는 티타니아가 제안한다.

"스이메이 님. 성에 있으면 생활은 아버지가 보증할 거예요. 무리해서 나갈 필요는 없잖아요?"

"그럴지도 모르지만 그래도 나가고 싶습니다."

"왜죠? 아무리 왕도의 치안이 다른 곳보다 좋아도 이세계에서 불려서 이쪽 지식이나 영걸 소환의 가호도 없는 스이메이 님에게 성 밖은 안전하다고 할 수 없어요. 성을 나갈만한 이점은 없다고 생각하는데……."

분명히 티타니아의 말대로 자신의 힘이나 목적을 모르면 그렇게 생각할 만하다.

"아니…… 실례인 줄 알면서 말씀드리지만 성에 있기 불편합니다."

"아……."

멋쩍은 얼굴. 그것으로 짐작했을까. 티타니아의 귀에도 자신의 풍문이 들어갔는지 그 의미를 깨닫고 말이 없어졌다.

그러자 레이지가 불쾌감을 숨기려 하지도 않고 씩씩거린다.

"내가 말하고 올까?"

무슨 의미인가. 자신에 대한 분노는 아닐 텐데 설마 지금부터 그런 소문을 말하는 녀석을 한 명 한 명 타이르러 갈 생각인가. 아무리 그래도 그것은 막무가내이다. 개인적으로는 좋은 녀석이라고 생각하지만.

"아니 됐어. 떠나는 새가 뒤를 어질러서 어쩌려고? 그런 일을 하면 무조건 복잡해지니까 관둬."

"으…… 하지만."

"됐다니까. 앞으로의 계획도 제대로 짜뒀어."

하고 말하자 의문스러운 듯이 미즈키가 묻는다.

"계획이라니, 돈은 어떡해?"

"교과서라든지 안 쓸 만한 물건을 팔 거야."

"그런 게 팔리겠어? 문자가 전부 일본어로 쓰여 있잖아?"

"수집가가 사주겠지. 그리고 좀 에누리하면 돼."

"괜찮겠어?"

"그래."

"정말?"

"정말이라니까. 앞으로의 계획도 일단 세워졌고."

그렇게 말하자 미즈키는 복잡한 얼굴을 했다. 이해하지 못했을 것이다. 그녀들과 함께 이쪽 마법과 무술이나 일반교양을 익혔다면 그런 얼굴은 하지도 않았겠지만——

그만큼 자신에게 필요한 지식을 손에 넣었다. 어쩔 수 없고 걱정해도 별도리가 없다.

그렇다면 대충 얼버무릴까.

그렇게 생각하는데 아직 걱정스러운 얼굴의 경직을 지우지 못한 미즈키를 지적한다.

"그나저나 내 걱정하는 건 좋은데 미즈키는 자신을 걱정하지 그래?"

"괘, 괜찮아! 난 마법을 쓸 수 있게 됐으니까!"

그렇다, 미즈키도 레이지처럼 마법을 배우고 있다. 티타니아의 말에 따르면 마법에 관해서는 레이지와 견줄 정도의 실력을 지녔다고 한다. 그녀에게도 걱정은 필요하지 않을지도 모르지만 스이메이가 한 말의 초점은 그를 가리키는 것이 아니라.

"내가 말하고 싶은 건 그거지. 마법. 너 마법을 쓰게 됐다고 예전 같은 일은 하지 말라는 말이야. 그렇지, 레이지?"

그 물음의 진의를 아는 친구에게 동의를 구하자 그는 난처한 듯이 웃을 뿐.

"아, 아하하……."

"스, 스스스스이메이! 그건 말하지 않기로 약속했잖아!"

한쪽에서 미즈키는 얼굴이 빨개져서 갑자기 허둥댄다. 그것은 미즈키에게는 떠올리는 것도 꺼려지는 기억이다. 레이지와 세 사람이 만나지 얼마 되지 않았을 때 어떤 의미로 손을 쓸 수 없는 상태였던 그녀의 흑역사이다.

"아버지는 걱정이란다. 언제까지 미니 벨트나 빨간 머플러나 반장갑을 끼고는 흐으으……."

"언제부터 스이메이가 내 아버지가 됐어! 그것보다 히어로 아이템은 상관없잖아! 우는 척 하지 마~!"

미즈키가 앵앵 떠들어대는 한편, 경위를 모르는 티타니아가 고개를 갸웃거리며 이쪽을 본다.

"예전 같은 일, 이라고요?"

"네."

"스이메이! 그거 절대 말하지 마! 절대로! 절대! 농담 아니야!"

이곳에 와서 이미 제일이라고 말할 정도로 필사적인 미즈키. 그녀에게 흑역사의 개장은 이세계 소환보다도 중대사인가.

그런 미즈키를 도와주려고 레이지가 어린애처럼 신기해하는 티타니아에게 그것은 묻지 말라고 설명한다.

"미즈키도 여러 사정이 있어, 티아."

"신경 쓰여요."

"신경 쓰지 마! 이건 나만의 중대한 비밀이야! 시크릿 가든이라고! 누구도 알면 안 되는 위험이야!"

"그럼 더욱 제게도……."

하고 소외된 불만과 약간의 슬픔으로 표정이 굳어진 티타니아. 몹시도 동료를 의식하는 그녀에게 슬슬 미즈키의 눈부신 발자취에서 화제의 초점을 돌리게 하려는 의미도 담아서 묻는다.

"그나저나 공주님도 마왕 토벌에 가시다니 괜찮습니까?"

"어머 얕보지 마세요, 스이메이 님. 저는 왕궁에서 마법을 수양한 몸. 분명 레이지 님에게 힘이 될 거예요."

그렇게 말하고 미즈키와 비슷비슷한 가슴을 여봐란듯이 펴는 티타니아 공주. 마법 솜씨는 어떨지 모르겠지만 지금 말하고 싶은 것은 그게 아니라.

"분명 공주님은 마법에 관해서 남보다 낫겠지만 입장이 있겠지요?"

"걱정 안 해도 괜찮아요. 나랏일은 아버지가. 그 보좌에도 뛰어난 제자가 계시니 저 하나 없어도 아스텔이 어떻게 될 일은 없어요."

"아니, 그런 말이 아니라——"

금이야 옥이야 사랑받고 귀염을 받는 공주인데도 왜 마왕 토벌이라는 위험으로 향하는가. 그리고 왜 그것을 국왕이 허락했는가.

누구라도 제 자식은 예쁜 법이다. 아무리 자식의 간청이래도 위험한 소용돌이로 속으로 가게 할 리 있을까. 표현은 나쁘지만 공주라는 신분은 나라에서 별도의 용도가 있는 존재이기도 하니 이해할 수 없다.

과연 이를 허락받은 데는 도대체 어떤 이유와 이면이 있는가.

그래도 공주라는 입장이 있는데 위험에 뛰어들어도 괜찮은지 그렇게 물으려는데 선수를 빼앗겼다.

"스이메이 님. 이는 제게 주어진 사명입니다."

그런 위엄을 띤 단언으로.

"사명, 말입니까?"

"……네. 아무리 레이지 님이 강하시다고 해서 레이지 님과 미즈키 님에게 전부 떠넘길 수는 없어요. 아스텔에서도 누군가

짊어질 역할을 맡아야 합니다. 그리고 그에 선택된 것이 바로 저. 각오는 이미 했어요."

"…………."

정말 그런가. 아니, 티타니아의 각오를 의심할 뜻은 없다. 지금의 당찬 말에는 분명히 진지함과 흔들리지 않는 것이 있다. 그녀는 그녀 나름의 책임감으로 이곳에 있다.

하지만 왜 그런 아픔이 따르는 결단에 이르렀나. 아스텔에서도 아픔이라는 그런 이유를 붙여도 조금 모자란 느낌이 든다.

하지만 그런 일은 자신이 알 바는 아닌가. 티타니아가 믿을 만한 인물이고 레이지 일행에게 힘이 된다면 시비를 따질 필요도 없다.

"스이메이 님?"

"……아, 실례했습니다. 부디 레이지 일행을 잘 부탁합니다."

"네. 맡겨주세요. 꼭 다 같이 무사히 돌아오겠습니다."

그렇게 무겁고 강하게 수긍한 티타니아. 지금 순간의 분위기는 공주라고는 한마디로 말하기 어려운 기개가 있다.

그리고 그런 그녀가 갑자기 스이메이를 부른다.

"그리고 스이메이 님."

"네?"

"전 이제 레이지 님과 미즈키와 둘도 없는 친구가 됐습니다. 그럼 레이지 님들의 친구인 당신도 제 친구. 그런 딱딱한 말투는 사양하고 싶은데, 어떤가요?"

저자세로 나온 간절한 물음. 결코 그녀만 한 입장의 사람이 자신 같은 자에게 해서는 안 될 부탁이었다.

"괜찮을까요?"

"부탁해요."

되묻자 다시 부탁. 거기에는 조금 침착하지 못했지만 마음을 가다듬고 그녀에게 부탁받은 대로 말투를 바꾸며 승낙한다.

"……알겠어. 그렇게 하지. 공주……."

"——티아. 스이메이."

싱긋 미소 짓는 티타니아. 지금의 미소는 최고였다. 여자애에게 내성이 없는 자라면 일격에 침몰했을 그런 웃음은 어딘지 레이지의 그것을 방불케 한다.

하지만 그럴 수는 없다. 이쪽도 미소로 답한다.

"그래. 잘 부탁해, 티아."

"네. 이제 우리 넷은 친구네요."

이쪽 세계에 있는 그녀의 친구들은 신경을 써야 하는 친구뿐일 것이다. 그렇게 말하고 레이지와 미즈키를 본 티타니아는 처음으로 친한 친구라 부를 만한 존재가 생긴 듯이 아주 기뻐 보였다.

거기서 문득 레이지를 부른다.

"저기."

"응?"

"아니, 그……."

그러나 걱정 없는 표정으로 이쪽을 보는 레이지를 보며 생각을 고치고 멈칫했다.

그만 묻고 싶어진 것이다. 돌아갈 방법이 있다면 돌아가고 싶은지. 기다려준다면 만들겠다고.

하지만 그만두었다. 그렇게 말한다고 레이지가 그만둘 리도 없고 괜한 망설임만 생길 뿐이다. 의미가 없는 이상 탈이 생기고 만다. 그럼 말하지 않는 편이 좋다. 이대로 그 시기가 올 때까지 제 안에 숨어야 한다.

그런 생각을 그저 감추고 미소 지으며 응원을 보낸다.

"힘내라고."

"응. 힘낼게. 고마워, 스이메이."

"그래."

쑥 내민 주먹에 주먹을 툭 부딪친다. 이것으로 이제 당분간 이 친구와의 이런 스스럼없는 대화는 보류이다.

그 수긍에 걱정 없이 웃는 얼굴이 돌아왔다. 앞으로 맞설 고난으로 돌이킬 수 없는 길을 한발 내딛기 전 얼굴에 걱정하지 말라고 고정시킨 미소는 분명 용기로 가득했다.

……이윽고 퍼레이드 준비가 되었을까. 티타니아가 레이지를 재촉한다.

"그럼 가세요, 레이지 님."

"응. 미즈키, 내 옆에 꼭 붙어 있어."

"…………"

자연스럽게 팔을 감싸는 레이지에게 미즈키는 말도 잊은 채 부끄러운 듯이 끄덕끄덕 수긍한다.

레이지 본인은 단순히 가까운 편이 안전하다고 생각한 행동이겠지만 미즈키나 티타니아가 그렇게 생각할 리도 없다. 부끄러워하면서도 레이지에게 달라붙은 미즈키는 행복해 보였고 그것을 티타니아도 부러운 듯이 바라보면서——

"레, 레이지 님! 저도!"

"엣? 티아?!"

갑자기 미즈키와는 반대쪽 팔에 들러붙듯이 매달린 티타니아에게 레이지는 당혹스러운 소리를 내지만 그것도 잠깐의 일.

바로 심정을 헤아리고—— 실제로는 전혀 모르고 있겠지만 티타니아에게도 팔을 감싸 단단히 잡는다.

"응. 티아도 나한테서 떨어지지 마."

"——!! 네!!"

레이지가 그렇게 말하자 티타니아는 날아갈 듯한 미소로 환희의 소리를 높였다.

……미인 둘을 양옆으로 그것도 양쪽을 각각 감싸고 꽉 붙잡아서 당당히 전차 위에 선 용사의 모습.

자세히 관찰하니 주변 남자—— 기사와 병사들로부터 선망과 살기와도 비슷한 눈빛이 쏟아지고, 이렇게 말하는 스이메이도 그 속에 빠지지 않는다.

"……역시 너희는 계속 여기 있는 게 좋겠다."

비꼼이었다. 완전무결한 비꼼이었다. 꼴사납지만 멈출 수 없다. 이 초조함은 주변 남성진과 나누어야 할 것이다.

하지만 잘 생각해보면 어떤 의미로 조금 전의 대사는 레이지가 여자애에게 둘러싸여 행복하게 지내려던 첫 계획이 아닌가.

그렇게 스이메이가 생각한 순간 레이지가.

"스이메이, 뭐라고 했어?"

"아니 아무것도."

"……? 그래? 그럼 됐지만."

하고 영문을 모르겠다는 듯이 말하는 레이지. 분명 그가 이런 장면에서 남의 미묘한 기분을 눈치챌 일은 평생 없을 것이다. 주변 여자애도 남자도.

그리고 계속 이상하다는 얼굴을 한 레이지와 행복해 보이는 두 사람을 태우고 전차는 스이메이에게서 멀어진다.

……이윽고 거대한 성문이 열리는 소리가 주위에 울리고 음악대가 연주하는 악곡과 사람들의 큰 갈채와 박수 소리가 레이지 일행이 사라진 곳에서 들려온다.

이곳 닫힌 문 앞에는 스이메이 이외에 더는 아무도 없다.

그저 홀로 그곳에 남겨진 것처럼―― 아니. 남겨진다는 것을 알고서 지금 이곳에 혼자 서 있다. 이 서글픔도 외로움도 모두 받아들여야 하는 결과였다.

"가버렸군……."

저쪽을 바라보며 불쑥 그렇게 내뱉었다.

돌아가고 싶기에 돌아가야 하기에 위험을 피한 것은 잘못이었나. 위험에 맞서는 그들의 뒷모습을 보며 그런 생각이 문득 머릿속을 스쳤다.

――그렇다, 여기서 혼자 다른 길을 걷는 것은 결코 용서받지 못할 나약함은 아닐까. 결사의 마술사에게 있을 수 없는 행동은

아닐까.

하지만 아무리 생각해도 마왕을 쓰러뜨리러 가는 길은 나쁜 선택일 뿐이다.

과제가 있는데도 돌아가지 않으면 의미가 없다. 완수하겠다고 맹세한 약속이 있다. 구하겠다고 다짐한 사람이 있다. 그러니 자신은 특별히 이세계 사정까지 떠안지 않아도 괜찮다.

하지만 그 생각마저 그들 앞에서는 한낱 아이의 변명일지도 모른다.

"............."

그런 생각을 하며 하늘을 올려다본다.

새파란 하늘을 머리 위로 떠오르는 것은 지금까지 연관된 사람들의 모습.

자신을 키우고 마술을 가르치고 뜻을 이루지 못하고 쓰러진 아버지.

늘 무리한 난제를 던지는 결사의 맹주.

루트비히에 저주받은 푸른 그림자의 소녀.

장미십자기사단의 강경한 첨예.

근처 검술 도장의 후계자인 소꿉친구.

이 선택은 이기적이다. 그것은 충분히 알고 있다. 하지만 역시 그들의 얼굴을 감은 눈꺼풀 뒤로 떠올리고는 자신에게 이 선택지밖에 남지 않았다고 생각했다.

에필로그 I

　레이지 일행이 성을 떠나고 며칠 후. 앞으로 어떻게 해야겠다는 정도의 계획을 세운 스이메이는 홀로 카멜리아 왕궁을 나섰다.

　당연하지만 레이지 일행이 떠날 때처럼 대대적인 퍼레이드나 배웅은 없었고 여행의 시작은 쓸쓸했지만, 스이메이는 그런 것은 아무래도 좋았다. 아스텔 국왕 알마디아우스와 몹시 섭섭해 보였던 페르메니아에게 떠나겠다는 뜻을 전하고 이제 때마침 조용해진 듯한 왕도 메테르로 내려섰다.

　일단 앞으로 향할 곳은 메테르에 있는, 이른바 모험자 길드. 그곳에 지금 자신이 제일 먼저 손에 넣어야 할 것이 있다.

　……그 전에 옷을 어떻게든 해야겠지만.

　그나저나──

　'아니 설마 돈을 건넬 줄은 몰랐어…….'

　마음속으로 살짝 난처하게 중얼거리고 묵직한 마대를 얼굴 앞까지 들어 올려 흔들자, 금속이 스치는 소리와 맑은 울림이 들린다.

　스이메이는 성을 나설 때 그레스 대신에게 스무여 장의 금화가 든 주머니를 건네받았다.

　그렇다, 나설 때의 일이다. 대신은 내심 깔보는 눈빛으로 폐하에게 감사하라며 생색내는 말과 무위도식하는 자가 줄었다는 등 싫은 소리를 투덜투덜 늘어놓았다. 결국 위자료 같은 모양새가 된 금화 주머니를 억지로 받고 쫓기듯이 성문에서 나온 것도 조금 전쯤.

또 듣자하니 아무래도 그것은 알마디아우스 국왕의 조치인지, 대신이 그런 내색을 비추었다.

예상하지 못한 사태에 곤란한 듯이 머리를 긁었다.

'됐다고 했는데 이러다니, 국왕님은 나한테 빚이라도 지워두고 싶었나……'

지원은 알현실에서 한 번 거절했다. 그럼에도 자신에게 무언가를 주려는 것은 역시 무슨 생각이 있는 것이라고 억측하게 된다.

물론 그 알마디아우스 왕이니, 교활함이 때문이 아닌 단순한 호의에서 나온 조치이겠지만, 솔직히 별로 얽매이고 싶지 않은 쪽에서는 역시 순순하게 기뻐할 수 없다.

이를테면 도와주었으니 나중에 아스텔이 위험해지면 구하러 오라거나 아스텔과 관계가 있다는 얘기를 퍼뜨리거나, 얽매임의 예는 그런 식이다. 실제로 직접 그렇게 말할 리는 없겠지만 그래서 치졸한 것도 사실.

이쪽의 양심과 관대함을 이용해서 그렇게 되기 쉽도록 만든 것이 틀림없다. 인정은 남을 위한 것이 아니라는 말처럼 실제로는 자신이나 저들을 위한 포석이다.

"하── 만만찮군. 뭐, 그렇지 않으면 왕을 못 하는 건가……."

면전에서 금화를 되미는 사태를 고려했는지, 저쪽도 저쪽에서 직접 만나서가 아니라 대신에게 전달하면 물리치는 일도 없다고 생각했을 것이다. 분명 저 언짢은 상태의 바코드 대머리에게 국왕의 호의를 물리친다면 출발 전에 무슨 일이 벌어질지 모른다. 대처는 가능해도 큰일은 질색이고 평온무사하게 떠나고 싶은 쪽에서는 순순히 그것을 받아야 할 선택지뿐이었다.

그렇다. 받는 것에 결점이 다소 있다면 이야기는 달랐겠지만, 금화에는 그런 결점이 전혀 없다는 게 또 돌려주기 어려운 요인이 되었다.

받은 것은 금전이다. 돈은 앞으로 많이 필요하다.

여비는 묵을 곳을 구하고, 마술품 완성에, 매일의 식량까지 열거하면 끝이 없을 정도.

그러니 돈은 얼마만큼 있어도 부족하다. 지금의 자신에게는 약점이다. 저울질하자면 받아야 하는 것.

게다가 자신을 아스텔에 얽맬 수 있다고 해도, 특별히 돈을 받았다는 이유로 무언가를 강제로 시킬 리도 없고, 그건 완전히 이쪽의 양심에 맡기는 것으로, 무슨 일이 생겨서 부을 받더라도 무시하면 그만인 이야기이다.

문제는 과연 그런 일이 자신에게 가능한지 어떤지.

……금화와 함께 들어있던 편지로 시선을 떨어뜨린다. 고급 종이에 이것만은 부디 받아달라는 사과의 말. 그것을 보고 마음이 흔들리는 자신에게 무심코 한숨이 나온다.

하지만—— 아니 그러니까, 국왕 폐하에게는 감사해야 한다. 지금은 이미 멀리 떨어진 성문 쪽으로 돌아서서 스이메이는 다시 고개를 숙였다.

"능구렁이 영감."

역시 악담은 잊지 않는 이 남자.

에필로그 II

이날 궁정 마도사, 아니 전 궁정 마도사 페르메니아 스팅
레이는 서고에서 방대한 서류 작업에 쫓기고 있었다.

스이메이가 떠나고 며칠. 그녀는 오늘도 인계할 서류 작
성과 자료 정리, 지금까지 연구한 마법의 성과를 한꺼번에
제출하기 위해서 일에 쫓기고 있다.

그것은 물론 원래 있던 세계로 돌아가기 위한 방법을 찾
으려고 길을 떠난 스이메이를 뒤따르기 위해서. 조금이라
도 그에게 힘이 되고 싶다는 마음과 또 하나 개인적인 마음
으로 그의 뒤를 따라가려는 것인데——

"스이메이 님. 기다려주세요. 인계와 서류 정리를 마치는
대로 페르메니아도 서둘러 당신 곁으로 달려갈 테니."

이곳에는 없지만, 지금은 성 아래 메테르에서 어떤 행동
에 임하고 있을 스이메이의 모습을 떠올리며 페르메니아는
홀로 가슴 속에 있는 생각을 말로 꺼냈다.

스이메이의 힘이 되고 싶다는 말은 진심이다. 그를 생각
하는 마음도 역시 강하다.

통로에서의 사건으로 시작해서 시바스를 포박했을 때 구
해준 일. 한때는 적대하고 철저하게 완패했지만 그것도 지
금 생각하면 필요한 과정 중 하나였다는 결론에 이르렀다.

하지만. 설마 이런 감정을 느끼게 될 줄은 그녀도 뜻밖이

었다. 그렇다. 연심이란 남녀의 청렴한 교제 끝에 생기며, 그런 것과 거리가 먼 궁정 마도사에게 사랑 같은 것은 전혀 관계가 없다고 체념하고 있었다. 하지만.

"아아, 스이메이 님……."

작업 중에 문득 스이메이를 떠올리고는 괴롭게 숨을 내쉰다.

그래, 그가 길을 떠나기까지의 며칠간이 떠오른다. 그날을 계기로 갈등이 사라진 뒤, 그와의 관계도 양호해서 다소(?) 가까워졌는데, 매몰차게 구는 일도 없이 다정하게 이런 저런 이야기도 하면서 짧은 기간이지만 저쪽 세계 마술의 기초도 가르쳐주었다. 웬일인지 자주 멍한 얼굴을 하거나 난처한 표정을 지은 것은 의문이지만. 뭐, 그것도 사소한 일이기는 했다.

이런 생각을 하며 갑자기 페르메니아가 의자에 앉아 기지개를 켰을 때 어떤 책의 책등이 그녀의 눈에 들어온다.

"응?"

그 책의 제목이 신경 쓰여서 일어나 서재까지 가서 집어든다.

"영걸 소환 의식에 대한 고찰과 소환된 용사와 그 역사……."

책을 열자 거기에는 책등에 적힌 제목과는 다르게 그런 말이 적혀 있다.

"이건……."

페르메니아는 문득 손에 든 우연에 놀란다. 적힌 것은 영걸 소환 문자. 아마 내용으로 보니 스이메이에게 도움이 될 것이다. 쫓아갈 때 들고 가야 한다.

"하지만 이걸로 스이메이 님이 목적에 가까워진다면……"

거기서 문득 페르메니아의 머리를 스친 것은 지금까지 생각한 적도 없는 그런 불안.

이것을 전하면 분명 그는 제 목적에 한 발 다가가서 원래 있던 세계로 돌아가는 일이 빨라진다. 그렇다면 분명 그는 돌아갈 방법을 찾게 되고, 자신은 두 번 다시 그와 만날 수 없다.

──그럼 지금 자신이 느끼는 이 걷잡을 수 없는 마음은 대체 어디로 간다는 말인가.

"……쯧. 아니야. 생각하지 마, 페르메니아! 일단 스이메이 님의 목적이 먼저야! 이건 끝난 다음에 생각하면 돼!"

그것이 생각하는 것을 방치한 선택이라는 사실은 그녀도 알고 있다.

하지만 그래도 그녀는 제 삶의 방식을, 도리를 중시하는 삶의 방식을 배반할 수 없었다.

후기

이번에 《이세계 마법은 뒤떨어졌다!》를 읽고, 동시에 이 후기를 보는 분들에게 감사드립니다. 구매한 분도, 서점에서 읽은 분도 감사합니다. 손에 들고 읽어준 것만으로 기쁜 히츠지 가메이라고 합니다.

서점에 배본된 후에 제 책을 알게 된 분은 처음 뵙겠지만, 웹 연재 버전을 읽은 분, 소설가가 되자 쪽에는 코부터 쇠고기 (鼻から牛肉)라는 바보 같은, 적당한 펜네임으로 활동했습니다. ……히츠지 가메이도 이상한 펜네임인 것은 변함없지만(작가의 이름을 '히츠지가/메이'로 쓰면, '양이 메~'라는 의미로도 읽을 수 있음). 저도 일단 소설가가 되자 쪽에서 라이트노벨 세계로 끌려온 자객 중 한 명입니다. ……네? 졸병? 안 들려요, 안 들려.

……아니 설마 이렇게 책을 낼 줄은 꿈에도 생각하지 못했습니다. 확 떠오른 설정을 살려서 이야기를 써볼까 생각이 들어 평소와는 다른 플랫폼에 써보자…… 했으니까요.

소설가가 되자 쪽에서 서적화 러시가 시작된 당시에는 막연히 '오~ 그렇구나~' 정도로만 생각해서 특별히 흐름을 타려고는 생각하지 않았습니다.

이 이야기를 쓰기 시작한 때는 2013년 7월 말. 공개하기 시작한 때가 8월 말. 그리고 슬슬 이야기를 일단락하고 나서는 원래 있던 사이트에서 원래 썼던 소설의 다음을 쓰자고 생각하던 9월 말에 서적화 제안.

놀랐습니다. 여러 가지로. 뭐, 그래서 지금에 이르렀지만.

그런데 이 이야기는 어떻게 되려나요. 이세계 전이계 판타지+현대 판타지라고 할까요? 왠지 있을 법하지 않은 콘셉트의 이야기일까요. 친구의 소환에 휘말린 주인공이 사실은 친구보다도 강했다고 쓰고 싶어서, 그럼 어떤 힘을 줄까 생각했더니 이런 이야기가 되었습니다. 지구의 마술사가 이세계 판타지에 등장하는 마법과 만난다면 도대체 어떤 신비한 반응을 일으킬지.

중2병입니다. 중2병 설정이 너무 좋아서 그만 거기에서 탈출하지 못한 녀석이 쓴 이야기입니다. 그리고 읽은 분도 중2병에 걸릴 거예요. 중2병 환자 늘어라! 중2병 만세!

마지막으로 출간에 힘쓴 담당 편집자님, 늘 제 비문을 지적해주어 고맙습니다. 삽화를 담당한 himesuz 씨, 귀엽고 멋진 표지 그림과 삽화 고맙습니다. 웹 연재분부터 읽어준 독자님과 응원의 메시지를 보내준 독자님도 고맙습니다. 다른 사이트에서 쓸 때부터 계속 응원하고 일러스트를 그려준 산넨네타로 씨도 정말 고맙습니다. 인사하고 싶은 분이 아직 많지만 이번에는 이것으로 마무리 지을까 합니다. '나는 왜 빼먹어!' 하는 분은 연락 주세요.

그럼 다시 2권이 나올 때까지 제가 살아남는다면 또 후기에서 뵙겠습니다.

히츠지 가메이

The Different World Magic is Too Behind! 1
© 2014 Gamei Hitsuji
First published in Japan in 2014 by OVERLAP, Inc.
Korean translation rights reserved by Somy Media, Inc.
Under the license from OVERLAP, Inc., Tokyo JAPAN

이세계 마법은 뒤떨어졌다 1

2015년 1월 1일 1판 1쇄 발행
2019년 2월 28일 1판 7쇄 발행

저　　자 히츠지 가메이
일 러 스 트 himesuz
옮 긴 이 김서연
발 행 인 유재옥
본 부 장 조병권
편　　집 김다솜 김민지 정영길 조찬희 이성호
라이츠담당 박선희 오유진
디 지 털 최민성 박지혜
발 행 처 ㈜소미미디어
인쇄제작처 코리아피엔피
등　　록 제2015-000008호
주　　소 서울시 마포구 토정로222, 403호 (신수동, 한국출판콘텐츠센터)
판　　매 ㈜소미미디어
마 케 팅 한민지 한주원
전　　화 편집부 (070)4164-3962, 3963 기획실 (02)567-3388
　　　　　 판매 및 마케팅 (070)4165-6888, Fax (02)322-7665

ISBN 979-11-5710-086-6 04830
ISBN 979-11-5710-085-9 (세트)